U0468409

創世紀 书库

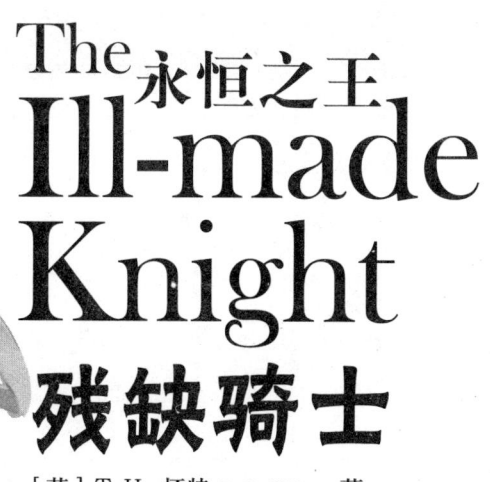

The Ill-made Knight
永恒之王
残缺骑士

[英] T.H.怀特 T. H. White 著
蔡俊君 译

新星出版社 NEW STAR PRESS

THE ONCE AND FUTURE KING by T. H. White

Copyright © 1939, 1940, 1958 by T. H. White
All rights reserved.

著作权合同登记图字:01-2012-2407

图书在版编目(CIP)数据

残缺骑士 /(英)怀特(White,T.H.)著;蔡俊君译. -- 北京:新星出版社,2014.1
(永恒之王;3)
ISBN 978-7-5133-1287-5

Ⅰ.①残… Ⅱ.①怀… ②蔡… Ⅲ.①长篇小说—英国—现代 Ⅳ.①I561.45
中国版本图书馆CIP数据核字(2013)第153092号

残缺骑士

(英)T.H.怀特 著;蔡俊君 译

责任编辑:汪 欣
特约编辑:李佳熙
封面插图:Breathing
责任印制:韦 舰
装帧设计:龙珊珊

出版发行:新星出版社
出 版 人:谢 刚
社　　址:北京市西城区车公庄大街丙3号楼 100044
网　　址:www.newstarpress.com
电　　话:010-88310888
传　　真:010-65270449
法律顾问:北京市大成律师事务所

读者服务:010-88310800　service@newstarpress.com
邮购地址:北京市西城区车公庄大街丙3号楼 100044

印　　刷:山东临沂新华印刷物流集团有限责任公司
开　　本:787mm×1092mm　1/32
印　　张:8.25
字　　数:207千字
版　　次:2014年1月第一版　2014年1月第一次印刷
书　　号:ISBN 978-7-5133-1287-5
定　　价:30.00元

版权专有,侵权必究;如有质量问题,请与出版社联系更换。

目 录
CONTENTS

第一章 …………………… *1*

第二章 …………………… *5*

第三章 …………………… *12*

第四章 …………………… *19*

第五章 …………………… *27*

第六章 …………………… *31*

第七章 …………………… *33*

第八章 …………………… *51*

第九章 …………………… *60*

第十章 …………………… *65*

第十一章 ………………… *68*

第十二章 ………………… *74*

第十三章 ………………… *80*

第十四章 ………………… *84*

第十五章 …………… *89*

第十六章 …………… *92*

第十七章 …………… *98*

第十八章 …………… *102*

第十九章 …………… *106*

第二十章 …………… *113*

第二十一章 ………… *118*

第二十二章 ………… *122*

第二十三章 ………… *127*

第二十四章 ………… *131*

第二十五章 ………… *136*

第二十六章 ………… *143*

第二十七章 ………… *148*

第二十八章 ………… *155*

第二十九章 ………… *163*

第三十章 …………… *171*

第三十一章 …………… *179*

第三十二章 …………… *183*

第三十三章 …………… *194*

第三十四章 …………… *199*

第三十五章 …………… *204*

第三十六章 …………… *207*

第三十七章 …………… *212*

第三十八章 …………… *217*

第三十九章 …………… *221*

第四十章 …………… *226*

第四十一章 …………… *228*

第四十二章 …………… *233*

第四十三章 …………… *238*

第四十四章 …………… *243*

第四十五章 …………… *246*

"不,"兰斯洛特爵士说,"……一旦做了羞耻的事,就永远无法被原谅。"

第一章

本威克城堡里，法国少年凝视着映照在壶状头盔光亮表面上的自己的脸。阳光洒在头盔上，反射出混沌的金属光芒。事实上，这个壶状头盔与现在士兵们头戴的钢头盔一样，并不是作镜子的好材料，不过这已经是他能找到的最光亮的物品了。他反复地朝各个方向摆弄头盔，希望能从不同角度得到的失真镜像上看到自己容貌的大致轮廓。他努力尝试着找出自己是谁，但是，又害怕可能得到的结果。

少年猜测自己一定出了什么问题。在他的一生之中——即使是日后威名赫耀之时——他总能感到这样的差异：他意识到自己内心深处有一种羞于启齿的东西，可自己却无法理解。当然，我们也没有必要去理解究竟是什么，也没有必要涉足他喜欢隐藏秘密的内心世界。

少年站在军械库里，各色武器整齐划一地摆放在面前。之前的两个小时，他一直在举哑铃——他把它们称为"秤砣"，兴趣盎然地胡乱哼着小曲儿。他十五岁，刚从英格兰回来，他的父亲，本威克的国王——班，刚刚帮助亚瑟王弭平叛乱。你一定还记得亚瑟王想招揽一些年轻的骑士，并打算将他们训练成圆桌骑士，而兰斯洛特在庆典上赢得了大多数的游戏，这引起了亚瑟王的注意。

兰斯洛特一边费力地举着哑铃,发出无言的噪声,一边绞尽脑汁回忆亚瑟王。他爱上了亚瑟王,这也是他一直坚持锻炼的原因之一。他清楚地记得跟亚瑟王之间唯一一次谈话的字字句句。

那是班国王即将回法国之时,亚瑟王亲吻了本威克国王之后,把兰斯洛特叫到一边,两人走到船的一角,开始交谈起来。印有本威克国王纹章的战舰、操控帆绳的水手、全副武装的攻城车和弓箭手、像白光般一闪而过的海鸥,所有这一切都成为了这次谈话的背景。

"兰斯,"亚瑟王说,"过来一下,行吗?"

"是,陛下。"

"我看到你在庆典上参加了各种游戏。"

"是的。陛下。"

"你大获全胜!"

兰斯洛特低着头,有些不好意思。

"我想召集一批各怀其能的高人,助我一臂之力,实现我的理念。那是当我成为真正的国王,打下的江山也稳如磐石之后的事。我想知道,你长大以后愿意帮我吗?"

少年微微动了一下身子,突然抬起头看着亚瑟王,眼睛里闪烁着光芒。

"是关于骑士的,"亚瑟王接着讲下去,"我想建立一套骑士勋位制度,就像嘉德勋章[①]一样,对抗武力的。你愿意成为其中之一吗?"

"当然。"

[①] 嘉德勋章(Order of the Garter):授予英国骑士的一种勋章,1348年由爱德华三世设立,是今天世界上历史最悠久的骑士勋章和英国荣誉制度最高的一级。嘉德勋章最主要的标志是一根印有"Honi soit qui mal y pense"("Shame on him who thinks evil of it.""心怀邪念者蒙羞。")的金字的吊袜带。——编者注(以下除特别注明外,均为编者注)

亚瑟王走近兰斯洛特，看着他，弄不清楚少年的答案究竟是高兴还是害怕，抑或是仅仅出于礼貌。

"你能理解我说的话吗？"

兰斯洛特紧张地拉了拉身旁的帆布。

"在法国，我们称它为'强壮的手臂'，"兰斯洛特解释道，"谁拥有最强壮的手臂，谁就拥有权力，可以为所欲为。这也是我们称之为'强壮的手臂'的原因。想结束这种'强权即公理'的混沌，您就得拥有一帮相信正义而不是武力的骑士。是的，我非常愿意成为其中的一员。可前提是，我必须长大。谢谢您对我的信任。现在我必须离开了。"

一行人离开了英格兰——少年站在船头，一直往前看，不愿表露自己的感情。在宴会当晚，他就爱上了亚瑟王。在前往法国的航行中，他的脑海里全是这位睿智的北方君王因为赢得了战争的胜利，在晚宴上激动得脸泛红光的模样。

少年戴着壶状头盔，乌黑的眼睛专注地凝视着前方，脑子里浮现出昨夜的梦境。七百年前——又或者根据马洛里[①]的记法是一千五百年前——人们对待梦境的严肃态度与今日的心理医生如出一辙。不过，兰斯洛特的梦着实令人心烦意乱。这种心烦意乱并不是因为这梦或许预示着什么——他压根儿也弄不明白这梦到底意味着什么——而是因为梦境之后的强烈的失落感。这才是导致他心烦意乱的真正原因。梦境是这样的：

兰斯洛特和弟弟埃克特·德马里斯坐在椅子上。突然，他们起身上马。兰斯洛特说："走，去寻找我们找不到的东西。"话音刚落，两人飞驰而去。然而，某个人或是某种力量袭击了兰斯洛特，用棍子打他、抢夺他的东西、用满是绳

[①] 汤马斯·马洛里（Thomas Malory）：《亚瑟之死》的作者，他集结一些英文及法文版本亚瑟王骑士文学而创作了《亚瑟之死》，书中包含了部分马洛里的原创故事以及一些马洛里以自己的观点重新诠释的旧故事。

结的衣服笼罩他，让他改骑驴子。不一会儿，前面出现一口水井，他从未见过如此清澈透亮的井水，从驴上一跃而下，来到井边。那一刻，在他看来，能够喝到这样的井水，比世上任何事都更加让人心旷神怡。然而，当他的唇接近井水时，水位突然下沉，一下子降到水井深处。这样一来，他就喝不到井水了。这奇怪的情形让他颇为沮丧，感觉自己无端地被井水抛弃了。

少年一边把玩锡制头盔，一边思考。亚瑟王、那口井、用来提升体能为亚瑟王效力的哑铃，以及挥舞哑铃导致酸痛的手臂——所有这些被少年抛到脑后，他的头脑里还有一个挥之不去的想法，是关于映在头盔上的那张脸的。他在思考是不是因为自己灵魂深处的某些东西导致了那样一张脸的出现。他从不自欺欺人。他明白，无论将这个无面甲头盔转向哪个方向，得到的都是相同的答案。他已经决定，当自己授封骑士的时候，要给自己想一个忧郁的称号。作为长子，他是注定要成为骑士的。可是，他绝不会称自己为兰斯洛特爵士，更愿意称自己为"chevalier mal fet"——残缺骑士。

他能看到，也能感觉到，在某个地方一定有某种原因让自己的脸变得如同亚瑟王的兽群中的怪兽一般丑陋。他看上去就像一只非洲大猩猩。

第二章

兰斯洛特最终成为了亚瑟王麾下最伟大的骑士，就像板球场上的布拉德曼①，骁勇善战，作战能力排名第一。崔斯特瑞姆和兰马洛克则位居第二和第三。

但是，你必须记住这一点，如果没有努力的练习，任何人都无法擅长板球运动。当然，与板球运动一样，马上长枪比武也是一种技艺，它们有很多共同点。赛场上有计分席，记分员站在里面用羊皮纸记录分数，计分方式与现代板球类似。身着礼服的人们在赛场边走来走去、络绎不绝，从看台一直延伸到贩卖各种点心的帐篷。他们也一定觉得这场竞技像极了一场板球比赛。这种竞技耗时甚久——如果碰到一位优秀的骑士对手，兰斯洛特通常可以和他比赛整整一天——由于盔甲太过沉重，整场比试看起来就像是慢动作特效。接下来是剑术比试，两人在绿茵场上相对站立，就像击球手和投手一样——不过距离要近些。或许，高文爵士会首先使出内勾动作，兰斯洛特爵士顺势以一个优美的滑步躲避后站稳，紧接着一击即中高文的防守——这一招叫"命中红心"——周围的人立刻鼓掌叫好。亚瑟王转向计分席上的桂

---

① 布拉德曼（Sir Donald George Bradman, 1908—2001）：澳大利亚板球选手，公认的最佳击球手。

妮薇，评论兰斯洛特的步法跟以前一样可爱。骑士的头盔后部都用帷布遮挡，防止因阳光直射带来的炙热，就像现代的板球运动员有时会把手帕系在帽子后面一样。

骑士训练与板球有着太多的相似之处。或许兰斯洛特唯一不像布拉德曼的地方就是他比后者的动作要优雅得多，他不会蹲伏在地上做好击球的准备，待球投出后一跃而起。兰斯洛特优雅的动作更像伍利[1]。但是你可不能只是坐在那儿一动不动地幻想就能成为伍利。

军械库里把玩头盔的小小少年就是后来的兰斯洛特爵士。这个军械库是整座本威克城堡里最大的房间，在接下来的三年里，他醒着的时候基本上都待在这儿。

透过窗户，他可以看到城堡主体的各个房间。由于城堡的重点在于修建防御工事，有限的财力也无法满足奢华的需求，所以每个房间都很小。内部堡垒全是小房间，围在四周的是一圈面积宽广的牛棚、羊圈。在被围困期间，城堡的牲畜们就会被赶到这里关起来。外面的一圈高墙紧围着高塔，围墙的内侧建有很多大房间——储存室、谷仓、兵营和牲畜棚。军械库就在其中的一间，旁边是装有五十匹战马的马厩和牛舍。城堡有一个小房间，里面放着最好的家族盔甲和一些常用的马嚼子。军械库里面只是一些军队的武器，家族中闲置不用的东西和用于体操、练习或是体力训练的用具。

在架着木椽的屋顶旁边，挂着或倚着一些方旗和小三角旗，上面装饰着班国王的纹章——现在人们称这些纹章为"远古法兰西"[2]——很多场合都会用到它们。为了防止长矛变

---

[1] 伍利（Frank Edward Woolley, 1908—1978）：英国板球选手。
[2] 远古法兰西（France Ancient）：象征法国王室的百合图案，以蓝色为底，上有重复的金黄色百合图案。如果图案中的百合只有三朵，则为现代法兰西。

弯，它们被平放在墙上的爪钉上，看上去就像体操房用来练习的栏杆。已经变弯或有些破损的旧长矛笔直地立在房间的一个角落，似乎在某些方面还有用途。第二面承重墙上有一个跟墙体等高的置物架，上面放着步兵用的中世纪高领无袖短铠甲、连指手套、矛、无面甲的头盔和几把波尔多剑。对班国王而言，能住在本威克是件幸运的事儿，当地制造的波尔多剑尤其精良。还有些甲具桶，里面放着用干草包裹的盔甲，其中一些自从上次远征归来后就没有打开过，里面混杂了一些稀奇古怪的东西。戴普大叔是军械库的守卫，他曾经试图拆开其中的一个桶，盘点里面的东西并做好记录——但当他发现里面只有十磅重的枣子和五个糖块时，他失望地离开了。如果那不是某次十字军东征带回来的糖块，就一定是某种其他种类的蜂糖。他把物品清单留在甲具桶旁边，上面还记录了其他物品：一副镀金头盔、三双铁手套、一套法衣、一本弥撒书、一块祭坛布、一对锁子甲、一个银便盆、十件献给我主的衬衣、一件皮夹克和一副西洋棋。另外，在甲具桶堆的凹处，有一组架子，上面放着破损需要修缮的盔甲，还有些大瓶的橄榄油——现在人们更喜欢用矿物油来涂抹盔甲，但是在兰斯洛特时代，还远没有这样讲究——还有一些盒子里装着打磨盔甲的细沙、几袋锁子铠甲钉（两万颗就要十一先令八便士）、铆钉、锁子甲的替换环、用来切割新皮带和护膝垫的皮革，还有在当时看来让人着迷的其他小东西，不过所有这些都已经失传了。还有些中古时期的软铠甲，就像曲棍球守门员穿的护具，或者美国人踢足球时穿戴的、填塞着棉花的防护衣。房间的各个角落都堆得很满，这样一来就为中间腾出了更多的空间。戴普大叔的桌子紧挨着门边，桌上散放着羽毛笔、吸墨沙、兰斯洛特犯错时鞭打他的棍子，还有一团糟的笔记，上面记载了最近哪几件铠甲被抵押了——对价值不菲的铠甲来说，被抵押也是非常不错

The Ill-made Knight 7

的——哪几个头盔在哪一天被擦得亮晶晶的、谁的臂甲需要修理,以及什么时候给谁付了什么东西,他抛光了什么东西。绝大部分的账目也是胡乱加起来的。

对于一个孩子来说,要他在房间里度过三年,仅仅是吃饭、睡觉和参加场地训练的时候才能离开,这是一段很漫长的时光。人们很难以想象一个男孩是如何做到的,除非你从一开始就意识到兰斯洛特的骨子里并没有浪漫和温文尔雅的元素。丁尼生[1]和拉斐尔前派[2]艺术家可能已经发现很难去认识这个面貌丑陋、颇有点儿郁郁寡欢、不讨人喜欢的男孩。他不会向任何人提起自己是靠梦想和祈祷才活下来的。他们或许好奇,这个男孩对抗自己的力量有多蛮横,才让他对自己这么残忍,年纪轻轻就残害自己的身体?他们还想知道他为何如此怪异?

在起初的无聊日子里,他只能手握钝矛跟戴普大叔切磋。戴普大叔全副武装地坐在高凳上;兰斯洛特手握钝头长矛,一次又一次地攻击大叔,逐步学习攻击身着盔甲之人的最佳位置。在使用真正的武器之前,男孩一直在室内进行这种单调乏味的练习,之后改为室外训练,他从中掌握了各种投掷技法,并用弹弓或者掷矛来练习。经过一年的苦练,男孩开始练习刺枪靶了。枪靶是一个垂直于地面的树桩,这项训练需要手握剑和盾牌来攻击靶子——像极了拳击或是打击沙袋。训练用的武器比普通的剑和盾牌要重一倍。人们普遍认为六十磅的重

---

[1] 丁尼生(Alfred Tennyson,1809—1892),英国桂冠诗人,是维多利亚时代最受欢迎及具特色的诗人。他的诗歌准确地反映了他那个时代占主导地位的看法及兴趣,这是任何时代的英国诗人都无法比拟的。代表作品为组诗《悼念》。
[2] 拉斐尔前派(pre-Raphaelites):又译作前拉斐尔派,最初是由三名年轻的英国画家(即约翰·埃弗里特·米莱斯、但丁·加百利·罗塞蒂又译丹特·加布里埃尔·罗赛蒂和威廉·霍尔曼·亨特)所发起组织的一个艺术团体(也是艺术运动),他们的目的是改变当时的艺术潮流,反对那些在米开朗基罗和拉斐尔时代之后在他们看来偏向了机械论的风格主义(Mannerist)画家。

量非常适合刺枪靶的训练——也能为后来自如地使用常规武器打好基础，因为相比之下，常规武器要轻一些。训练的最后一个阶段就是模拟作战——这和板球运动不同。最终，男孩熬过了所有痛苦的经历，获得了参加近似真正战斗的机会，对手是自己的兄长和堂、表兄弟。格斗需要遵循严格的规则：首先是投掷钝矛，然后进行七场钝剑比试。规则是"在一定的时间内，不能靠近对方，不能用手抓住对方，否则裁判会判定受罚"。比试中，突刺，即用武器猛戳是违反规则的。最后是剑与剑的惊险打斗。现在，那些精力充沛的男孩可能会拿着盾牌和剑轻率地向同伴挑衅。

在蛙人和自由潜水出现之前，如果你曾穿过一款潜水服——那曾是皇家海军的标准潜水服，你就会明白为什么潜水员行动如此缓慢。潜水员的双脚各有重达四十磅的铅块，背部和胸部的铅块均为五十磅，另外还需承受潜水服和头盔本身的重量。沉没在海里的时候，一个装备齐全的潜水员的重量是自身体重的两倍。肩负这样的重量，就连跨过甲板上的绳子和气管都像攀岩一样，绝非易事。如果在前面推他，背后的重量会迫使他向后摔倒在地，反之亦然。经验丰富的潜水员善于处理类似的障碍，能灵活控制双脚各四十磅的重量上下船梯——然而，对于业余潜水爱好者来讲，仅仅是艰难的移动都会让他们累个半死。兰斯洛特要做的，就是像潜水员一样，抵抗重力，熟练操作盔甲。

从很多方面来讲，全副武装的骑士们都和潜水员很相似。

除了戴头盔、负重和解决呼吸问题，他们需要善良、细心的助手协助其穿戴。只有依靠助手的协助，他们才能看上去体面。潜水员往往都把自己的生命交给为他穿戴装备的助手；而助手们，则像随从一样，用亲切、专注和绝佳的保护意识来关心他们。他们总是称呼潜水员的职位衔，而不是名字。比如，他们会说："坐下，潜水员。"或者"抬起左脚，潜水员。"又或者"二号潜水员，能在对讲机里听到我的声音吗？"

有时候把生命交给他人也是件不错的事情。

三年的训练时光。其他男孩从不担心，因为他们能够转移自己的注意力；可对于面相丑陋的兰斯洛特来说，训练就是他昏暗、神秘生活的全部。他只能不断完善自己，为了亚瑟王成为骁勇善战的战士。即使夜里躺在床上，他也只能想想骑士制度的相关理论。通过自学，他对成百上千个有争议的话题有了一整套充分的见解——譬如，合适的武器长度、盾牌披饰①的样式、护肩甲的接合等。他甚至考虑，是否依照乔叟②的推断，雪松木比白蜡木更适合制造长矛？

在兰斯洛特早年思考的骑士制度问题中，有下面一个简单的例子：曾经有一场打斗发生在雷诺·德·罗伊国王和约翰·德·霍兰日耳曼王之间。雷诺故意没有绑紧自己的头盔——那是一种填充了稻草的巨大的鼓状头盔，有时候罩在头盔外——这样一来，当约翰的矛一碰到自己的头盔，它很容易就掉下来了。那么，雷诺就只是丢了头盔，而不会从马上摔下来。这个计谋的确有效，但是很危险——一直以来，整个骑士界都在争论这一计谋，有的说它不道德，有的说它虽然公平但太冒险了，还有的称赞它是一个好主意。

整整三年的训练所造就的兰斯洛特，既没有一颗快乐的心，也无法像云雀那样欢唱。在他的时代，一辈子看起来不过就是一个礼拜的未来，他却因为钟情于某人的提议，在骑士训练这件事上花费了三十六个月。这段时间，他用做白日梦的方

---

① 披饰（mantling）：徽纹中附在头盔旁边的带形装饰。
② 乔叟（Geoffrey Chauce, 1342—1400）：英国著名诗人，著有《坎特伯雷故事集》。

式来支持自己，他希望成为世界上最优秀的骑士，这样亚瑟王就会回报他的爱。他还在想一件当时仍可能发生的事——凭着自身的纯洁和优秀创造某些寻常的奇迹，比如：治愈一个盲人或类似的事情。

第三章

与亚瑟的命运紧密联系的有三个伟大的家族，它们有一个共同的特点：这三个家族都拥有一个天才，他既是导师又是密友，影响着家族里孩子们的性格。埃克特爵士的城堡里住着梅林，他对亚瑟的一生有着深远的影响。孤独而遥远的洛锡安城里住着圣人托迪哈奇，他的好战哲学对高文及兄弟对氏族的向心力有着千丝万缕的联系。班国王的城堡里住着兰斯洛特那个名叫葛文波尔的叔叔。事实上，他是我们见过的年纪最大的人，每个人都叫他戴普大叔，可他真正的名字是葛文波尔。当时，人们给自己孩子取名字的方式就像现在我们给猎犬、小马命名一样。如果你碰巧是摩高丝女王，还有四个孩子，你会让他们的名字里都有一个字母G（高文、阿格莱瓦、加荷里斯和加雷恩）[①]。另外，如果你的兄弟们刚好叫班和鲍斯，自然而然你的名字就是葛文波尔。这样，你就能很容易地记住自己的名字。

戴普大叔是这个家族中唯一认真对待兰斯洛特的人，而兰斯洛特也是唯一认真对待戴普大叔的人。大叔很容易被忽视，因为他很特别。无知的人总是嘲笑他，但他却是真正的

[①] 四个孩子的英文名分别为Gawaine, Agravaine, Gaheris and Gareth，各包含一个字母G。

大师。他研究骑士制度，并非仅仅是针对一套曾在欧洲大陆经受过考验的盔甲，而是有一套自己的理论。他对新哥特式的棱线、扇形和开槽图纹大感愤怒。他认为，穿着像纳尔逊桌[①]上的绳饰的盔甲是荒谬可笑的，因为上面的每一个纹路都能帮助对手找到攻击点。他说，一副好的盔甲会把所有的攻击点隐藏起来——另外，他一想到日耳曼人在盔甲上留下令人可怕的纹路，就变得近乎疯狂起来。他知晓纹路学的所有内容。一旦有人犯了明显的错误——比如把金属相互叠加或是重复上色——他就会变得异常激动。由于激动，他长长的白色胡须末端像昆虫的触角般颤动，十指绞在一起，挥舞着手臂上蹿下跳，挑动着眉毛，还发出嘶嘶的声音。如果没有这种激烈的情绪，是难以成为大师的，因此，兰斯洛特并不介意自己在和戴普大叔争论是否要在盾牌上开一个口，或是在盾牌上加个背带是不是个好主意时被掌掴；有时候他的挑衅使得戴普大叔想揍他，他也忍受下来了。在那些日子里，他们一直这样相处。

男孩之所以不介意大叔的激动，是因为他想要的一切都必须从大叔那儿学习。戴普大叔不仅在自己擅长的领域是一个卓越优秀的导师和权威，也是法兰西最杰出的侠客之一。正是如此，男孩对他才如此依赖。在这位天才的粗暴教导下，兰斯洛特学会了去破坏、去追踪、去突刺。为了能够举起和手臂一样长短的重剑去突刺，让戴普大叔能够接住他的奋力一击，他不停地拉筋，直到他觉得自己都快被劈成两半为止。

从他能记起的日子起，总是有一个蓝眼睛的兴奋的人，上蹿下跳，握紧手指，声嘶力竭地吼道："再一次！再来一次！停止！一！二！"

[①] 纳尔逊桌：一种可伸缩的桌子，以英国著名海军统帅纳尔逊命名。

夏天一个晴朗的日子，兰斯洛特和大叔坐在军械库里。偌大的房间里，扬起的尘土在投射进来的阳光中翩翩起舞，四壁按等级摆放着打磨好的盔甲、战矛，墙上挂着头盔。还有一些印有班国王纹章的短剑、马具和各种方旗和小三角旗。一场激动人心的比试后，两名剑客坐在地上休息，大叔喘着粗气。兰斯洛特已经十八岁了，比自己的师父更加出色——尽管大叔不愿意承认，而他的学生也巧妙地隐藏了这一事实。

还在他们气喘吁吁的时候，一名侍者走了进来，告诉男孩他母亲在传唤他。

"为什么传唤我？"男孩问道。

侍者告诉男孩，刚来了一位绅士想见他，王后说他一会儿就过来。

阳光下，依莲王后端坐在椅子上绘制锦画，两位访客就坐在她的两边。她并不是康沃尔姐妹中的依莲。当时，依莲这个名字很普遍，《亚瑟王之死》一书里有很多女子都叫依莲，特别是在手稿来源混杂不清的时候。长桌旁的三个成年人看上去就像是一组考官，其中有一个年迈的绅士蓄着白色的胡须，头戴尖顶帽；另外一个漂亮的轻佻女子皮肤呈橄榄色，眉毛被精心修剪得干干净净。三人同时看着兰斯洛特，长者首先打破了沉默："嗯！"其他人都静静听着。

"你叫他加拉哈特，"长者说道，"他以前叫加拉哈特，"他继续补充道，"但在举行了坚信礼①后，他现在叫兰斯洛特。"

"你怎么知道的？"

"没办法，"梅林说道，"这种事情就是有人知道，别再纠缠这个问题了。现在，让我想想，我还能给你讲些什么？"

---

① 坚信礼(Confirmation)：一种基督教仪式。根据基督教教义，孩子在一个月时受洗礼，十三岁时受坚信礼。孩子只有被施坚信礼后，才能成为教会正式教徒。

年轻女子把手放到嘴边，动作优美地打了个哈欠，像极了一只猫。

"三十年后，他会实现心中的愿望，会成为世界上最杰出的骑士。"

"我能活到那一天吗？"依莲王后问道。

梅林挠挠头，用指关节敲了一下头顶，回答道："一定能。"

"好吧，"依莲王后说，"我必须承认，这实在是太好了。你听见了吗，兰斯？你会成为世界上最杰出的骑士！"

男孩问道："你们是从亚瑟王那儿来的吗？"

"是的。"

"一切都还好吧？"

"当然。他让我代他向你致意。"

"亚瑟王快乐吗？"

"非常快乐。桂妮薇也让我代她向你致意。"

"桂妮薇是谁？"

"天哪！"魔法师感叹道，"你难道不知道？是的，当然不知道。我的脑子突然叮叮当当乱成一团了。"

他转身看着那个漂亮的女子，仿佛这响声是她造成的。那女子就是尼缪，最后他还是爱上了她。

"桂妮薇——"尼缪说，"是亚瑟王的新王后。他们结婚有一段时间了。"

"她的父亲是李奥多格兰王，"梅林进一步解释道，"举办婚礼时，他送给亚瑟一张圆桌和一百名骑士作为贺礼。这张圆桌能容纳一百五十名骑士。"

兰斯洛特回答说："嗯！"

"亚瑟王早就想告诉你这件事情，"梅林接着说，"可能送信的人在途中溺水身亡了，也有可能他遭遇了暴风雨。国王真的想通知你的。"

"嗯!"男孩再次回答道。

梅林发现目前的形势有些棘手,便加快了语速。他无法从兰斯洛特的脸上确定这个男孩究竟是受伤了还是他的表情一向如此。

"目前,亚瑟王只招募到二十九名骑士。"他继续讲道,"还有二十一个空位,很多位子。所有骑士的名字都会用烫金的字写在座位上。"

接下来是一阵沉默,任何人都没有发言。这时,兰斯洛特清了清嗓子。

"我在英格兰的时候,记得有一个男孩,"他说道,"一个叫高文的男孩。他成为圆桌骑士了吗?"

梅林看起来有些惭愧,点了点头:"他在亚瑟王婚礼当天就获得了席位。"

"我明白了。"

又是一阵更长的沉默。

"这名女士,"梅林打破沉默,说道,"名叫尼缪。我爱她。我们正在度蜜月——只是一次魔法式的蜜月之旅——现在我们要回康沃尔了。请原谅我们不能久留。"

"亲爱的梅林,"王后突然大声说道,"你确定不住一晚?"

"不了。谢谢,非常感谢您。我们赶时间呢。"

"临走前还是喝点东西吧?"

"不喝了,谢谢您。您是如此善良。可是,我们必须离开了,我们还要出席康沃尔的魔法活动。"

"真是短暂的会面啊——"王后感叹道。

没等王后说完,梅林就站起身,牵起尼缪的手。

"告辞了。"他语气坚定地说。在几个旋转之后,两人就从眼前消失了。

虽然他们已经离去，可魔法师的声音依然回荡在空气中。

"就这样吧。"他们能够听出他松了一口气，"现在，我的天使，还记得我曾向你提起过的康沃尔城里的那个地方吗，那个有魔法洞穴的地方？"

兰斯洛特慢慢地走到军械库，回到大叔的身边。他站在大叔面前，咬着嘴唇。

"我要去英格兰。"他说。

大叔满脸惊讶地看着他，一言不发。

"我今晚就要起程。"

"这似乎太突然了吧，"大叔说道，"你母亲不会这么快就同意的。"

"我母亲不会知道这件事。"

"你打算逃家？"

"要是我告诉母亲和父亲，他们肯定会小题大做。"他说，"我不是要逃家，我还会回来的，但是我必须尽快赶去英格兰。"

"你希望我保守秘密吗？"

"是的，当然。"

大叔咀嚼着胡须的末梢，不停地搓着手。

"如果他们知道是我隐瞒了这件事，"他回答道，"班国王肯定会要了我的脑袋。"

"他们不会知道的。"男孩冷冷地丢下一句，回到房间开始收拾行囊。

一星期后，兰斯洛特和戴普大叔乘坐的船行驶在英吉利海峡。船的两头建有类似城堡的建筑，还有个城堡建在单桅一半的高处，像一个鸽子房。整艘船从头到尾都插满了旗子，一张

The Ill-made Knight | 17

帆上印有大十字架，桅杆顶端，一幅巨大的长条旗随风飘扬。船上有八个桨手，而兰斯洛特和戴普大叔都晕船了。

第四章

英雄的崇拜者带着沉重的心情朝卡米洛特骑行。对于一个年仅十八岁的孩子来说，他必须接受这些残酷的事实：曾经毅然决定把生命交付给国王却惨遭遗忘，在满是灰尘的军械库与重型武器度过艰难岁月后，眼睁睁地看着高文第一个获得骑士爵位。最最残酷的是，为了国王的理想残害身体却换来国王已经娶得娇妻，对其倾注所有爱恋。兰斯洛特对桂妮薇心生妒忌，却也为此感到羞愧。

戴普大叔跟在悲伤的兰斯洛特身后，默不作声。他明白兰斯洛特还太年轻——根本不知道自己会成为欧洲最杰出的骑士。戴普大叔就像一只兴奋养育着布谷鸟的山雀，跟在他天才般的学生后面。他肩上扛着亲手打包得整整齐齐的战斗装备——因为，从现在起，他就是兰斯洛特的侍从。

他们走到树林的一处空旷之地，一条小溪从空地中间穿流而过形成一处浅滩，只有几寸深的溪水淌过干净的石头，发出叮叮当当的清脆响声。阳光照射在空地上。斑尾林鸽懒洋洋地唱着它们最熟悉的歌曲《威尔士佬，带走两头牛》，潺潺溪水的另一边站着一位身材魁梧的骑士，身着黑色盔甲、戴着头盔。他一动不动地坐在黑色的战马上，盾牌还罩着帆布袋，看不到上面的纹章。全副武装的他静静地待在那儿，庄重而严肃，因为戴着巨大的头盔，任何人都看不到他的脸，他似乎感到危险在向自己逼近。你不知道他在思考什么，也不知道他可能会采取什么行动。他是一个危险人物。

兰斯洛特和戴普大叔都停下了脚步。黑骑士骑着马踏入浅浅的溪水中，在他们面前勒住缰绳，举起长矛做了一个行礼的动作，然后用矛头指向兰斯洛特身后的某个地方，警告他要么退回去，要么摆好姿势准备战斗。不论眼前什么情形，兰斯洛特仍用戴着金属臂铠的手臂回了礼，走到黑骑士指定的那个地方，从戴普大叔那儿取了一支战矛，戴好原本挂在身后链条上的头盔，把红樱放到头顶并用系带束紧。现在他的面容也被完全遮住了。

两名骑士面对面地站在空地的两边。没有任何语言的交流，抢起长矛，扬鞭策马，立即投入到战斗中。戴普大叔躲在附近的一棵树后，无法掩饰心中的喜悦之情。尽管兰斯洛特并不知道自己的实力有多强大，但戴普大叔已经预料到了黑骑士的下场。

第一次做一件事常常令人兴奋不已。就像独自一人搭乘飞机是很刺激的，这样的经历可能会令你震惊到窒息。之前，兰斯洛特从未参与过任何一场严肃的马上长枪比试——尽管他曾在成百上千的枪靶和环上受过训练，但这是他生命中第一次真真切切地为自己的生命而战。开始战斗的第一刻，他对自己说："好的，我出发了。现在只能靠自己。"然后，他平静下来，就像过去训练时面临枪靶和环那样自如地投入战斗。

黑骑士还在做战斗准备时，男孩的长矛就精确地击中了黑骑士藏在肩膀护具下的身体。他的马全速前进时，黑骑士的马仍在小跑加速。黑骑士骑着马快速旋转，在地上画出一道漂亮的抛物线，可是因为不协调猛地摔倒在地。兰斯洛特经过的时候，看见他们在地上挣扎，黑骑士破损的长矛横在战马的腿之间,盾牌掉在地上,一块闪闪发亮的马蹄铁撕破了包裹它的帆布。黑骑士和战马扭成一团,相互畏惧,相互踢打着对方,试图分开彼此。然后,战马用前腿站了起来,腰腿部也慢慢直立起来;骑士则坐在地上,提着一只金属手套,仿佛在摸自己的头。兰斯洛特勒住马,回到他面前。

通常来说,比试中一方骑士将对方连人带矛攻击下马,掉下马的一方就会暴跳如雷,自我谴责,坚持持剑徒步继续战斗直到分出胜负。其惯用的借口就是:"是那头母驴的儿子害得我摔下地来,但是父亲留给我的剑从不会负我。"

然而,黑骑士并没有这样做。事实上,比起黑色盔甲给人的神秘感觉,他本人要快乐得多。他坐在地上吹口哨,声音从头盔的缝隙中穿透出来,传达了一种既惊讶又羡慕的信息。之后,他摘下头盔,擦了擦眉毛。而盖在盾牌上的帆布罩子已经被马蹄扯掉,露出了纹章图案:底色金黄,上面画着一只双腿直立的红龙。

兰斯洛特把长矛扔进灌木丛中,快速跳下马,跪在骑士身旁。心中所有的爱一下子全都回来了。每当被攻击下马,只有亚瑟王不会暴跳如雷,而是坐在地上发出赞美的声音。

"陛下。"兰斯洛特说,谦卑地摘下自己的头盔,用法国的礼节低下头。

亚瑟王站起来,非常兴奋。

"兰斯洛特!"他大喊道,"天啊,这是那个男孩兰斯洛特!你是本威克国王的儿子。我记得在你参加伯德格莱恩战役的时候见过你。真遗憾!我从未见过这样的技艺!你在哪儿学的本领?真是不可思议!你是来见我的吗?班国王怎么样?你那迷人的母亲还好吧?真的,我亲爱的小家伙,这实在是太棒了!"

兰斯洛特抬头看着激动得上气不接下气的国王,国王正向他伸出双手扶他起来，所有的嫉妒和悲伤全都烟消云散。

他们牵着马，肩并着肩朝宫殿走去，完全忘记了戴普大叔。由于有太多的话要向对方倾诉，一路上他们一直在交谈。兰斯洛特编造了一个来自父母班国王和依莲王后的问候，亚瑟王告诉他高文杀了一个女子。他还讲到皮林诺王在结婚后变得非常勇敢，在一次比武比赛中错手杀死了奥克尼的洛特王；圆桌骑士的招募活动虽然如期望般进行着，却相当缓慢。既然兰斯洛特已经到达，那么所有事情都会走上正轨。

到达的第一天，兰斯洛特就获得了骑士爵位——在过去两年中，他有无数次机会获得爵位，可是他拒绝了所有人，只等亚瑟王为他授爵位——当天晚上，他也认识了桂妮薇。人们都说她的头发是黄色的，可事实并非如此。她的头发乌黑发亮，令人吃惊的是，蓝色的眼睛深邃而清澈，坚定的眼神也着实让人吃惊。兰斯洛特扭曲的脸让她有些吃惊，但绝不是恐惧。

"现在，我正式介绍你们认识。"亚瑟王把他们的手放在一起，说道，"这是兰斯洛特，他将会是我最杰出的骑士。我还从未见过有谁能像他一样让我从马上如此狼狈地摔下来。珍妮，对他友好些。他的父亲是我的一个老朋友。"

兰斯洛特亲吻了王后的手，表情冷漠。

他并没有发现这个王后有什么特别之处，因为脑子里全是自己早已编织好的画面，这让他无暇顾及王后真正的模样。在他看来，她只不过是一个掠夺者，和其他掠夺者一样虚伪、狡猾、无情无义。

"你好。"王后问候了一句。

亚瑟王继续说道："我们应该告诉他，在他离开以后发生了什么。有太多的事情要讲！从哪里开始呢？"

"先讲讲圆桌吧。"兰斯洛特建议道。

"哦，亲爱的！"

王后笑了起来,看着眼前这个新授位的骑士。

"亚瑟一直在思考圆桌的事情,"她讲道,"甚至连晚上做梦都在想。我想三天三夜都讲不完。"

"也没那么糟糕,"亚瑟王接着说,"你不能期望每一件事一直都能顺利进行。想法已然存在,人们正在尝试理解,因为那是一件伟大的事情。我确信它将会起到一定的作用。"

"奥克尼一族呢?"

"他们会及时出现的。"

"你指的是高文吗?"兰斯洛特问道,"奥克尼一族发生了什么事情?"

国王看上去有些不安,回答道:"他们面临的真正问题是他们的母亲,摩高丝王后。他们在极度缺乏关爱和安全感的环境中长大,很难去理解那些好心人,他们多疑而恐惧。他们无法理解我的命令。他们当中有三个人在我这儿——高文、加荷里斯和阿格莱瓦。那不是他们的错。"

"我们结婚的那年,亚瑟举办了第一届圣灵降临节①,"桂妮薇进一步解释道,"并派出所有人去探险,验证自己的理念是否能够落实。当他们回来之时,高文砍掉了一个女子的头,甚至连亲爱的长者皮林诺都无法挽救这个陷入困境的年轻女子。这使得亚瑟非常愤怒。"

"这不是高文的错,"国王说道,"他是个好孩子,我喜欢他。一切都因那女子而起。"

"我想,之后事情已有所好转了吧?"

"是的,不过很缓慢。但是我确定事情在渐渐好转。"

"皮林诺为此感到后悔吗?"

---

① 圣灵降临节(Whit Monday):也称五旬节,是基督教节日,为纪念耶稣复活后差遣圣灵降临而举行的庆祝节日。据《圣经》说,耶稣在复活后第五十天差遣"圣灵"降临,门徒领受圣灵,开始布道。据此,教会规定每年复活节后第五十天为"圣灵降临节"。

亚瑟继续他的讲述:"是的,他有些后悔,也有些困惑。然而,他也面临困境,自从与佛兰德斯王后的女儿成婚以来,他变得非常英勇,热衷于参加马上长枪比武且常常获胜。有一天,在一次练习中,他杀死了洛特王,这着实引起了很大的反感。奥克尼的孩子们发誓要为父亲报仇,做好血债血偿的准备。我现在根本无法教他们怎么做。"

"兰斯洛特可以帮你啊,"王后说道,"能请到老朋友帮忙是一件不错的事情。"

"是的,当然。现在,兰斯,我带你去看看你的房间。"

夏天已经过半,卡米洛特的业余驯鹰师们正带着他们的猎鹰参加最后阶段的训练。如果你是一个聪明的驯鹰师,你一定能让自己的猎鹰快速地展翅高飞;如果不是,你会很容易犯错误,这样一来,你的猎鹰就无法及时完成训练。因此,卡米洛特的驯鹰师们都努力向外人展示自己有多么聪明——训练自己的猎鹰能尽快飞起来——要是到空地散散步,你会发现到处都是暴躁的驯鹰师,手持细皮条,跟助手争吵。正如詹姆士一世①指出的那样,训练猎鹰会将人的情绪煽动到极致。因为猎鹰本来就是暴躁的动物,长期与之生活,脾气难免会被同化。

亚瑟送给兰斯洛特爵士一只正在换毛的大隼,逗他开心。这是极大的奖赏,只有国王才配有大隼。女修道院院长朱莉安娜·伯纳斯给我们讲过等级制度——也许不一定准确。帝王拥有鹰,国王拥有大隼,之后是伯爵、仕女、侍从、神父和教堂执事,分别对应拥有游隼、灰背隼、苍鹰、雀鹰和雄枪

---

① 詹姆士一世:英国斯图亚特王朝的第一位君主,苏格兰女王玛丽·斯图亚特与第二任丈夫达恩利伯爵·亨利·斯图亚特(Henry Stuart)所生的唯一的儿子。他的祖先从十四世纪开始一直统治苏格兰。因英格兰女王伊丽莎白一世终生未嫁无后而继承英格兰王位,统一了英格兰和苏格兰。

鹰。兰斯洛特很喜欢这个礼物，很快便安下心来忙于应付和其他暴躁的驯鹰师之间的比赛。他们很严厉，相互批评训练方法，说着一些言不由衷的话，眼里满是猜忌。

兰斯洛特的大隼还未完全换毛，就像哈姆雷特一样，它身体肥大，呼吸有些困难。换毛的时候，由于长期待在马房里，它变得闷闷不乐，喜怒无常。因此，兰斯洛特只能把它绑在放鹰绳上进行一段时间的飞行训练，直到确定它已经恢复才放它去捕捉诱饵。所谓放鹰绳，就是一根拴在猎鹰脚上的长带子。训练过猎鹰飞行的人知道那有多么糟糕。现在的人们使用钓鱼的绕线轮，方便放出和收回皮条——可是在兰斯洛特的时代，根本没有那么好用的绕线轮，只能简单地把皮条像绳子一样缠绕成球。另外，如果你选择训练猎鹰的旷野没有经过仔细地修剪，附近的大蓟和草丛就可能缠住皮条，牵制猎鹰的飞行，破坏整个训练。因此，兰斯洛特和其他驯鹰师只能绕着卡米洛特城四处奔走，空气中满是打结的皮条、猜忌而敌对的气氛，以及振翅的飞鹰。

亚瑟王嘱咐妻子要对这个年轻人友好一些。她爱自己的丈夫，也知道自己已经介入了他们两人之间。她不会蠢到因为这一点而做些事情来弥补兰斯洛特，但是她还是很喜欢他这个人的。她喜欢兰斯洛特那张破损的脸，不论那张脸有多么可怕，并且亚瑟王也叮嘱过一定要礼貌对他。卡米洛特人口稀少，总是没有足够的助手来帮忙训练猎鹰。因此，桂妮薇决定做兰斯洛特的助手，帮忙处理皮条团。

兰斯洛特并没有过多地注意这个女人。"那个女人来了。"他总是自言自语，或者是"那个女人走了。"他已经完全沉浸在猎鹰训练中，其中只有一小部分适合女性，因而，他从不认为桂妮薇是个例外。除了长相丑陋，他俨然已经成为一个谦谦君子，而且长期以来，他的自我意识太过强烈，不会去关注这些微不足道的细节。从先前的妒忌桂妮薇转化为对她出没的漠视。他继续从事猎鹰训练工作，感谢她善良的帮助，礼貌地接受了她的好意。

一天，旷野的蓟草严重影响了训练，而他也错误计算了前一天应该补给的食物数量。虽然大隼大发脾气，不过，兰斯洛特还是控制住了它。桂妮薇对猎鹰没有特别的好感和兴趣，却被兰斯洛特紧锁的眉头吓到了，因为恐惧，她显得有些笨拙。她尽全力想要帮助兰斯洛特，可她知道自己并不擅长猎鹰训练，脑子里一片混乱。虽然她动作很小心、很温柔，出发点也很好，可是因为损坏了皮条犯了一个很大的错误。兰斯洛特一把从她手中抢走破损的皮条球，动作相当粗鲁。

"完全没用。"他一边说，一边愤怒地松开桂妮薇收回的皮条。紧锁的眉毛让整张脸更加阴沉。

一瞬间，一切都静止了。桂妮薇站在那儿，心痛不已。兰斯洛特感受到她的沉静，也站在那儿一动不动。猎鹰不再拍打翅膀，树叶也停止了沙沙作响。

此时此刻，年轻人知道他伤害了一个跟自己同龄的、有血有肉的人。他能从她眼中清楚地看到自己有多可憎，自己着实让她大吃了一惊。她对自己那么友善，得到的回报却是自己粗暴的对待。然而，最重要的她是一个活生生的人。她不是轻佻的女子，不虚伪，不做作，充满爱心。她就是漂亮的珍妮，有思想、能感受的珍妮。

第五章

　　最先注意到兰斯洛特和桂妮薇相互爱慕的是戴普大叔和亚瑟王本人。梅林曾警告过他——梅林正安全地被多变的尼缪困在自己的洞穴里——在他的潜意识里,一直在害怕这件事情的发生。可他一直讨厌自己拥有预知未来的能力,也曾成功地将它逼出自己的脑海。戴普大叔的反应就是在马房里给兰斯洛特上了一课。

　　"上帝啊!"戴普大叔大声感叹道,"这是什么状况?你究竟在干什么?身为欧洲最优秀的骑士,放弃谆谆教诲,只是为了女人美丽的双眸吗?而且还是一个结过婚的女人。"

　　"我不知道你在说什么。"

　　"不知道!不知道!圣母啊!"戴普大叔大叫起来,"我说的就是桂妮薇,就是她!愿荣耀归给上帝,直到永远!"

　　兰斯洛特一把抓住大叔的肩膀,把他按在柜子上坐下。

　　"听着,叔叔,"他斩钉截铁地说道,"我一直想和你谈谈。你是不是应该回本威克去?"

　　"本威克!"戴普大叔叫道,心仿佛被针扎了一下。

　　"是的,本威克。这样你就不用永远假装成我的侍从了。首先,你是两个国王的兄弟;其次,你的年龄是我的三倍。这违背了骑士规则。"

"骑士规则！"大叔大声呵斥，"呸！"

"说'呸'可不太礼貌哦。"

"是我教会你所有的本领！现在，我还没看到你完全证明自己就回本威克去！为什么？你甚至还没有在我面前使用你的佩剑！真是忘恩负义、背信弃义，简直就是莫大的背叛！太令我伤心了！我的信仰啊！我真是伤心透顶！"

激动的老者开始不停地说着一长串高卢话，像是所谓的征服者威廉"上主荣光"①的誓言和虚构的路易斯十一世的笑话"天杀的"②。顺着这一连串皇家思路，他还按顺序从卢卡的圣容③、上帝之死、上帝的牙齿和上帝之头中分别咒骂鲁弗斯、亨利一世、约翰王、亨利三世。大隼似乎很欣赏他的举动，激动地拍打着羽翼，仿佛女佣在窗外挥动拖布。

"好吧，要是你不愿意回去，你可以不走，"兰斯洛特让步了，"但是请不要再跟我说王后的事情。如果我们彼此心仪，我也无法控制自己的感情。喜欢一个人是没有错的，不是吗？不要说得好像我们都是恶棍。你一开口对我说教，你就已经认定我们有问题。你要么就是认为我做错了，要么就是不相信我的荣誉。请不要再提这件事了，好吗？"

大叔转着眼珠，挠挠头发，掰动指关节发出清脆的声音，他亲吻自己的指尖，还做了其他动作来表达自己的观点。之后，他再也没有提这件事。

亚瑟王的反应则十分复杂。梅林的警告本身就是自相矛盾的——如果你最好的朋友背叛了你，你们就不再是朋友了。亚

---

① 上主荣光（Per Splendorem Dei）：征服者威廉登陆英格兰时说的话。
② 天杀的（Pasque Dieu）：出自法国作家雨果的《巴黎圣母院》，法国国王路易十一曾通篇呼喊这句话。
③ 卢卡的圣容：圣容指耶稣受难时的痛苦面容。

瑟非常喜欢如花似玉的桂妮薇和她的活力；他对兰斯洛特也有一种直觉的敬意，这种敬意很快变成了喜爱之情。是否应该怀疑他们着实让亚瑟王大伤脑筋。

最后他想到一个解决问题的绝佳方法，就是带上兰斯洛特一起去参加罗马战争。不管梅林的警告是否属实，至少这样可以将这个男孩和桂妮薇分开，而且带着自己的门徒——一个优秀的战士——在身边是件多么令人高兴的事情。

罗马之战错综复杂，早已耗时多年。我们不用在这上面耗时太久。其实它是伯德格莱恩战争的合理结果，战火在欧洲的延续。为了赎金而战的封建观点在大不列颠已荡然无存，然而在国外则不同，外来的赏金猎人却想从新近建立国家的亚瑟王那里得到一些好处。卢西乌斯，罗马的独裁者——马洛里使用的正是这个词——派来使者向亚瑟王索取贡奉——通常情况下，在战争前称之为贡奉，战争结束后称之为赎金。与议会讨论后，亚瑟王回绝了进贡的要求。于是这个独裁者挑起了战争。他还派出了麦考利的拉尔斯·波希纳和其他信使去西面八方纠集盟军。他领导十六名国王从罗马起程行进至日耳曼高地，准备与英格兰交战。盟军来自安巴居、阿瑞奇、亚历山卓港、印度、赫蒙尼、幼发拉底、非洲、大欧罗巴、尔塔因、伊拉米、阿拉伯、埃及、大马士革、达米耶塔、凯亚、卡帕多其亚、塔斯、土耳其、庞斯、潘波里、叙利亚和加里西亚，还有来自希腊、塞浦路斯、马其顿、卡拉布里亚、凯特兰、葡萄牙和西班牙的军队。

在兰斯洛特刚开始迷恋桂妮薇的那几个星期，当亚瑟王的军队正要渡过英吉利海峡到法兰西迎敌——就是在那个时候，亚瑟王准备带上兰斯洛特。当然，那个时候兰斯洛特还不是圆桌第一骑士。现阶段，他只是与亚瑟王有过一场比试，公认的骑士首领是高文。

对于被带离桂妮薇身边，兰斯洛特很生气，他觉得这意味着亚瑟王不信任他。再加上，他了解到和他处于同样境况的崔斯特瑞姆爵士都能留在康沃尔马克王后身边，他不明白自己为什么不能留在桂妮薇身边。

虽然罗马之战已经持续了几年，但也没有必要去深入了解战役的全部内容。这是一场普通的战争，作战双方骁勇善战、呐喊声此起彼伏，厮杀中很多战士倒下了，杰出的战士们英勇作战，建立功勋。这场战争比起伯德格莱恩之战规模大很多——亚瑟王一方仍然拒绝将战役当成运动或商业活动——虽然它具有这样的特点。红发高文作为使者脾气暴躁，在谈判中杀死了人。兰斯洛特爵士则领导了一场敌我悬殊高达三比一的战役，杀死了利利国王和三名骑士阿拉库克、赫洛德和赫林达尔。战役中，三个臭名昭著的巨人结束了生命——其中两个死在亚瑟王的手上。最后一战，亚瑟拔出锻钢剑给卢修斯大帝当头致命一击，直劈到胸口才停下来。叙利亚的苏丹、埃及国王和衣索比国王——海尔·塞拉西的祖先——以及十七位其他盟军的国王和六十名罗马参议员也全部死在战场上。亚瑟命令手下将他们的尸体放进豪华的棺材里——并不是出于挖苦和讽刺——作为贡品送给罗马市长。这一举动让罗马市长，整个欧洲都奉他为王。普利桑斯、帕维亚和彼得桑特的广袤大地，以及特伦堡港口都臣服在他的威严之下。欧洲大陆和英格兰的封建恶习导致的连年战争终于得以平息。

战争中，亚瑟对兰斯洛特的喜爱越发强烈，一直到返回之时，他根本不再相信梅林的预言，早已将之抛诸脑后。兰斯洛特成为军队里公认的最伟大的骑士。亚瑟和兰斯洛特都坚信桂妮薇不会介入他俩，头几年就这样安全地度过了。

第六章

现在人们对兰斯洛特爵士的印象如何？也许他们只是认为他是一个面貌丑陋、擅长比武的年轻人。然而，他远不止如此。他是一个生活在中世纪受万人敬仰的骑士。

即使是现在，有时候你在乡村仍然能碰到这样的习语，由兰斯洛特说过的话演变而来。爱尔兰的农户们喜欢说"某某总是说到做到"来表达赞美和恭维。

兰斯洛特总是努力做到言出必行。正如无知的乡村居民一样，兰斯洛特认为言出必行是无价之宝。

然而，令人好奇的是虽然他坚守承诺，他极端矛盾的性格却给人邪恶的感觉。他的承诺之所以有价值，不仅因为他的善良，也因为他的邪恶。邪恶的人需要法则来约束自己。比如，他以伤害他人为乐。这样的理由也使得他很残忍，这个可怜的人从不会去杀求饶的人，也不会在事先防御的情况下做出残暴的行为。他爱上桂妮薇的原因之一就是自己曾经伤害过她。要不是注意到她痛苦的眼神，他绝不会意识到她也是个活生生的人。

圣贤之所以成为圣贤，总是有些奇怪的理由。一个人如果没有受到思想中正派思维的束缚，就会简单地和自己所崇拜的英雄的妻子一起私奔，那么，也许亚瑟王的悲剧永远也不会发生。兰斯洛特花了大半辈子的时间来追寻善良的真谛，以抑制自己心中潜藏的邪念。换做旁人，早就在这种导致自我毁灭的纠缠之前斩断根源了。

两个朋友从罗马战争归来，到达英格兰，战舰在三明治港登陆。那是九月的一天，天灰蒙蒙的，蓝色和红铜色的蝴蝶在草丛中翩翩起舞，鹧鸪像蟋蟀一样叫声清脆，黑草莓色泽鲜艳，榛子还在棉绒中孕育果仁。桂妮薇王后在海岸边等着他们的归来，她亲吻了亚瑟王——兰斯洛特知道她毕竟还是横亘在他们两人之间。他内心很痛苦，仿佛五脏六腑都拧成一团，他向王后敬礼致敬，然后立刻找了间最近的旅馆躺下，彻夜难眠。第二天一早，他向亚瑟王请求离开。

"但是你刚刚才回来啊，"亚瑟说，"为何你这么快就想离开？"

"我应该离开。"

"应该离开？"亚瑟王询问道，"你说应该离开是什么意思？"

兰斯洛特握紧拳头，指关节突出得很明显，一边说："我想去远征，去冒险。"

"可是，兰斯——"

"这正是圆桌的意义，不是吗？"年轻人大声吼道，"骑士注定要去远征，不是吗？去对抗权势。您为什么要阻止我呢？这就是我的全部想法。"

"好的，过来，"亚瑟王说道，"你不要那么激动。要是你愿意去，你当然可以做任何你喜欢的事。我只是想让你跟我们多待一段时间。别生气，兰斯！我不知道你怎么了。"

"早点回来。"王后说道。

第七章

著名的探险拉开了序幕。兰斯洛特的探险并不是为自己赢得名誉或是简单的消遣,而是为了逃离桂妮薇。他通过这样的斗争来挽回尊严,而不是建立自己的尊严。

我们接下来要详细描述其中的一次探险——向世人展示兰斯洛特试图转移注意力的方式,以及他举世闻名的荣誉是如何得来的。这次探险也向世人展示了英格兰王国的全貌,了解为什么亚瑟王为自己的公平理论付出了大量精力。这并不是因为亚瑟的自命不凡,而是因为早些年里,他的格美利王国处在无政府的艰难状态,需要类似圆桌骑士这样的理念来使国家重获新生。像洛特这样的人挑起的战争已经被镇压,但不顺从的贵族们仍像匪徒一样居住在自己的城池。男爵们掠夺犹太人的钱财,烧死反对他们的主教。农奴们被恶毒的主人用慢火烧死;用熔化的铅水烫死;身体被刺穿,双眼被剜除后奄奄一息地等待死亡的降临,用手和膝盖拖着残废的身体沿着路面爬行。小规模但却从不间断的战争是摧残穷人的导火索。就算一个骑士在战斗中被人从战马上拖下来,他的全身重铠也能让他毫发无损,即使骁勇善战的人也无法伤害到他。以法国的菲利普·奥古斯都为例,他在具有传奇色彩的布汶战役[①]中掉下战马后

[①] 布汶之战(Battle of Bouvines):1214年,英国约翰王与罗马帝国结盟,以夺取曾输给法国的领土。但法国国王在布汶之战中大败盟军,取得胜利。

被包围，所幸，敌方的步兵根本没能刺到他，很快他便被营救出去重新投入战斗，而且倍加勇猛。兰斯洛特的第一次探险本身就是那个动荡强权年代的最佳证明。

威尔士边境有两名骑士，卡拉多斯爵士和特尔奎尼爵士，他们有着相同的凯尔特血统。这两个思想保守的男爵从不向亚瑟王屈服，除了武力统治，他们不相信任何其他形式的政府。他们拥有坚固的城堡和邪恶的家臣，比起社会稳定的国家的家臣要邪恶得多。他们像鹰一样，靠掠夺同胞为生。其实，将他们比作鹰也不太妥当，因为大多数鹰都是高贵的动物，而特尔奎尼无论如何也称不上高贵。要是他现在还活着，很有可能被关进疯人院，他的朋友们一定会督促他接受心理分析治疗。

兰斯洛特爵士的探险之旅已足有一月之久，他想要的离他越来越远，每走一步对他来说都是煎熬。一日，一名身披铠甲、身骑牝马的骑士突然出现，马鞍上躺着另一名被五花大绑的骑士。马鞍上的骑士显然已经晕厥，浑身血迹斑斑、满是泥污，长着红发的头枕在马背上。骑马的骑士身材魁梧，兰斯洛特从他的纹章判断出他就是卡拉多斯爵士。

"你的俘虏是谁？"

魁梧的骑士从身后拿出俘虏的盾牌，高高举起，上面的纹章是镶嵌在三根绿色蓟中间的红色V形臂章。

"你准备怎么处置高文爵士？"

"这不关你的事。"卡拉多斯爵士回答道。

马停下了脚步，高文恢复了一些意识，他在马背上问道："是你吗，兰斯洛特爵士？"

"太好了，高文。你还好吗？"

"还行，"高文爵士回答道，"除非你帮助我，你要是不救我，就没有人能救我了。"

他使用的是骑士贵族语言，显得很正式——当时，流行两种语言：高地荷兰语和低地荷兰语，或者说是诺曼法语和撒克逊英语。

兰斯洛特看着卡拉多斯爵士，用方言对他说："放了他，咱们比试一场，如何？"

"你就是个傻子，"卡拉多斯爵士大言不惭地答道，"你跟他会是一样的下场。"

他们把高文放到地上，绑起来，防止他逃跑，随后准备战斗。卡拉多斯爵士的侍从递上他的战矛，而兰斯洛特只有自己做足准备，因为他坚持不让戴普大叔参加探险。

这一仗远不同于之前与亚瑟王的比试。首先，双方骑士实力相当，全速冲击后无一坠马，哪怕白蜡木战矛被冲击之力摧毁，双方仍稳坐于马鞍之上，战马经受了冲击依然平静。接下来的剑术比拼中，兰斯洛特技高一筹。将近一个小时的鏖战后，他成功地找准机会连续猛击卡拉多斯的头盔，刺穿其头盖骨——之后，卡拉多斯奄奄一息地倒在马背上，兰斯洛特一把抓住他的领子，将其拖下马来，砍下其头颅。高文爵士衷心感谢兰斯洛特帮助他重获自由，兰斯洛特替他松绑，根本顾不上想卡拉多斯爵士的事儿，就径直朝着英格兰荒野继续前行。

后来，兰斯洛特碰到了他的表弟莱昂内尔，两人结伴而行，继续前行去解决不公正的现象。不过，忘记了死在路旁的卡拉多斯，这有点不明智。

继续骑行了一段日子，一个闷热的正午，他们进入一片森林。内心深处有关桂妮薇的记忆在剧烈挣扎，加上天气原因使兰斯洛特感到精疲力尽。莱昂内尔也感觉有些困意，于是他们便把马绳拴在树枝上，决定躺在苹果树下休憩一下。兰斯洛特立马进入梦乡——但是莱昂内尔被苍蝇的嗡嗡声弄得总是睡不着，朦胧中看到了奇异的景象。

　　景象里，三名全副武装的骑士没命地奔跑，想要逃离另一名骑士的追赶。马蹄飞奔，发出震耳欲聋的响声，地动山摇——奇怪的是，兰斯洛特竟没有被吵醒——直到如庞然大物般的追逐者追上他的俘虏，勒令其下马，将其绑起来。

　　莱昂内尔是个雄心勃勃的孩子。他觉得自己可以抢在自己闻名于世的表兄之前结果这个庞然大物。于是，他悄无声息地爬起来，整理好盔甲，一跃上马，向胜利者发起挑战。不到一分钟，他也应声倒地，被捆起来无法动弹。兰斯洛特醒来之前，所有场景都消失得无影无踪。连续四场战斗中那个神秘的征服者是特尔奎尼爵士，他是被兰斯洛特杀死的卡拉多斯的兄弟。他喜欢将俘虏带回自己那阴森森的城堡，脱光他们的衣服尽情折磨他们。

　　兰斯洛特仍在沉睡中，这时新的场景又出现了。四名衣着华丽的骑士举着战矛撑起一顶绿色的丝绸华盖。华盖下四位中年女王身骑雪白的骡子，场面庄重而威严。她们经过苹果树时，兰斯洛特的战马发出刺耳的嘶嘶声。四位巫后中最年长的摩根勒菲女王停下来，朝着兰斯洛特爵士走去。兰斯洛特就躺在茂密的草丛中，全副武装的样子看上去极具危险性。

　　"正是兰斯洛特！"

　　没有什么比丑闻传播得更快了，特别是在拥有超能力的人群之间。四位女王都知道他爱上了桂妮薇，她们还知道他现在是公认的世界上最优秀的骑士。在这一点上，她们对桂妮薇心生妒忌。现在，兰斯洛特就在面前，她们认为这是一个千载难逢的机会，不由得暗自窃喜。她们开始为谁应该拥有兰斯洛特来炼制魔法而争执不休。

　　"无须争吵，"摩根勒菲说道，"我会对他施法，这样他在六个小时之内都不会醒过来。在安全把他带回我的城堡后，由他自己选择。"

大家一致同意这个办法。沉睡中的兰斯洛特躺在自己的盾牌上，由两名骑士抬进了战车城堡。城堡的模样早已改变，不再像以前那样是个存储粮食的城堡，也没有了光鲜亮丽的外观，仅仅是一个寻常的堡垒而已。他被安排到一个冰冷而空荡荡的房间里，一直处于熟睡中，直到魔法失去效力。

兰斯洛特一觉醒来，完全不知道自己身处何地。房间里漆黑一片，像是用石头砌成的地牢。他静静地躺在黑暗中，想着接下来会发生的事情。慢慢地，他开始想念桂妮薇王后。

不一会儿，一位年轻女子端着饭走了进来，问他状况如何。

"感觉如何，兰斯洛特爵士？"

"不知道，美丽的姑娘。我不明白自己是怎么到这儿的，我也无法正确判断自己感觉如何。"

"您无须害怕，"女孩说道，"如果您真的是一位伟大的人，明天一早我也许能帮您。"

"谢谢你。无论你能否帮助我，我都要感谢你如此为我着想。"

之后，女孩便离开了。

第二天早上，门闩发出咚咚的响声，生锈的门锁也在嘎吱作响。几个身着锁子甲的护卫出现在地牢里，整齐排列在门的两边，魔法女王们身着最漂亮的衣服走了进来，一看就是精心打扮过的。每位女王都向兰斯洛特爵士庄重地行屈膝礼。兰斯洛特优雅地站起身来，以深深的鞠躬回敬各位女王。摩根勒菲女王依次向他介绍自己和各位女王：戈尔女王、北加里斯女王、东土女王和外岛女王。

"听着，"摩根勒菲女王说道，"我们都很清楚你的

The Ill-made Knight | 37

事——这点你要明白。你是兰斯洛特·杜拉克爵士,你和桂妮薇王后有暧昧关系。作为世界上最优秀的骑士,她才喜欢你。可是,现在一切都结束了。你在我们手里,必须选择我们中的一个作为女主人——虽然这种并非出自你本意的选择没什么意义,不过你必须在我们当中作出选择。你会选谁呢?"

兰斯洛特回答道:"我怎么可能回答这样的问题!"

"你必须回答!"

"首先,"他说,"你所说的我和大不列颠王后的事不是真的,桂妮薇永远忠于国王。如果我得到释放,或是穿戴上铠甲,我能和任何人战斗来证明这一点。第二,我确定不会选你们中的任何一个做女主人。如果我的话有丝毫冒犯之处,我很抱歉,但这就是我想说的。"

"哦!"摩根勒菲有些吃惊。

"就是这样。"兰斯洛特说。

"就这些吗?"

"是的。"

四个女王冷冷地行了礼转身离去,哨兵们迅速向后转,盔甲在石头地板上发出清脆的响声。门砰的一声关掉了,灯光随之熄灭,钥匙锁门发出咯吱咯吱的声音,门在隆隆声中关闭。

送饭的女孩再次到来,她暗示兰斯洛特有话对他讲。兰斯洛特觉得她很有胆识,有自己的做事方式。

"你说过你可以帮我,对吗?"

女孩疑心重重地看着他,说道:"如果你是我想的那个人,我可以帮你。你真的是兰斯洛特爵士吗?"

"我想就是我。"

"我可以帮你,"她说,"但你得帮帮我。"

女孩突然哭起来。

女孩的哭泣是那么迷人,那么决绝。当她哭泣的时候,我们来讲讲早年在格美利举行的比赛①。这是一种有别于竞技的真正比赛。竞技中,骑士们一个个依次相互决斗,争夺奖品。然而,比赛更像是一场自由战斗。骑士们可以自由组队,二三十人为一队,靠集体的力量赢得战斗。这种大规模战斗有一定的重要性——举个例子来讲,一旦你支付了比赛的报名费,你同样也能参加竞技;但是,如果你只是支付了竞技的费用,你就无法参加比赛。人们很可能在混战中受重伤,但是只要能合理地控制住场面,这种情况也是能避免的。不幸的是,在过去的年代里,从未有过对场面的控制。

潘卓根时代的快乐英格兰是奥康诺②时代的贫穷爱尔兰。那里派系林立,一个国家的骑士,或是一个地区的居民,又或是一名贵族的家臣,都可能集结成派,相互仇视。这种仇视可能演变成长期不和,由此一来,一处领地的国王或领导者将在比赛中向另一处领地的头儿发起挑战——双方也会各怀鬼胎地坐下来协商。在天主教徒对上新教徒时代,或者斯图亚特王室对上橙党③的时代,也发生过同样的情况,在会面当场,手中握着橡木棍,心中却恨不得杀死对方。

"你为何哭泣?"兰斯洛特爵士问她。

"亲爱的阁下,"女孩抽泣着说道,"下周二,那可怕的北加里斯王要与我的父王决斗。他纠集了三名亚瑟王的骑士,我父王注定会失败,我担心他会受伤。"

"我明白了。你父亲是?"

---

① 作者常将自己作为第一人称引入文中。
② 奥康诺(Daniel O'Connell, 1775—1847):爱尔兰天主教的政治意见领袖,反对合并,大力推动爱尔兰的独立。
③ 橙党(Orange Order):新教的激进组织,成立于1695年,主要根据地在北爱尔兰,每年七月举行游行,庆祝在1690年博因河战役中信奉新教的橙色威廉大败信奉天主教的英王詹姆斯二世。

"巴格狄玛格斯王。"

兰斯洛特爵士站起来,在女孩的额头轻轻一吻,很清楚她希望自己该做什么。

"很好,"他说,"如果你能带我离开监狱,下周二我会加入你父王巴格狄玛格斯王的阵营。"

"非常感谢,"女孩一边回答,一边拧干泪水沾湿的手帕,"我想我得走了,他们该在楼下找我了。"

正因为是北加里斯王要跟自己的父王决斗,女孩自然不会帮助北加里斯的魔法女王将兰斯洛特关在监狱里。

第二天一早,城堡里的人们都还在熟睡,兰斯洛特听到厚重的大门被人轻轻推开,一只柔软纤细的手领着他在黑暗中穿过二十道魔法门,到达军械库。兰斯洛特看到自己的盔甲完好无损地放在里面,立马穿戴整齐奔向马厩,见到自己的战马正用闪闪发光的马蹄摩擦着地上的鹅卵石。

"请务必记住我的请求!"

"当然!"他回答道,转身策马扬鞭跨过吊桥,消失在晨光中。

在蹑手蹑脚地穿过了战车城堡的走廊时,他们已经拟好了与巴格狄玛格斯王会面的计划。兰斯洛特准备前往附近的白衣[①]修士会的修道院,在那儿等待那个因为放走自己而背叛摩根勒菲女王、被迫逃亡的女孩。他们将一直待在修道院里,等待他们把巴格狄玛格斯王带来,等着他们制订好比赛的计划。不幸的是,战车城堡坐落在野人森林,兰斯洛特迷失了前往修道院的方向。他骑着马整天在森林里徘徊,一会儿撞上树枝,一会儿缠绕在黑莓丛中,很快就失去了耐性。傍晚时分,他无意中发现了一座红色森德尔绸支起的帐篷,

---

① 白衣修士会(white friar):天主教加尔默罗修会,因其修道士穿白袍而得名。

里面空无一人。

兰斯洛特跳下马,看着这座帐篷。帐篷散发出一种奇怪的气息——在这树林中显得那么雍容华贵,里面却空无一人。

"这是座奇怪的帐篷,"他有些忧郁,因为脑子里全是桂妮薇的影子,"但是我想我可以在里面度过今晚。不管留在这里是不是一种冒险,我都应该尝试着接受,也许帐篷的主人正在外出旅行,我想他们不会介意我住一个晚上。无论如何,我已经迷路了,也没有别的选择。"

兰斯洛特卸下马具,把马儿拴好;卸下盔甲,整理好后挂在附近的树上,盾牌放在最上面。他吃了些女孩给的面包,从流经帐篷的小溪里找了点水喝,然后伸直双臂,手肘关节在舒展的同时发出清脆的响声,长长地打了个哈欠,用拳头敲了三次门牙,躺了下来。这是一张多么豪华的床啊!红色森德尔绸的床罩和帷幕交相呼应。兰斯洛特把自己包裹起来,一头埋进丝质枕头,把它当作桂妮薇轻轻吻了一下,很快便进入了梦乡。

他醒来已是夜半时分,月亮高挂在空中。一个浑身赤裸的男子坐在他的左脚上修剪指甲。

兰斯洛特的美梦才刚刚开始就被吵醒了。他一感觉到那人的存在,就立马跳动起来。这突如其来的情况也着实让那个男子吃了一惊,猛地从床上跳起来,抽出自己的宝剑。兰斯洛特也跳到床的另一边,朝自己挂在树上的装备跑去。男子紧追不放,挥舞着宝剑,试图从背后伤他。兰斯洛特安全到达大树,突然转身,手中已握着自己的宝剑。月光下,两人的动作奇怪而可怕,都光着身子,宝剑在满月的映照下发出闪闪银光。

"看招!"男子大声喝道,用尽全力向兰斯洛特的双腿发起进攻。但不出一分钟,他就丢掉手中的宝剑,弓着身子,双手捂住肚子,发出哀号声。被兰斯洛特击中的伤口涌出大量鲜血,在月光下乌黑发亮,内脏也隐约可见。

The Ill-made Knight | 41

"别打了。"男子哀求道,"求求你,别再打了。我快死了。"

"抱歉,"兰斯洛特回答道,"但你还没有等我拿到剑就攻击了我!"

男子继续求饶:"求求你!求求你!"

兰斯洛特把剑插在地上,走过去看他的伤口。

"我不会伤害你,"他说,"好了,让我看看。"

"你切开了我的肚子。"男子的语气明显带着责备。

"好吧,我只能说抱歉了。我甚至不知道我俩为何而战。靠在我肩上,我扶你到床上休息。"

兰斯洛特把男子扶到床上,为他止血,发现伤口并不致命。这时,一个漂亮的女子出现在拉开的帷幔前。借着他们点亮的微光,女子匆匆瞥见眼前的场景,突然惊声尖叫起来。她一下子冲进来安慰受伤的男子,一边不停地指控兰斯洛特是罪魁祸首。

"够了!"男子阻止了她,"他不是凶手,我们只是不小心认错了对方。"

"我躺在床上,"兰斯洛特解释道,"他走进来坐在我身上,当时我们都很吃惊,开始打斗。很抱歉伤了他。"

"可这是我们的床,"女子像《金发姑娘和三只熊》①里面的熊一样大声叫起来,"你在我们的床上干什么?"

"这是你们的床?"他回答道,"很抱歉。我找到这个帐篷的时候里面空无一人,我迷了路又疲惫不堪,我认为在这儿睡一晚没什么关系。"

"真的没关系,"男子说道,"欢迎你的到访,我想伤口不会再恶化了。请问阁下尊姓大名?"

---

① 《金发姑娘与三只熊(Goldilocks and the Three Bears)》:英格兰童话,讲述了在森林迷路的金发姑娘误入三只熊的家的故事。

"兰斯洛特。"

"太好了！"男子显得很兴奋，"现在，亲爱的，我知道刚才和谁在战斗了。难怪我会如此不堪一击。我曾一度思考为何我的生命这么脆弱。"

于是他们坚持留兰斯洛特过夜，第二天一早还带着他走上前往修道院的正确道路。

这次相遇只是整个故事中一个小小的插曲，男子名叫贝里斯，在他完全康复之后，兰斯洛特推荐他成为了圆桌骑士。兰斯洛特知道亚瑟王正需要像他这样胸襟宽阔的骑士，为了弥补自己的过错，他为贝里斯争取了一个圆桌席位。

兰斯洛特终于到达了修道院，之前那名美丽的女孩一直在等候，看到他的到来，显得异常兴奋，之前的担心也烟消云散。当女孩满心欢喜地从房间飞奔下来迎接他时，兰斯洛特的战马安静了下来。

"我父王今晚就到，"她说道，"我很高兴你能来！我之前还担心你会忘了这件事。"

兰斯洛特咧了咧嘴笑了起来，然后到房间里换了便装，洗了个澡，等候巴格狄玛格斯王的到来。

"格美利真是个令人迷惑的地方。"他自言自语道，努力让自己不去想桂妮薇，"事情一件一件发生得太快了，让人几乎不知道自己身处何方，我的表弟在苹果树下消失得无影无踪，到现在我都还没有弄清楚个中缘由；还有魔法女王们、派别比赛、昨晚在我入睡后跑到我床上的人，以及无声无息消失的半个家族。这样下去，我很难行事合宜了。"

兰斯洛特梳了梳头发，整理好衣服，便下楼去迎接巴格狄玛格斯王。

鉴于马洛里描述过这样的比赛，这里就不再赘述。兰斯洛特挑选了女孩向他推荐的三名骑士并肩作战,按计划,他们四人都要佩戴一种白色盾牌,通常由新进的骑士佩戴。兰斯洛特之所以这样安排,因为他知道自己的三名圆桌骑士同胞会代表另一方出战,他并不希望他们认出自己,这可能会引起朝中的不满。另一方面,他认为自己有责任参与战斗,履行对女孩的承诺。敌方的首领北加里斯王麾下有一百六十名骑士,相比之下,巴格狄玛格斯王旗下只有八十名。兰斯洛特迎战对方圆桌骑士的头儿,使他的肩膀脱臼;接着,将第二名圆桌骑士弄下马,头盔深埋到地下;第三名骑士被击中头部,鼻血直流,战马驮着他落荒而逃。最后他折断北加里斯王的大腿腿骨,每个人都清楚地知道整个比武结束了。

接下来,我们的英雄打算去寻找莱昂内尔的下落。他终于恢复了自由身——自从表弟莫名失踪后,他先是被恶毒的女王监禁起来,后来又帮助了救他出来的女孩。离开之前,巴格狄玛格斯王获得了比赛的奖品,女孩痛哭流涕,不停地致谢。他们承诺永远都是朋友,如果任何人需要任何帮助只需要捎个信。之后,兰斯洛特跨上战马,一路上向农户们询问方向,朝着表弟消失的树林而去。他心想,在上次见到表弟的地方仔细搜寻——就是有苹果树的地方——说不定能找到什么蛛丝马迹。

在苹果树所在的森林里,事实上就是在这棵树下,他碰到了一个骑着白马的女士。这棵苹果树似乎拥有魔力,很多条路都围着它。

"女士,"兰斯洛特开口问道,"你听说过这森林里有什么事可冒险吗?"

"有很多,"女士回答道,"如果你有足够的胆识去尝试。"

"我会去试试的。"

"你是个强壮的男子,"女士说道,"看上去也很英勇,虽然你的耳朵凸出得有些吓人。你要是愿意,我可以带你去世界上最凶残的男爵的住地,他绝对会杀了你的。"

"没关系。"

"我有个条件,你得告诉我你的名字。除非你是个著名的骑士,否则带你过去只会害死你。"

"我叫兰斯洛特。"

"跟我猜想的一样,"女士说道,"好吧,这真是幸运。我听许多人都谈起过你,你可能是世界上唯一能够打败我之前提到的那个男爵的人。他是特尔奎尼爵士。"

"很好。"

"有人说他是个疯子。他在一次战斗中俘获了六十四名骑士,全都关在监狱里,用荆棘鞭打他们。如果你被他抓住,也会被扒光衣服,遭到同样的酷刑。"

"听上去他是个有趣的对手。"

"那监狱就像是集中营。"

"这正是我随时准备要参加的战斗,"兰斯洛特爵士说道,"这也是亚瑟王建立圆桌的目的。"

"如果我带你去见他,你必须答应为我做一件事——当然,是在你赢了之后。"

"什么事?"他回答得有些小心翼翼。

"无须害怕,"女士接着说,"只是去消灭另一个我知道的骑士,他是个虐待少女的恶棍。"

"非常愿意。"

"好的,"女士说,"上帝保佑。不管怎样,我会在战斗时为你祈祷。"

他们骑行了一段时间,来到一处浅滩,兰斯洛特觉得很像第一次跟亚瑟王战斗的地方。周围的树上挂满了生锈的头盔和破烂不堪的盾牌——整整六十四面,上面的斜带纹[1]、山形纹、头朝上竖立的白斑狗鱼形图案,以及山鸟和鹰类图案清晰可见,尤其是直立的雄狮图案给人荒凉和被弃的感觉。盾牌的皮革蒙上一层发霉的绿色,看上去就像猎场看守的警告标示。

林间空地的中央有一棵主树,上面挂着一个巨大的铜盆,凌驾于破损的盾牌之上。离它最近的是莱昂内尔的盾牌——银白色,上面特有的红色图案象征他非长子后裔的排行标记[1]。

兰斯洛特知道该如何对付这个铜盆,于是采取了行动。他戴好自己的头盔,穿过滴水的树叶来到铜盆前面,用战矛的尾部猛敲盆底,直到它掉下来。紧接着,他和女士站在树林里一动不动,铜盆落下来发出的巨大声响打破了这里的寂静。

可是没有人来。

"他的城堡就在那边。"女士说道。

他们悄悄走向城堡的大门,在门口徘徊了将近半小时。兰斯洛特取下头盔和铁手套,眉头紧锁,一直咬着指甲,显得很焦虑。

半小时后,一个体形健硕的骑士骑着马穿过树林而来。这骑士让兰斯洛特惊讶不已——他看上去很像卡拉多斯爵士,兰斯洛特在营救高文的时候不是已经把他杀死了吗?让他惊讶的不仅仅是两人相同的体形,还有马背上同样驮着一个五花大绑的骑士。最特别的是,骑士的盾牌上印有三条大蓟和V形臂章,右上角表示血亲关系的方形图案被涂成了红色。事实上,

---

[1] 斜带纹(Bend):在纹章学中指从盾面左上角往右下角的一条纹路。
[1] 排行标记(Cadency):家族盾徽上的标记。在英格兰,长子一般会在盾徽上方画一条缀有流苏短直带的横带纹;次子画新月纹;三子画星形纹。

这个被俘的骑士正是加荷里斯——高文的弟弟。兰斯洛特一直紧紧盯着迎面而来的骑士。

应该说有绝佳的判断力的人常常能通过观察盔甲识别骑士的身份，即使他已经伪装了自己或者拿着白色盾牌。在后来的日子里，兰斯洛特有些时候不得不乔装打扮参加战斗，否则没人愿意跟他战斗。然而，亚瑟王和其他人总能通过他骑马的方式辨认出他。就像现在，即使板球运动员离观众席再远，人们也能认出他们，这是一样的道理。

经过长期的训练，兰斯洛特很是精于此道。他只看了特尔奎尼爵士一下，就注意到他的坐姿存在细微的漏洞。他告诉女士，除非特尔奎尼能一直稳稳地坐在座位上，否则他一定能救出俘虏。结果，特尔奎尼在比试的时候调整了姿势，兰斯洛特的点评丝毫没有起到作用——但是这恰恰说明了长枪竞技的特点，值得一提。①

骑术能决定一切。如果在冲击的一瞬间，有足够的勇气全速冲刺，往往就能获胜。绝大多数人都犹豫不决，因此他们的冲击力并不强烈。这正是兰斯洛特在冲击中屡屡获胜的原因所在。他拥有戴普大叔口中所说的锐气。有些时候，为了伪装得更像，他故意做出笨拙的动作，有意识地暴露座位下的空隙。然而，每到最关键的时刻，他总能施展出真正的冲刺——这让旁观者们，更是让他可怜的对手们无不发出惊叹"啊！兰斯洛特来了！"，然后被击中要害。

"好骑士啊，"兰斯洛特说道，"放下那个受伤的人，让他休息一会儿吧。我们俩来一决高下。"

特尔奎尼爵士拉了拉马绳，走到他面前，咬着牙说："如果你是圆桌骑士，我会很高兴能将你撂下马，再给你致命

---

① 作者喜欢评论。

一击。我一定会给你和所谓的圆桌一个狠狠的教训。"

"你说得太容易了。"

说罢,双方像平常一样往后撤退,举起战矛,闪电般冲向对方。最后的一瞬间,兰斯洛特意识到他错误估计了特尔奎尼的坐姿,也意识到特尔奎尼是自己见过的骑士中最擅长冲刺的——他猛冲过来,气势汹汹,目的相当明确。

双方骑士侧身闪避,同时矛在空中互相撞击,两头飞奔的战马上的人立起来向后摔倒,战矛爆裂,被高高抛入空中,优美地旋转着;骑着白马的女士害怕看到这个场景,连忙转过头。当她再次将目光回到战场上时,两匹战马瘫在地上,马受了重伤,两名骑士也躺在地上一动不动。

两个小时过去了,兰斯洛特和特尔奎尼继续持剑战斗。

"停一下,"特尔奎尼说道,"我有话对你说。"

兰斯洛特停止了攻击。

"你是谁?"特尔奎尼爵士问道,"你是和我交手过的最厉害的骑士。我从未见过哪个人能有如此快的速度。听着,我的城堡里有六十四名俘虏,我还杀过、伤过成百上千名骑士,他们都不如你。如果你愿意休战成为我的朋友,我会放了那些俘虏。"

"你真友善。"

"我只对你这样做,如果你不是那个人。如果你是,我一定会战斗到死。"

"那人是谁?"

"兰斯洛特,"特尔奎尼回答道,"如果你是他,我永远不会投降或者跟你做朋友,他杀死了我的兄弟卡拉多斯。"

"我正是兰斯洛特。"

特尔奎尼激动地喘着粗气,趁兰斯洛特毫无防备,狡猾地攻击了他。

"啊，你确定？"兰斯洛特说道，"早知如此，我就该说谎，这样那些俘虏就安全了。可你竟然想不露声色地杀了我。"

特尔奎尼爵士口中仍然喘着粗气。

"对于卡拉多斯的死，我很抱歉，"兰斯洛特继续说道，"我们之间的比试是公平公正的，他也没有求饶，我也没有怜悯他。他是在战斗中身亡的。"

两人继续战斗了两个多小时。除了宝剑，他们还使用了别的武器。有时候，他们用盾牌的边缘攻击对方；有时候，又用剑柄的圆头敲打对方。周围的草地上血迹斑斑——像极了鲑鱼身上的斑点，不过每个血点上都有尾巴，像蝌蚪一样。有时候，因为体重与盔甲的缘故，他们摔倒在一起。幸好填充着稻草的、沉重的骑士头盔上有一些小孔，当他们感觉窒息时，可以通过它们呼吸新鲜空气。他们疲惫地举起盾牌，根本不能好好护着身体。

突然之间，战斗结束了。双方都没有说话，兰斯洛特丢下宝剑，把握机会，用自己的双手擒住了特尔奎尼的头盔。两人摔倒在地，头盔也顺势落下。双方扯出随身佩戴的短剑做最后一击，特尔奎尼弹了起来，身体发抖，停止了呼吸。

随后，加荷里斯和女士找了点水喂兰斯洛特，兰斯洛特说："无论他犯了什么错，他都是个勇士。他永远不会投降，我对此深感抱歉。"

"但是，请想想那些残废的骑士和被鞭打的俘虏。"

"他还在沿袭旧的制度，"兰斯洛特说道，"而我们必须阻止他们。但不管怎样，作为斗士，他是旧制度的光荣。"

"他是个残暴者。"女士说道。

"不管他是怎样的人，他深爱他的兄弟。加荷里斯，能把马借给我吗？我还得继续前进，我的马死了，真可怜。如果你把马借给我，你可以去城堡里释放莱昂内尔和其他俘虏。告诉

The Ill-made Knight

他赶快回宫廷吧，以后放聪明点。我得跟着这位女士走。你愿意把马借给我吗？"

"你当然可以用我的战马，"加荷里斯说，"是你救了我们。你拯救了奥克尼！你上次救了高文，而阿格莱瓦现在就在那座城堡里。你当然可以用我的马，兰斯洛特，当然可以！"

第八章

　　兰斯洛特的第一次探险之旅耗时一年，其中还遇到了其他冒险——然而也只有两次冒险值得详细讲述。它们都混合着不可抗力的保守伦理，而这些伦理正是亚瑟王发起的十字军远征所反对的东西。这是旧制度，即诺曼贵族的老派态度，它的存在引发了这个时期的冒险——因为只有被驱逐的统治阶级成员才会对此深恶痛绝。亚瑟王派出圆桌勇士对付守旧的恶霸，那些信奉"强权即公理"的、脾气暴躁的男爵们在绝望的愤怒中顽强抵抗。如果那时有《泰晤士报》，一定会写信投诉。他们中稍好的一批人认为亚瑟王是新王，但他的骑士们远远达不到自己父辈时代的标准；而他们中的恶棍们则编造出更加丑恶的名字，尽情发挥天性中的残忍，冥思苦想出一系列暴行，然后归罪于圆桌骑士。形势与常识渐渐脱离，只有残暴的人们才接受残暴的故事。许多被兰斯洛特打倒的男爵因为害怕失去自己与生俱来的权力，联合起来对付他，认为他是毒气般的恶人。他们不择手段地与兰斯洛特战斗，把他当作反基督者，而且他们坚信自己是在捍卫真理。战争演变成了一场不同意识形态之间的内战。

　　夏日晴朗的一天，兰斯洛特骑着马穿过一座陌生城堡的园地。许多树木散乱地生长着——有参天的榆树、橡树和山毛榉——因为想念桂妮薇,兰斯洛特的心情有些沉重。在离开那个带她去找特尔奎尼爵士的女士之前——他兑现了自己的承诺——他们进行了一次关于婚姻的谈话,这着实扰乱了他的心智。女士告诉他要么娶一个老婆,要么找一个情人,兰斯洛特对此感到生气。"我无法阻止人们谈论某些话题,"他说道,"可是现在的我根本不可能结婚,而我认为找一个情人也是不对的。"他们就此争论了一段时间,然后各自离开。现在,虽然他又经历了很多次冒险,他仍然在思考女士的建议,越发感到苦恼。

此时,空中传来了清脆的铃声,他立刻抬起头。

一只漂亮的游隼正拍打着翅膀飞向榆树的顶端,身上的铃铛在风中发出悦耳的声响,脚上绑着细皮条放鹰绳。她[①]似乎有些不高兴,她坐到榆树之巅,环顾四周,眼神充满了愤怒、喘着气,放鹰绳在最近的树枝上缠了三圈。当她注意到兰斯洛特爵士正向她骑马过来时,她试着再次愤怒地飞走。可是细皮条缠住了她,使她头朝下吊在空中,不停地在空中拍打着翅膀。兰斯洛特的心提到了嗓子眼,生怕她弄伤了身上的羽毛。不一会儿,游隼停止了挣扎,任凭自己头朝下吊在空中,慢慢旋转,但仍是一副气愤的模样,让人觉得可笑,而且她的头像蛇一样一直高高抬起。

"哦,兰斯洛特爵士,兰斯洛特爵士,"一个陌生的贵妇大声叫道,朝着他全速骑行过来,"哦,兰斯洛特!我的猎鹰不见了。"

"她在那儿,"他答道,"就在那棵树上。"

"哦,我的宝贝!我的宝贝!"贵妇人叫道,"我只是试

[①] 作者在提到动物的时候,有时使用人格称谓。

着用绳子教它，可绳子断了！要是我再抓不到它，我丈夫会杀了我的。他是个性急而狂热的养鹰人。"

"但是他真的会杀你吗？"

"哦，他会！虽然这不是他的本意，但是他真的会杀了我！他性子太急了。"

"或许我能阻止他？"

"哦，不，"贵妇人说道，"根本不起作用。你会伤害到他，我可不愿意你伤害我亲爱的丈夫。你能爬上树帮我把她抓下来吗？"

兰斯洛特看看贵妇又抬头看了看树，然后深深叹了一口气，说道——就像马洛里记录的那样："好吧，漂亮的女士，既然你知道我的名字，也要求我以骑士身份帮助你，我会竭尽所能帮你抓鹰。不过我真的不擅长爬树，而且树那么高，又没有足够多的树枝。"

童年的他一直在学习成为一名战士，根本没有时间像其他孩子那样爬到树上掏鸟窝。女士的要求对于像亚瑟或者高文那样的人来说，是小菜一碟，却着实难倒了兰斯洛特。

兰斯洛特不情愿地脱下铠甲，剩下衬衫和马裤，偶尔抬头看看那棵可怕的树。然后他猛地跳上第一根树枝，贵妇则跑到树下，讲讲猎鹰、自己的丈夫和晴朗的天气。

"没问题，"他愁眉不展地说道，眼睛看到的全是树皮，"没问题，没问题。"

树顶上，游隼正在跟脚上的皮条纠缠——皮条像往常一样缠绕着她的颈子和翅膀——兰斯洛特只能让她站在自己的手上。她歇斯底里地紧紧抓住他的手，兰斯洛特很有耐心，不顾疼痛把她解救出来。养鹰人从不会因为鹰伤害他们而心烦，因为他们太投入了。

虽然猎鹰被成功救出，但他意识到自己无法只靠一只手爬下树。他朝着女士大喊——站在树下的她显得尤为渺小，"小心，我打算把她的脚带系在一根沉重的树枝上——如果我能弄到一根的话，然后把她扔下来。我找了一根不太重的，她可以慢慢下来。我会尽量扔远一点，绕过树枝。"

"哦，请一定小心！"女士大喊道。

兰斯洛特扔出猎鹰后，小心翼翼地寻找下树的路径。有些树枝已经坏掉了，他只能尝试去找平衡。当他离地面还有二十英寸的时候，一名全副武装的胖骑士飞驰而来。

"哈，兰斯洛特爵士，"胖骑士叫道，"我找到你了。"

女士捡起猎鹰，打算离开。

"女士！"兰斯洛特喊道，他想知道为何每个人都知道他的名字。

胖骑士尖声喝道："你离她远点，刺客！她是我的妻子。她只是按照我的吩咐做事，你上当了。哈哈！现在你没了你那身闻名于世的铠甲，我要杀了你，就像溺死一只小猫一样简单。"

"这种行为可不高尚，"兰斯洛特苦笑着说，"你至少应该让我穿上铠甲，公平战斗。"

"让你穿上铠甲，你这小狗！你把我当成什么？我可不想听这些新近出现的废话。当我抓到一个在吃烤小孩的人，我就会像杀死害虫一样杀了他。"

"可是真的——"

"下来，下来！我可不愿意在这儿等一天。是男人，就像男人一样下来，接受自己的命运。"

"我向你保证，我没有烤孩子吃。"

胖骑士的脸气得通红，大声喝道："骗子！骗子！魔鬼！立刻下来！"

兰斯洛特坐在树枝上，摇晃着双腿，咬着手指甲。

"你是想说，"他问道，"你故意松掉皮条放走猎鹰，就是为了在我卸下铠甲时杀掉我，是吗？"

"下来！"

"如果我下来，我一定会用尽全力杀死你。"

"小丑！"胖骑士怒吼道。

"好吧，"兰斯洛特说，"这可是你的错。你不应该玩这种下三滥的把戏。我再问最后一次，你究竟让不让我穿上铠甲，体面地跟你战斗？"

"当然不！"

兰斯洛特折断一根腐烂的树枝，从树上一跃而下，跳到自己战马的另一侧。胖骑士朝他冲过来，隔着战马横着身子试图猛击他的脑袋。兰斯洛特用树枝阻挡攻击，骑士的宝剑卡在了木头里。他顺势从骑士手中夺走宝剑，划开他的喉咙。

"滚开！"兰斯洛特朝着贵妇大声吼道，"别哭哭啼啼的。你丈夫是个蠢货，你也让我觉得恶心。对他的死，我不会感到抱歉！"

但他还是后悔了。

最后一次冒险也与背叛和女子有关。年轻的兰斯洛特悲伤地骑着马穿过沼泽地区——现在那片地区早已干旱，但在当时或许是英格兰王国最荒芜的土地。所有的路都暗藏在沼泽里，只有那些曾经被尤瑟·潘卓根征服的撒克逊沼泽人才知道它们的所在。低矮的天空下，散发着海洋味道的平原就是一片广大的茅草地。成群的麻鸦发出恐怖的叫声，沼泽猎犬在芦苇丛中寻觅猎物，数百万只赤颈凫、绿头鸭、凤头潜鸭各自排成楔形在空中飞行，看上去像是一个个插上翅膀的香槟瓶子。盐沼地上，从斯匹次卑尔根飞来的鹅在缓慢地行走，颈子弯成环状，轻啄身上的羽毛。生活在沼泽地的人们用网和工具捕捉它们。沼泽地的人们的肚子有斑点,脚上有蹼——英格兰大部分地区的人都这么认为。他们会杀害外来者。

兰斯洛特沿着一条笔直的路前行——那条路似乎没有尽头,他看见两个人从路的另一头朝他疾驰而来,是一名骑士和一个女子。女士骑在前面,发疯似的策马奔跑;骑士跟在她后面,他的宝剑在阴沉沉的天空下闪着光芒。

"这里!这里!"兰斯洛特一边喊,一边策马而去。

"救命!"女子尖叫起来,"救救我!他要砍下我的头!"

"别管她!滚开!"骑士叫嚣着,"她是我的妻子,她与别人通奸!"

"我从未做过,"女子痛哭着说,"哦,先生,请救救我。他残忍且极其野蛮。只是因为我喜欢上了我的日耳曼表兄,他嫉妒。我为何不能喜欢自己的表兄?"

"淫妇!"骑士大叫一声,竭尽全力想要抓住她。

兰斯洛特走到他们中间,说道:"说实话,你不能这样对待一个女子。我对你们孰对孰错不感兴趣,但是你不能杀女人。"

"这种说法是从何时开始的?"

"自从亚瑟王登基以来。"

"她是我的妻子,"骑士说道,"她跟你一点关系都没有。滚开!不管她怎么说,她都是个淫妇。"

"不,我不是,"女子反驳道,"你才是恶霸。而且你酗酒成瘾。"

"是谁害我烦得酗酒的?说起来,酗酒比通奸要好。"

"安静!"兰斯洛特说道,"两个都给我安静。真是麻烦事。在你们都冷静下来之前,我只能待在你们中间。我想你不会介意和我决斗,再决定要不要饶了这位女士吧?"

"当然介意,"骑士说道,"你是兰斯洛特,我早就从你的银白色和红色纹章看出来了。我不会跟你战斗,尤其是为了这样的婊子,我可不是傻子。这到底跟你有什么关系?"

"我会离开的,"兰斯洛特说,"只要你以骑士身份承诺不会杀死这个女士。"

"我不会做这样的承诺。"

"你不会的,"女子说道,"不管怎样,你都不会恪守承诺。"

"有一群沼泽战士,"骑士说道,"尾随我们一路慢跑而来。朝后面看看,他们可是全副武装。"

兰斯洛特勒住马,转过头往后看。就在同时,骑士倾身靠近他,一刀砍下女子的头。兰斯洛特并没有看见什么战士,当他再次转过头,他旁边的女子早已没了头颅。她慢慢地往左边倾斜身子,身体在不停抽搐,最后跌落到尘土里。兰斯洛特的战马被溅满了鲜血。

兰斯洛特脸色变得惨白。

"我要杀了你。"他说。

骑士立刻跳下马,躺在地上。

"不要杀我!"他说,"发发慈悲吧!她是个淫妇。"

兰斯洛特也跳下马,拿起宝剑。

"起来!"他喝道,"起来跟我战斗,你,你——"

骑士朝着他爬过来,抱住他的大腿,让复仇者无法挥动宝剑。

"发发慈悲吧!"

他如此落魄的模样让兰斯洛特心生恐惧。"起来!"兰斯洛特吼道,"起来战斗!看着,我脱掉盔甲,只用剑!"

可是骑士一直在求饶:"发发慈悲吧!发发慈悲吧!"

兰斯洛特感到不寒而栗,不是因为骑士的举动,而是因为自己的残酷行为。他把剑插在地上,把骑士推到一边。

"看看那些血迹。"他说。

"别杀我,"骑士还在求饶,"我投降、我投降。你不能杀一个求饶的人。"

兰斯洛特拿起剑,放过了那个骑士,仿佛违背了自己的灵魂。他感受到自己内心的残忍和懦弱,它们正是让自己变得勇敢和善良的原因。

"起来,"他对骑士说,"我不会伤害你。起来,走吧。"骑士像只狗一样趴在地上看着他,慢慢地站起来。兰斯洛特离开了,感觉很不舒服。

圣灵降临节的庆典上,参加探险的圆桌骑士们都会再次聚集到卡尔里昂讲述各自的冒险经历。亚瑟王发现这样能使人们用新的方式来维护正义。大部分骑士都喜欢带上自己的俘虏,作为自己故事的见证者。就好像非洲偏远地区的某些警察总监常常派出警司去丛林中,到了下一个圣诞节各自带回已归顺的野蛮部族首领。这样一来,他们感受了宫廷的伟大,回去以后或多或少会有所改变。

兰斯洛特第一次冒险后举行的圣灵降临节几乎是以灾难收场。奥克尼家族俘获了几个衣衫褴褛的巨人,向在座各位表达敬意。然而,兰斯洛特这边则有一大群人。

"你们是谁的人?"

"兰斯洛特的。"

"你们呢?"

"兰斯洛特的。"

不一会儿,在场的圆桌骑士开始议论纷纷。亚瑟王说话了:"贝里斯爵士,欢迎你来到卡尔里昂,我能问问你归顺了哪名骑士吗？""兰斯洛特。"整个圆桌骑士异口同声地叫起来。贝里斯爵士满脸通红，他在想大家是否在嘲笑他，小声回答道："是的，我归顺了兰斯洛特爵士。"

贝迪威尔爵士走过来，承认自己如何砍掉了自己淫乱妻子的头。他带来了妻子的头颅，并被告知交给教皇忏悔——之后他的心灵得到了净化。高文鲁莽地走出来，用苏格兰英语讲述了自己是怎样被兰斯洛特从卡拉多斯爵士手里营救出来的。加荷里斯率领着六十四名手持锈迹斑斑盾牌的骑士也悉数到来，叙述了他们被从特尔奎尼爵士的魔爪里解救的经过；巴格狄玛格斯王的女儿很激动，描述了与北加里斯王的决斗。除此之外，还有许多人来自我们未曾提及的冒险旅程——这些骑士都是在兰斯洛特乔装成凯伊爵士时归顺他的。

你可能还记得在《石中剑》一书中我们曾提及，凯伊因为管不住自己的嘴，不太受人欢迎。在冒险旅程中，兰斯洛特被迫去营救被三名骑士追杀的凯伊。当时，为了让凯伊能不受干扰地回到朝中，一晚，当他熟睡以后，兰斯洛特换上了他的盔甲——追杀凯伊的骑士们都误以为他是凯伊，而碰到穿着兰斯洛特盔甲的凯伊时，却因为害怕而敬而远之。在这种情况下，归顺的骑士包括高文、乌文、萨格拉姆、埃克特·德玛里斯，另外还有三个。还有一名叫做梅里沃特·德洛格斯的骑士，他是在遭遇邪恶力量时获救的。

所有人都不是为效忠亚瑟王而来，而是为了桂妮薇。兰斯洛特已经离开整整一年了，他无法继续忍耐下去，他无时无刻不在思念桂妮薇，盼望着能回来和她团聚，这是他做所有这些事的动力。他让所有的俘虏都效忠于桂妮薇。而这个做法最终带来了致命的后果。

第九章

　　要解释桂妮薇的情况有些困难,除非一个人有可能同时爱上两个人。或许不可能以同样的方式爱两个人,但可以拥有不同的爱。妇女们同时爱着自己的孩子和丈夫——而男人们常常在爱着一个女人的同时,对另一个女人还抱有非分之想。在某种程度上,桂妮薇既深爱着亚瑟王又对这个法国男子动了心。从一开始,她和兰斯洛特就是大孩子,亚瑟王比他们年长八岁。与二十二岁相比,三十岁的年纪似乎已处在衰老的边缘。她与亚瑟王的婚姻是一桩"包办"婚姻。确切地说,这个婚姻是亚瑟王和李奥多格兰王在签署的条约中定好的,事先并没有征求她的同意。这是一次成功的联合,就像一般的政治联姻一样。在兰斯洛特出现之前,这个年轻的女子深深崇拜着自己闻名于世的丈夫,即使他的年纪比自己大很多。她尊敬他,心存感激、善良、爱情和安全感,而且她的感受远不止这些——可以说除了浪漫的激情,她在亚瑟王身上能找到所有的感情。

　　当时,所有俘虏都到齐了。年方二十的王后满脸红霞飞舞,在灯火通明的大厅里,所有高贵的骑士全都屈膝在她面前。

　　"你是谁的战俘?"

"我是王后的俘虏，不管是生是死。是兰斯洛特爵士派我来的。"

"你呢？"

"我也是王后的战俘。是兰斯洛特派我来的。"

兰斯洛特——每个人嘴里都在念叨这个名字：他是世界上最杰出的骑士，能力在所有人之上，甚至比崔斯特瑞姆还要厉害，他威严、慈悲、丑陋、无敌，他让所有战俘都效忠王后。整个场面就像是一次生日聚会，他们带来了很多礼物，让人感觉像童话故事一般。

桂妮薇坐得笔直，庄严地向各位战俘点头示意，并赦免了所有人。她的眼睛闪着光芒，比头上的皇冠还要耀眼。

兰斯洛特最后到来，大厅入口的火炬手们一阵骚动，一个声音传到了大厅里。先前整个场面像极了圣基尔达岛[①]海鸟聚会的前一刻，刀叉、盘子和酒杯发出的清脆响声，骑士们友好的交谈声，为了索取更多的羊肉或是经过蒸馏处理的蜂蜜酒的声音都突然停止了。人们把脸转向门口——兰斯洛特就站在那儿，卸下铠甲的他身着华丽的、扇形花边的天鹅绒长袍。他站在黑暗中犹豫不决，思考着为何周围突然安静了下来——光亮照在他的身上，宣示他的到来。骑士们再次转过头，继续庆祝，兰斯洛特走上前去亲吻亚瑟王的手。

就是这一刻，一切尽在不言中。

"很好，兰斯，"亚瑟王神采飞扬地说着，"这真是一场狂欢。这么多的俘虏，珍妮都坐不住了。"

"这都是献给她的！"兰斯洛特说道。他和王后没有互相对视。然而，在他踏进大厅的门槛时，他们两人的眼睛就如同

---

① 圣基尔达岛：位于苏格兰的刘易斯岛外海，外赫布里底群岛，是一个火山密布的群岛，那里有欧洲最高的悬崖。该群岛包括四个岛屿，面积有八百五十三公顷，位于大西洋大陆架上，在尤伊斯特西北部六十四公里处，距离大陆一百六十公里。

磁铁般相互吸引着。

"我忍不住想到他们也是对我效忠的，"国王说道，"结果你给了我一个大礼，这些俘虏加起来相当于三个郡的人数。"

兰斯洛特觉得应该打破沉默，便开始滔滔不绝地讲起来。

"三个郡还不够多，"他说，"对于整个欧洲的帝王来讲真的不够多，您说得好像您从未征服过罗马独裁者。您的领土现在是什么状况？"

"还是老样子，兰斯。征服独裁者不是件好事，除非你和其他人采用文明的方法。如果整个欧洲都陷入疯狂的战争，那成为欧洲之王有什么用？"

桂妮薇也开口支持兰斯洛特。这是他俩的第一次默契举动。

"你很奇怪，"她说，"亲爱的亚瑟。你总是在打仗，征服其他国家，赢得战争，可你现在又说打仗是坏事。"

"是的，就是坏事。打仗是世界上最坏的事情。上帝啊，我们不需要多作解释了吧？"

"不。"

"奥克尼一族怎么样？"兰斯洛特连忙换了一个话题，问道，"您最著名的文明行动进展如何？强权和正义，谁占上风？您可别忘了我已经离开一年了。"

国王双手托腮悲伤地看着面前的桌子。他善良、正直、热爱和平，少年时代曾受到其天才导师的折磨。他们之间曾经总结出一个理论，杀戮和成为暴君都是邪恶、错误的行径。为了阻止它们，他们提出圆桌这一想法——一种类似民主、运动家精神或道德准则的模糊概念。但现在，在努力实现世界和平的过程中，他的双手沾满了鲜血。当他健康、愉快的时候，他没那么痛苦，因为他知道这进退两难的局面是无法避免的。可是脆弱时，他就会受到羞愧、耻辱和优柔寡断的困扰。他是第一批崇尚文明的北欧人，他们决心做与匈奴王阿提拉①完全不同的事。有时对抗混乱的战争似乎并不值得，他常常在想要是所有死去的战士能复活该有多好——即使他们将再一次生活在残暴和疯狂的统治中——也好过死亡。

"奥克尼家族不行了，"他说，"文明也不行，只有你带来的礼物不错。在你进来之前，我一直认为自己一无所有——现在我感觉得到，自己至少是三个郡的王。"

"奥克尼家族怎么了？"

"上帝啊，在你归来这一欢乐时刻为什么非要谈论他们呢？"

"必需的。"

"是因为摩高丝。"王后说道。

"至少部分问题在她身上。现在洛特死了，摩高丝会和任何她能找到的人上床。我多么希望皮林诺国王杀死洛特这件不幸之事没有发生过！这对她的孩子们产生了很坏的影响。"

"您的意思是？"

国王用指甲抓了抓桌面，回答道："我希望在你乔装成凯伊时，没有征服高文。我也希望你没有获得如此辉煌的胜利，将高文和他的兄弟们从卡拉多斯和特尔奎尼手中拯救出来。"

"为什么？"

"这张圆桌——"年长的男子慢慢说道，"在我们创建的时候是个好的概念。有必要为参战的人们建立一种方式来表达自己，又不会造成伤害。我发现除了像孩童一样开始一种新的

---

① 阿提拉（Attila the Hun，406—453），古代欧亚大陆匈人最伟大的领袖和皇帝，史学家称之为"上帝之鞭"，曾多次率领大军入侵东罗马帝国及西罗马帝国，并对两国构成极大的打击。

方式，别无他法。为了让他们加入，我们建立了一个帮派——就像孩子在学校里一样。这个帮派必须发誓只为我们的理念而战——你可以称之为文明。当我开始走上这条路时，我心中的文明仅仅是指人们不应该欺凌弱小——不应亵渎少女、抢劫寡妇、杀害已经被打败的人。人们应该文明一点。然而，现在已经变成了运动精神。梅林总是说运动精神是对世界的诅咒，而事实也是如此。

"我的计划已经脱离了原先的轨道。所有的骑士都迷恋着运动精神，并把它演变成一种充满火药味的竞争——梅林称之为竞赛狂热。人们闲聊、唠叨、暗示和观看谁最后把谁拉下马，迫切想要知道谁拯救的女士最多，以及谁是最优秀的圆桌骑士。我建造圆桌的目的就是为了阻止这些事情的发生，可现实却事与愿违。奥克尼家族最为疯狂。我认为正是由于他们从小在母亲身上得不到安全感，才让他们迫切想要争取成为最优秀的骑士。他们只能让自己变得越来越优秀，来弥补自己的母亲。

"这就是为什么我希望你没有击败过高文。他是个体面的小伙子，他的内心一定没有真正归顺你，你各种出色的表现更是已经伤到了他。这些应该是他们成就中的一部分，这些成就对于我的骑士们来说比灵魂还要重要。如果你不小心，奥克尼家族就会杀了你，就像他们想要杀掉可怜的皮林诺一样。这是种邪恶的念头，但人们往往会做出毫无价值可言的事情来保护自己所谓的荣誉，或者运动精神，或者文明。"

"说得真好！"兰斯洛特赞赏道，"开心点！他们不会有机会伤到我，即使他们是为了杀我而来。至于您说的计划脱离了轨道，我认为毫无意义。圆桌是前所未有的最棒的东西。"

亚瑟的手依然托着头，他抬起双眼，看见自己的朋友和妻子正在对视，于是很快又低头盯着自己的盘子。

第十章

戴普大叔一边把玩着头盔，一边说道："你的斗篷已经破了，我们应该换一个新的。虽然破损的斗篷代表着战斗的光荣，可是在有条件修补的前提下还一直穿着就是一种耻辱。这样的做法通常被认为是自负的表现。"

他们在一个北面开窗的小屋里交谈，屋里很冷，没有生气，蓝色的光像冷冻的油覆在钢制品上。

"是的。"

"你的宝剑怎样？还锋利吗？你喜欢它的匀称吗？"

兰斯洛特的宝剑是加兰德所造，他是中世纪最伟大的铸剑师。

"是的。"

"是的！是的！"戴普大叔大声吼道，"除了'是的'，你还能说点别的吗？我的灵魂就要迈入棺材了，兰斯洛特，但是它还是要问你是不是哑巴了！说到底，在你身上到底发生了什么？"

兰斯洛特一直在梳理羽饰上的羽毛，它是戴普大叔手里那顶头盔上独一无二的标记，无法分开。人们通过电影院和戏剧广告，重新表现身着盔甲的骑士们常常戴着鸵鸟羽毛装饰，像狗尾巴草的茎干一样点头。但这种羽饰不一样，以凯伊的羽饰为例，形状像是一把死板而单调的扇子，边缘向四处散开——它是根据孔雀眼睛周围的羽毛形状做成的，像极了一把呆板的孔雀扇竖立在头上，一动不动，更像一只脂鳍①，不过更加俗丽。兰斯洛特则不喜欢这些华而不实的东西，仅仅搭配了用银线穿起来的苍鹭的羽毛，这跟他银色的盾牌相得益彰。此时此刻，他暴躁地将它们扔到角落，站起来，奇怪地踱着步。

"戴普大叔，"兰斯洛特说，"你记得我曾经告诉过你不要谈论某些事吗？"

"记得。"

"桂妮薇爱我吗？"

"你应该问她。"大叔用法国式的逻辑回答他。

"我该做什么？"他大声说道，"我该做什么？"

如果说解释桂妮薇同时爱上两个男人是件困难的事，要解释兰斯洛特的感受就更不太可能了。至少在今天看来是不可能实现的，因为如今每个人不再受到迷信和偏见的影响，我们需要做的只是自己喜欢的事情。为什么兰斯洛特不对桂妮薇表达爱意，为什么他不能像今天的人一样带着她私奔？

造成这种困境的一个原因是他是一名基督教徒。现代社会已经忘记在遥远的过去还有一群基督徒，在兰斯洛特时代没有新教徒——除了约翰·斯科图斯·伊里吉纳②。他的教堂，也是他成长的地方——一个人无法背弃自己的出身——直接禁止他引诱最好朋友的妻子。另一个阻止他为所欲为的正是骑士制度或文明的想法，亚瑟王首先提出了这样的想法并将它介绍给

---

① 脂鳍：鱼鳍的一种。与一般具有鳍条和鳍棘的鳍极不相同，它是一种由皮肤和脂肪构成的鳍状突起，位置在背鳍与尾鳍间。许多鲇科，多数脂鲤和鲑鱼类都长有脂鳍。
② 约翰·斯科图斯·伊里吉纳（John Scotus Erigena, 810—877）：爱尔兰神学家、哲学家、诗人。

年轻的兰斯洛特。或许,一个信仰强权的男爵会带走桂妮薇,即使面对教会,因为带走邻居的妻子的的确确是一种"强权即公理"的做法,是通过强权镇压获得的胜利。

然而,兰斯洛特的童年时代一直在接受骑士训练,并思考亚瑟王理论对自己的指导作用。他就像一名愚昧无知的基督徒,一直坚信亚瑟王的理论——关于正义的定义。以至于最后,他泯灭了自己的天性。在他特殊的头脑里,有一个隐秘的部分装满了撕心裂肺的不快和无法解决的纠缠,这个男孩正是受到这种我们无法解释的东西影响而变得性格缺失。他自己也无法解释,而且对于我们来说,这都是很久以前的事了。他爱戴亚瑟王,爱慕桂妮薇,唯独讨厌自己。作为世界上最优秀的骑士,每个人都嫉妒他身上散发出的自信,可是兰斯洛特从不觉得自己有多么优秀。在他那像极了卡西莫多的奇形怪状的脸孔下面,是羞耻和自我嫌弃,在他幼年时代,这种情愫就已经被某些早已无迹可寻的东西深深根植在他的内心。对于一个幼小的孩子来说,很容易相信这些恐怖的事物。

"在我看来,"戴普大叔说道,"这很大程度上取决于王后的想法。"

第十一章

　　这一次,兰斯洛特在宫廷待了几个星期,时间越久越发觉难以离开。身处混乱社会的顶端,他找到了自己的价值,可仍然处在自身的谜题中——比起跟随潮流,他更看重纯洁和忠贞。他相信,就像坦尼森勋爵一样,只有纯净的心才能迸发出"十人之力"。而他确实拥有"十人之力",这样的说法流传于中世纪。根据这一信仰推断下去,他认为如果自己屈服于王后,就会失去原有的力量。因此,出于这个和其他原因,他带着绝望的勇气抗拒着她。这也让桂妮薇颇感不快。

　　一日,戴普大叔说:"你最好还是离开吧。你都瘦了近两石①了。如果离开了,有些事自然会解决的。最好能够赶快离开。"

　　兰斯洛特说:"我不能走。"

　　亚瑟王说:"请留下来吧!"

　　桂妮薇说:"去吧!"

　　兰斯洛特的第二次远征探险是他一生的转折点。

　　当时在卡米洛特有很多传说,都是关于佩莱斯国王的。他

---

① 石(Stone):英制重量单位,一石等于十四磅,即6.35公斤。

是个瘸子，生活在经常闹鬼的科尔宾城堡。人们认为他患有轻微的精神病，因为他始终相信自己和亚利马太的约瑟[1]有亲属关系。如果是现在，他可能已经成为了大不列颠以色列人[2]。他的后半生一直在通过测量大金字塔的甬道来预测世界末日。其实，佩莱斯国王只是轻微的疯癫，他的城堡倒是常常闹鬼。里面有一间鬼屋，有数不清的门，夜晚时分，一些神奇的事物通过门进入里面攻击你。亚瑟王觉得派兰斯洛特前往调查此事是再合适不过的了。

在通往科尔宾的路上发生了一次奇怪的冒险。多年后，每当兰斯洛特想起它，可怕的悲痛都会顿时席卷他。他将这次冒险看成是纯洁自我的终结，并在后来的二十年的日日夜夜里对此深信不疑。冒险发生之前他还是上帝的忠实信徒，而后来，他就成了一个谎言。

科尔宾城堡脚下有一个看似繁荣的村庄，街道铺满了鹅卵石，石头房子和石桥随处可见。城堡建在山上，靠近山谷的一侧；山的另一边建有漂亮的贝利塔。村庄里的人们都站在街道上，似乎在等待修女的到来。空气让人感觉很梦幻，阳光的照射仿佛洒下的金粉，四处飘散。兰斯洛特有一种奇怪的感觉。体内血液的含氧量突然增多，他很清楚地感受到每一面墙上的每一块石头、峡谷中的各种色彩，以及战马欢快的步伐。在这个被施了魔法的村子里，每个人都知道他的名字。

"欢迎光临，兰斯洛特·杜拉克爵士，"村民们大声喊道，"'骑士之花'，他能拯救我们远离危险。"

他勒住马，对村民们说："为什么你们对我大叫？"他一

---

[1] 亚利马太的约瑟（Joseph of Arimathea）：耶稣门徒。耶稣被钉上十字架之后，是他领出尸体入葬。传说中，圣杯由他带入英格兰。
[2] 不列颠以色列人（British Israelite）：有传说称古不列颠人是失落的以色列支派的子孙。

边询问,一边想着其他事情,"你们怎么会知道我的名字?发生了什么事?"

他们异口同声地回答,语气庄重,毫不费力。

"啊,亲爱的骑士,"他们说,"你看到山上的塔了吗?里面住着一个痛苦的女子,她被用魔法泡在滚烫的水里已经很多年了,除了世界上最优秀的骑士,任何人都无法把她救出来。上个礼拜高文爵士来过,可是没能成功。"

"如果高文都无法办到,"兰斯洛特回答说,"我确定我也不能。"

他可不喜欢这种类型的比赛。作为世界上最优秀的骑士,总是会面临这样的危险:如果总是忙于应付别人设置的挑战,总有一天你会因为失败丢掉这个称谓。

"我想我还是继续前行比较好。"他说道,顺手抖了抖缰绳。

"不,不,"人们变得严肃起来,说道,"你是兰斯洛特,我们都知道。你可以救她的。"

"我必须得走。"

"她正在痛苦中煎熬。"

兰斯洛特倚靠在马肩上,右脚踩在马鞍的尾带上,跳下马来:"告诉我该怎么做。"他说道。

人们站成一路纵队围着他,村长牵起他的手。他们肩并着肩悄悄地朝着山上的比利塔走去,唯有村长向他就整件事作了解释。

"这个女子,"村长说道,"曾是这个国家最漂亮的女子。因此,她遭到了摩根女王和北加里斯女王的嫉妒,她们对她施了这个魔法加以报复。这个魔法非常可怕,她已经在滚烫的水里待了整整五年。只有世界上最优秀的骑士才能拯救她。"

他们刚走到塔门,另一件奇怪之事发生了。塔门被老式的螺栓和门闩固定得死死的。塔门口的砖石里有深深的插槽让沉重的横闩可以前后移动,沉重的门闩可以抵挡住攻城锤的连续撞击。现在这些横梁已经收回到墙上的凹槽里,铁锁的内部零件开始运转,发出刺耳的噪声。塔门静静地打开了。

"请进。"村长说道,村民们站在外面一动不动,等着看接下来会发生什么。

兰斯洛特走进塔里,塔的第一层放着火炉,不断给魔法之水加热,根本进不去。塔的二层有一个充满蒸汽的房间,蒸汽使得兰斯洛特看不到任何东西。他慢慢走进这个房间,像盲人一样双手紧握着放在胸前,直到他突然听到短暂的叫声。一阵风从久未开启过的门后吹来,蒸汽散去,兰斯洛特循声望去,看到那个女子坐在浴盆里羞涩地看着自己。那是一个个头小小的迷人女子,一丝不挂,就像马洛里说的"全身光溜溜的"。

"嗯。"兰斯洛特开口说道。

女子脸红了,可能是因为热水温度很高,她小声说道:"请把手给我。"她知道如何解除魔法。

兰斯洛特伸出手,女子站起来,走出浴盆,塔外的村民们欢呼雀跃,仿佛他们已经清楚地知道塔里面的一切。他们随身带着连衣裙、大小合适的内衣,村子里的女孩们在门口围成圈,女子在里面穿衣服。

"穿上衣服就漂亮了,"一个肥胖的中年女人说道,"我的美人儿!"她是女子小时候的保姆,喜极而泣。

"兰斯洛特爵士做到了,"村民们大喊起来,"为他欢呼喝彩!"

人群的欢呼结束后,女孩走到兰斯洛特面前,拉住他的手。

"谢谢你,"她说,"现在我们应该去教堂了,感谢上帝，还有你。"

"当然，我们必须去。"

于是他们走进村子里一座干净的小教堂，感谢上帝的仁慈。他们跪在画满壁画的墙壁间，一些看上去很有地位的圣徒头顶着蓝色的光环，踮起脚尖站着；头顶的玻璃天花板画有让人欢乐的图画，钴蓝、猛紫、铜黄和铜绿，整个教堂里充满了色彩。祷告进行着，他才意识到正如以往希望的那样，他在上帝的允许下完成了一项奇迹。

佩莱斯王一瘸一拐地从峡谷那边的城堡走下来，想要一探究竟。他看着兰斯洛特的盾牌，心不在焉地亲吻了那个女子，又像一只被驯服的鹳鸟弯着身子，让她在他脸上吻了一下。他说道："亲爱的，你真的是兰斯洛特！我知道是你把我的女儿从那施了魔咒的锅中救出。你真是太善良了！预言在很久以前就出现了。我是佩莱斯王，是亚利马太约瑟的亲表弟——当然，你是耶稣基督的第八代传人。"

"天哪！"

"确实，确实是这样的，"佩莱斯王继续说道，"这些都用算术方法写在巨石阵的石头上，我在卡博涅克的城堡里还有一些圣餐，还有一只鸽子，鸽子嘴里含着金色的香炉到处飞翔。我必须再次道谢，你能救出我的女儿，真是个大好人啊！"

"爸爸，"女孩说道，"我们应该介绍下自己。"

佩莱斯王挥挥手，似乎在驱赶周围的蚊虫。

"依莲，"他说道——又一个同名的人，"这是我的女儿，依莲。你好！这是兰斯洛特·杜拉克。你好！所有一切都刻在石头里。"

或许是因为第一次见面时女孩一丝不挂，兰斯洛特觉得依莲是除了桂妮薇之外，自己见过的最漂亮的女子。他有些害羞。

"你必须过来跟我住在一起,"国王说道,"这也是写在石头上的。有一天我会给你看圣餐和所有一切。教你算术。天气真好。我想宴会已经准备好了。"

第十二章

兰斯洛特在科尔宾城堡待了数日。除了那些闹鬼的房间，没有任何事情值得期待。桂妮薇让他的胸中感到异样的情绪——因为绝望的爱情引起的可怕剧痛使他筋疲力尽。他无法振作精神前往其他地方。他对桂妮薇的爱从一开始就让人坐立不安，因此他唯一的选择就是不停地远征、冒险、尝试新鲜的事物，以获得逃离的希望。可现在，他失去了让自己忙碌下去的力量。他觉得如果自己只是想弄清楚自己是不是心碎了，还是待在一个地方好。他甚至没有意识到如果你只有十八岁，如果你一丝不挂地被世界上最优秀的骑士从一锅滚烫的水里拯救出来，你可能会爱上他。

一天夜里，佩莱斯滔滔不绝讲解的宗教族谱弄得兰斯洛特心烦意乱，而男孩内心的剧痛让他食不下咽，他只是静静地坐在餐桌前，此时，男管家抓住了机会。他已经服侍佩莱斯家族快四十年了，他的妻子就是迎接依莲时喜极而泣的奶妈，他赞赏纯真的爱情，他也理解像兰斯洛特这样的年轻人——如果他们生活在今天的英格兰，可能会成为大学生或者飞行员；他则会是一个出色的学院总监。

"还要酒吗，先生？"管家问道。

"不用了，谢谢。"

管家很有礼貌地弯下腰，往另一个酒杯斟酒，兰斯洛特看都没看就一饮而尽。

"这是瓶好酒，先生，"管家继续说道，"国王总是因为酒窖而烦恼。"

佩莱斯王去了书房占卜，他的客人沮丧地坐在大厅里："是的。"

门外传来走路的沙沙声，管家走了过去，兰斯洛特继续喝酒。

"又送来一瓶好酒，先生，"管家说道，"国王存了很多这种酒，我的妻子刚刚从酒窖取来一瓶新的。看看这个塞子，先生。我想你一定会喜欢这酒。"

"所有的酒对我来说都是一个味道。"

"你是个谦虚的年轻绅士，"管家换上一个大杯子，说道，"请容我这样说，阁下，你是在开玩笑。善于鉴赏美酒的行家是很容易被认出来的。"

他在扰乱兰斯洛特，兰斯洛特本想一个人静静地承受痛苦，他意识到自己被打扰了。出于这样的原因，他自然而然地怀疑自己是不是在自己心烦意乱的时候对管家表现出无礼，或许管家只是真的喜欢这瓶酒，对酒的喜爱达到了狂热而难以压抑的地步。他礼貌地喝掉杯中酒。

"非常好，"他很兴奋地说，"绝世好酒。"

"很高兴听见你赞美它，阁下。"

"你曾经，"兰斯洛特突然问他一个所有年轻男子常常提出的问题，完全没有意识到这跟酒一点儿关联都没有，"你曾经谈过恋爱吗？"

管家微微笑了一下，又倒了一杯酒。

午夜时分，兰斯洛特和管家对坐在餐桌上，满脸通红。两人面前放着香料酒——一种混合了红酒、蜂蜜、香料和其他材料的饮品，是管家的妻子配制的。

"我告诉你，"兰斯洛特像猩猩一样盯着管家，"别告诉任何人，你是个好人、善解人意。很高兴跟你交谈。干杯。"

"为健康干杯。"管家说。

"我该怎么做？"他突然叫道，"我该怎么做？"

兰斯洛特突然用双臂夹住自己的头，哭了起来。

"你需要勇气！"管家说道，"放手一搏，否则就只有死路一条！"

他一只手轻轻敲了一下桌面，看着餐厅的门，举起酒杯。

"喝酒，"他说，"尽情喝吧。做个男子汉，阁下。如果容许我说的话，应该很快就会有好消息，就像吟游诗人说的，你会想要抓住接下来那些短暂的瞬间的。"

"好，"兰斯洛特说，"如果我不能抓住那些机会，我就该死。"

"伙计可不比老板差。"

"当然，"年轻人同意这句话，他眨了眨眼，看上去面露凶光，有些吓人，"青出于蓝呢，事实上，管家，你说呢？"

他咧嘴而笑。

"啊，"管家说，"我的妻子布瑞森就在门外，捎来一封信呢。我敢说是给你的。"

"是什么消息？"管家盯着坐在餐椅上看信的男孩，问道。

"没什么。"男孩回答道，顺手把信纸扔到桌上，摇摇晃晃地走到门口。

管家拿起信纸，念了起来。

"桂妮薇王后住在离此处五英里的科斯城堡，她想见你。亚瑟王不在她身旁。"纸条上还有一些唇印。

"是吗？"

"你不敢去？"管家说道。

"不敢？"兰斯洛特大声吼起来，蹒跚着走入黑暗中，极度夸张地大笑着，召唤来自己的战马。

早上，他突然醒来，发现自己身处一间奇异而陌生的房间。挂毯遮住了窗户，室内漆黑一片。因为身体健壮，头痛并未伴随宿醉而来。他从床上一跃而起，走到窗边拉开窗户。突然之间，他完全想起头天晚上发生的种种——想起管家、红酒、掺在红酒里的春药，想起桂妮薇的信，想起还躺在床上那个黑暗的、鲜活的、微微发烫的身体。他拉开窗帘，前额轻轻靠在冰冷的窗棂石上，内心很痛苦。

"珍妮。"他叫了一声，时间似乎在他面前变得很缓慢。

床那边没有任何回答。

他转过身，发现自己面前的是依莲，那个他从沸水中救出的女孩。她躺在床上，细细的手臂拉过被褥遮住身体，紫色的眼睛正与他对视。

兰斯洛特总是不会隐藏自己的情绪。他一看到依莲，马上转过头，丑陋的脸上立刻浮现出悲伤的神情，夹杂着愤怒。那感情是如此简单、诚实，以至于窗户透进来的光照耀着他一丝不挂的身体时，竟显得高贵而不可侵犯。他浑身开始颤抖。

依莲一动不动，只是默默看着他，她的眼睛像老鼠一样灵活。

兰斯洛特走向箱子，试图拿起宝剑。

"我要杀了你。"

女子还是看着他。只有十八岁的她在偌大的一张床上显得更加娇小，她被兰斯洛特的举动吓到了。

The Ill-made Knight | 77

"你为何要这么做？"他哭喊着，"你做了什么？为什么你要出卖我？"

"我也没有办法。"

"可这是赤裸裸的背叛！"

他根本不相信女孩的话。

"这是背叛！你背叛了我。"

"为什么？"

"你毁了我——带走了我的——应该是偷——"

他把剑扔到角落了，坐在箱子上，开始哭泣，脸上的疤痕拧成一团，让人难以置信。依莲偷走了他的力量，他的"十人之力"。直到今天，孩子们都对此深信不疑，认为如果他们今天感觉良好，就能在明天的板球比赛中发挥出色。

兰斯洛特突然停止了哭泣，眼睛盯着地板。

"在我小时候，"他开始讲述，"我曾向上帝祷告让我做一件奇迹之事。然而只有处子之身才能完成这件事。我希望成为世界上最优秀的骑士。我相貌丑陋、孤单一人。你的村民们说我是世界上最优秀的骑士，我救你出来的时候就完成了这件奇迹般的事。可我没想到这既是第一次也是最后一次。"

依莲说："兰斯洛特，以后还有很多机会的。"

"永远不会了！你偷走了我的奇迹，你偷走了我成为最优秀骑士的机会。依莲，你为什么要这么做？"

女孩开始哭泣。

他站起身，用毛巾包裹住身体，走到床边。

"没关系。"他安慰女孩，"我也有错，不应该喝得酩酊大醉。我很悲伤，所以喝醉了。也许是管家故意灌醉了我。如果是，就不太公平了。别哭，依莲。这不是你的错。"

"是我的错。是我的错。"

"或许是你的父王要求你这样做的，为了族谱里有个耶稣基督的第八代传人。又或者是那个布瑞森——管家的老婆。别感到抱歉,依莲。结束了。来,请让我吻你一下。"

"兰斯洛特!"依莲哭喊着,"都是因为我爱你。难道我就没有失去了自己最宝贵的东西吗?我是处女之身,兰斯洛特。我没有掠夺你。兰斯洛特——是我的错。我应该被你杀死。为什么不用剑杀了我?可是,这一切都源自我对你的爱,我无法控制的爱。"

"好吧,好吧。"

"兰斯洛特,如果我有了孩子呢?"

他停止了对她的安慰,再次走到窗边,似乎快疯了。

"我想生下你的孩子,"依莲说道,"我会给他取名为加拉哈特,就像你的名字一样。"

她仍然用纤细的双手拉住被褥。兰斯洛特转过头来,愤怒地看着她。

"依莲,"他说,"如果你怀孕了,那也是你的孩子。你休想通过我对你的怜悯来绑住我,这是不公平的。我现在就走,永远也不想再见到你。"

第十三章

　　桂妮薇在昏暗的房间里做着刺绣,她讨厌刺绣。她在为亚瑟王绣制盾牌布套,是一只红色的、双腿直立的巨龙。依莲只有十八岁,所以很容易解释一个孩子的感情——可是,桂妮薇已经二十二岁了,在成长中,她逐渐形成了独特的个性,又因为曾经单纯地接受过战俘之礼,这个年轻王后的感情变得越来越复杂。

　　有一种叫做"人生知识"的东西,只有人到中年才能获得。年轻人无论如何也学不会,因为它既没有逻辑,又不受相关法律的约束,本身也没有规则可言。只有经历了漫长的岁月,当女孩们步入中年,一种平衡感才会慢慢出现。你无法通过逻辑解释教会婴儿行走——她只能在实践中学习奇怪的行走姿势。同样的,你也无法教会一个年轻女子的人生知识,她需要在岁月中去累积。当她开始讨厌自己过去的躯体,她就会突然发现自己获得了这种知识。她会继续生活下去——不受原则、推理、好与坏的影响,只需要一种特殊的、改变了的平衡感,而这种平衡感常常能逃开一切的纠缠。她不会再为了寻求真理而活——如果女人们曾拥有这种想法——从此以后在第七感的指引下继续生活。平衡只是第六感,在她第一次学会走路的时候就已经获得，而现在拥有的是第七感——人生知识。

第七感的获取是一个漫长的过程。一旦拥有了它，男人们和女人们便能经受住世界的动荡起伏：战争、私通、妥协、恐惧、愚笨和虚伪——而发现第七感并不是为了胜利。也许，一个婴儿也能胜利地喊出：我学会了平衡！然而，第七感往往是在不经意间悄然无息地获得。我们能做的只是带着人生知识继续前行，经受各种光怪陆离的动荡起伏，因为我们所面临的是一个僵局，除此之外，别无他法。

在僵局面前，我们开始忘记了曾经没有第七感的日子，忘记了我们曾经年轻的身体燃烧着生命的动力。很难再记起那种感觉，它在我们的头脑里已经淡去。

然而，曾几何时，我们都赤裸裸地站在世界面前，积极面对生活这一严肃的问题，我们对上帝的存在非常感兴趣。很明显，现实存在或者未来的生活对于一个打算活在当下的人来说相当重要，因为她的生活方式必须和这个问题息息相关。曾经，自由恋爱和天主教的道德对立严重影响了我们炽热的身体，仿佛对着我们的头部开枪一样。

再往回一点，我们也曾经穷尽灵魂去探寻世界、爱情的真谛和自我的价值。

一旦获得第七感，所有问题和感受都会烟消云散。中年人可以简单地在信仰上帝和大破戒律上寻求平衡。事实上，第七感正在缓慢地磨灭其他感受，让人最后不再受到戒律的折磨。那时的我们再也看不到、感受不到也听不到这些戒律。我们所深爱的身体、寻找的真理、质疑的上帝，所有的一切对我们来说都是过眼云烟。我们就这样在第七感的保护下，安全、毫无意识地走向宿命的坟墓。在《感谢上帝让我变老》中，诗人在吟唱：

感谢上帝让我变老，
也为了苍老本身、疾病和坟墓，
当我们年老、病态，甚至躺进了棺材，
不用再为自己的所作所为而烦恼。

桂妮薇二十二岁，坐在椅子上做刺绣，心里想着兰斯洛特。她还没到迟暮之年，身体也很健康，只拥有六种感官，因此很难想象她的感觉。

精神和身体的混乱，会在日落和迷人的月光下哭泣；对信仰和希望的困惑：信上帝，信真理，还是相信爱和永恒？对物质的美丽而狂喜：一颗会受伤或膨胀的心；从极致快乐跨越到极度悲伤，中间横亘着宽阔的海洋。为了平衡这些颇具吸引力的特征，"自私"不光荣地出现了——心神不宁、无法安定，也忍不住要去打扰中年人——在关于抽象概念（比如美）上与他们争辩，仿佛真的对他们有兴趣一样；但对于何时真理应当屈服于中年人，却没有任何经验——所有一切都只是兴奋感，和第七感毫不相关。这些都出现在二十二岁的桂妮薇身上，和其他人一样，没有例外。可是，最重要的还是她自己的个性，这让她完全不同于无知的依莲，虽然痛苦更真实，正是这种个性才让兰斯洛特对她如此迷恋。

"兰斯洛特，"她一边缝着盾牌布套上的王冠，一边自言自语，"哦，兰斯，快回来吧。带着你那扭曲的微笑，或者能表现自己生气或困惑的独特的走路方式回来吧——回来告诉我爱情与原罪无关。回来告诉我，只要我还是珍妮，你还是兰斯，无论其他人会发生什么都无所谓。"

令人吃惊的是，他真的回来了。兰斯洛特果断离开了依莲，离开了她的掠夺，带着一颗受伤的心回来了。在谎言中，他已经悄悄与桂妮薇同床共枕，已经失去了"十人之力"。现在，他觉得自己本身就是一个谎言，每当看着上帝的眼睛，这种感觉更是强烈。他不再是世界上最优秀的骑士，也不再能创造对抗魔法的奇迹，不再能补偿自己灵魂中的丑陋和空虚。他朝着自己的爱人飞奔而去，渴望寻求安慰。当战马的铁蹄踏上鹅卵石铺成的道路时，王后丢下手中的针线活，出来看是不是亚瑟王打猎归来了——身着锁子甲的兰斯洛特沿着楼梯往上走，发出像马刺敲打在石头上的清脆响声——桂妮薇还不太确定发生了什么，便又哭又笑地背叛了自己的丈夫，她一直知道这一天一定会到来的。

第十四章

亚瑟说:"你父亲给你的信,兰斯。他说,他正遭到克劳达斯王的攻击。我承诺要帮助他击退克劳达斯,以回报他在伯德格莱恩对我的帮助。我必须去。"

"我明白。"

"你有什么打算?"

"你说什么,我有什么打算?"

"好吧,你是跟我一起去,还是留下来?"

兰斯洛特清了清嗓子,说道:"你觉得怎么做是最好的,我就去做。"

"这对你来说有点困难,"亚瑟王说道,"我不愿意命令你。但是如果我要你留下来,你介不介意?"

兰斯洛特还没来得及想出合适的回答,亚瑟王就误把他的沉默理解成了否定。

"当然,你有权去见自己的父母,"他说,"如果这伤害到了你,我不强迫你留下来。或许我们可以换一个方式。"

"为什么你想让我留在英格兰?"

"一定得有个人留下来盯着那些家族。如果我知道有一个强大的人留在后方,我在法国才会更安心。很快康沃尔会有麻烦,崔斯特瑞姆和马克之间的争斗,还有和奥克尼的宿怨。

你应该知道这些棘手的问题。当然，如果我知道桂妮薇有人照顾，也是很好的。"

"或许，"兰斯洛特艰难地选择了答案，"最好还是信任其他人吧！"

"别开玩笑。我还能相信其他人吗？你只要在狗舍外面露个脸，所有盗贼立马仓皇而逃。"

"这可不是个好主意。"

"就这么定了！"亚瑟王激动地大声喊道，重重地拍了一下兰斯洛特的后背，然后离开为出发做准备。

兰斯洛特和桂妮薇度过了快乐的一年，整整十二个月，都像鲑鱼一样在天堂般清澈见底的河水里畅游嬉戏。然而，也只有在第一年里，他们感受到了幸福。在他们迟暮之年的回忆中，已经记不得这一年里是否有过雨雪天气，他们眼中的四季仿佛全都染上了玫瑰花瓣的色彩。

"我不明白，"兰斯洛特说，"为何你会爱上我。你确定这份感情吗？是不是出了错？"

"我亲爱的兰斯！"

"可是，我的脸，"他继续说道，"我的长相太可怕了。现在我相信上帝本身是爱这个世界的，无论世界是什么样的。"

有时，兰斯洛特心中的恐惧会笼罩他们。桂妮薇并没有感到丝毫的愧疚，但是她察觉到兰斯洛特心中的愧疚感。

"我不敢想，也不愿去想。亲亲我吧，珍妮。"

"为什么会想？"

"情不自禁啊。"

"亲爱的兰斯！"

当然，他们也会为一些琐事争吵——然而，因为他们深深爱着对方，也算是甜蜜的回忆。

"你的脚趾很像送去市场的小猪。"

"我希望你不要说这样的话，这不礼貌。"

"礼貌？"

"是的，礼貌。你为什么不能有礼貌些？毕竟，我是王后。"

"你是想要严肃地告诉我对你要有礼貌吗？我想无论何时，我都得单膝下跪，亲吻你的手吧！"

"为什么不这样呢？"

"我希望你别那么自私。我无法容忍的就是被人当作他的私有财产。"

"那是自私的行为，的确！"

王后本来应该跺脚，或者生一天闷气。可她却因为他的忏悔举动原谅了他。

一天，他们正在互述衷肠，倾诉自己最私人的情感。兰斯洛特向王后透露了自己的秘密。

"珍妮，在我小时候，我讨厌自己，莫名地讨厌。我自卑。那时我是个圣洁的小男孩。"

"现在的你没那么圣洁了。"她接着说，一边大笑起来，根本不相信自己听到的话。

"有一天弟弟叫我借给他一支箭。我有两三支特别直的箭，备加爱护，而他的箭都有点弯。于是我撒谎说箭被弄丢了，拒绝了他的要求。"

"小骗子！"

"我知道我过去是个骗子。后来我为此感到极度懊悔，我认为是对上帝的不忠。于是我走到护城河边的刺草丛，挽起衣袖，把平时用来射箭的手伸了进去，作为对自己的惩罚。"

"可怜的兰斯！当时的你是那么单纯！"

"可是,珍妮,刺草并没有蜇到我!我很确定地记得它们真的不曾伤害我。"

"你是说那是个奇迹吗?"

"我不知道。很难准确判断。我是个爱做梦的男孩,总是生活在自己编造的世界里,在那里我是亚瑟王麾下最伟大的骑士。也许我已经成功应付了刺草,但是我想我还清楚地记得,自己因为没被蜇而感到的震惊。"

"我确定那是一次奇迹。"王后说道,语气坚定。

"珍妮,我穷尽一生都希望创造奇迹。我一直希望做一个神圣的人。我认为那是一种抱负、骄傲或者其他没有价值的东西。对我而言,征服世界还不够——我还想征服天堂。我很贪婪,不满足于做最强大的骑士——还要做最优秀的。这是我最最可怕的白日梦。这也是我试图离开你的原因。我知道如果我失去处子之身,我绝不可能创造奇迹。

"我的确创造过奇迹:一个辉煌的奇迹。我将一个被施了魔法的女孩从滚烫的水中拯救出来。她名叫依莲。之后,我失去了力量。因为我们在一起,我再也不能创造奇迹了。"

他不愿意告诉她关于依莲的全部事实,他知道如果桂妮薇知道她是自己的第二个女人,会很伤心。

"为什么不能?"

"因为我们做了不道德之事。"

"我个人从未创造过奇迹,"王后说道,语气相当冷淡,"所以,我不需要过多的后悔。"

"可是,珍妮,我也没有后悔。你就是我的奇迹,为了你,我可以抛弃所有。我刚才只是想要告诉你我小时候的感受。"

"好吧,我只能说我无法理解。"

"你无法理解我追求完美的行为?不,我觉得你可以。只有那些能力不足、地位低下的人才必须追求完美。你总是那么完美、无可挑剔，完全不需要任何补充，可是我不得不不断充实自己。当我知道自己无法成为世界上最优秀的骑士以后，有些时候我感觉糟糕透顶，即使是现在，有你在身边，这种感觉也困扰着我。"

"那么，我们最好终止这种关系，你好好地忏悔，继续去寻求更多的奇迹。"

"你知道我们根本无法停下来。"

"整件事对我来说都是想象出来的，"王后说道，"我无法理解。因为它听起来那么不切实际和自私。"

"我明白我很自私。可我忍不住啊！我一直在尝试改变。可是，我要怎么做才能彻底改变呢？唉，你竟然不能理解我说的话！小时候的我很孤独，只能努力参加各种训练。过去我常常告诉自己，我会成为伟大的探险家，穿越花剌子沙漠①；或是像亚历山大和圣路易斯一样成为伟大的国王；或是伟大的医者，找到治疗伤口的良药；又或是圣人，只要碰触伤口就能使它愈合；或是能找到一些重要的东西——真十字架②、圣杯或类似的圣物。所有这些都是我的梦想，珍妮。我只想告诉你过去的我总是在做白日梦。它们就是我所说的奇迹，现在全都消失了。我将所有的希望都作为爱的礼物给了你，珍妮。"

---

① 花剌子沙漠（Chorasmian Waste）：位于今中亚西部。波斯、印度、阿拉伯、突厥、蒙古等国家都曾统治过这片区域。
② 真十字架（True Cross）：传说中钉死耶稣的那个十字架。

第十五章

　　幸福的一年随着亚瑟王的归来戛然而止——立即化为灰烬，可这并不是亚瑟王所为。归来当晚，他一直在讲述击败克劳达斯的整个过程，突然门口发生了一阵骚乱，鲍斯爵士走进正在用餐的大厅。他是兰斯洛特的表兄弟，整个假期都待在科尔宾城堡，调查闹鬼一事。他带来了消息。晚宴席间他悄悄告诉给兰斯洛特——可惜，虽然他讨厌女人，讨厌她们的轻率举动，自己却不免也沾染上了这样的性格——他也将这个消息告诉给了自己的其他朋友，很快，整个宫廷都知道了：科尔宾的依莲生了一个漂亮的儿子，取名为加拉哈特——也就是兰斯洛特的名字。

　　"所以，"桂妮薇看着身边的爱人，冷冷地说道，"——这才是你失去奇迹的原因吧！你的话全都是谎言。"

　　"你什么意思？"

　　桂妮薇开始深呼吸。她能感觉似乎有两个鲜红的拇指想要把自己的眼球挖出来，她完全不想看到兰斯洛特。她竭力控制自己的情绪，可是心却如刀绞一般。她为自己想要说的话感到惭愧和厌恶，可是却无法忍住。当时的她就像在波涛汹涌的海里游泳，不顾一切地拼命挣扎。

　　"你知道我的意思。"她很痛苦，眼睛看着远方。

"珍妮，我一度想要告诉你，可是很难解释清楚。"

"我能理解这种困难。"

"不是你想的那样。"

"我想的那样！"她大声哭泣，"你怎么知道我在想什么？我和其他人想的一样——你是个卑鄙的诱惑者，你就是个骗子，你和你的奇迹都是谎言。我竟然这么愚蠢地相信了你！"

兰斯洛特躲过了桂妮薇的耳光，看着地面，不敢和她对视。他眼睛很大，总是让人误以为他在害怕或吃惊。

"对我来讲，依莲什么都不是。"他说。

"她都是你孩子的母亲了，你怎么能这样说她？你是从什么时候开始想要隐藏她的？不，别碰我，走开！"

"事已至此，我不能走。"

"如果你再碰我，我就去告诉亚瑟王。"

"桂妮薇，在科尔宾的时候，我被灌醉了。后来他们告诉我你在科斯等我，把我带进一间黑暗的屋子，依莲就在里面。第二天早上我就离开了。"

"真是一个笨拙的谎言。"

"千真万确。"

"即使是小孩子也不会相信这种谎话。"

"我无法让你相信我，除非我愿意去证明。当我发现事实真相时，我抽出剑想杀了依莲。"

"换作是我，我也会杀了她。"

"那不是她的错。"

王后拼命拉扯裙子的领口，觉得太紧了，透不过气来。

"你在帮她说话，"她说，"你爱上她了，欺骗了我。我就是这样想的。"

"我发誓所说的全是事实。"

突然，桂妮薇放弃了争论，开始号啕大哭。

"为什么之前你不告诉我？"她边哭边问，"为什么不告诉我你有了孩子？为什么你一直都对我撒谎？我想她就是你最引以为豪的奇迹吧！"

兰斯洛特情绪失控，也哭了起来，双手环抱住她。

"我之前对孩子的事一无所知，"他解释说，"我也不想要这个孩子，这不是我想寻求的结果。"

"如果你早告诉我，我可能会相信你。"

"我想告诉你，可是我不能。我怕会伤害到你。"

"可谎言伤我更深！"

"我知道。"

王后擦干眼泪，微笑着看着他，像春天的细雨那样温柔。他们亲吻着对方，就像绿色的大地在细雨中焕发生机。他们又一次理解了对方——可是心中早已种下疑虑的种子。此时此刻，爱情正和仇恨、恐惧、困惑一同生长。因为爱总是与恨共存，相互折磨，然后带给爱情最猛烈的风暴。

第十六章

　　科尔宾城堡里，依莲正为即将开始的旅程做着准备。她打算把兰斯洛特从桂妮薇手中抢回来。这是一次艰巨的远征，只有她自己才能体会其中的痛苦。她没有武器，也不谙战斗之法。她毫无个性，得不到兰斯洛特的爱。在对兰斯洛特的爱里，她更多地处在绝望的境地。除了稚嫩和谦卑的爱，她无法与王后的成熟魅力抗衡；她只有那个胖胖的小孩，想要带着他找回父亲——可这个孩子对于兰斯洛特而言只是一个残忍诡计的结果。这次远征就像是一支没有武器、双手被绑在身后的军队向坚不可摧的堡垒发起进攻。正是因为长期被魔法禁锢在热水中，依莲显得特别天真浪漫，她决定自己去面见桂妮薇。她定做了华服——即使穿上它们，也只能更加凸显自己的愚蠢和乡土气息。她已经准备好去卡米洛特，为了自己的幸福向英格兰王后宣战。

　　如果是其他人，一定会用加拉哈特当武器。利用痛苦和亲子关系，这最接近兰斯洛特本质的东西，一定能成功地绑住他。可是依莲并不聪明，无法用这种方式绑住自己的英雄。她带上加拉哈特是因为自己爱他，不想与自己的孩子分离，想让孩子的父亲看看自己的孩子，对比一下父子的面孔。自从她上次见到那个男人已经有一年的光景了。

当依莲在全力准备时，兰斯洛特还在朝中陪着王后。只是此刻，他心中那份因为亚瑟王的离开而产生的短暂平静已经荡然无存。亚瑟王的离开让他沉溺在过去的每分每秒中——可现在，亚瑟王就在他身边，似乎随时将对自己的背叛行为做出裁决。他爱桂妮薇，却仍然尊敬和爱戴着亚瑟王。对于像兰斯洛特这样的原始本性——爱情至上这一致命弱点，这就是痛苦的根源。他无法容忍别人认为他对桂妮薇的感情是不光彩的，因为那是他生命中最深厚的感情——可如今，周围的一切都在怀疑他的感情。匆匆到来的瞬间、紧锁的大门、罪恶的杰作——都是污秽不堪。他的内心受到了前所未有的折磨，虽然自己深爱着亚瑟王，他知道亚瑟王是善良、简单和正直的——他也知道自己狠狠伤害了亚瑟王。

桂妮薇也感觉很痛苦，这种痛苦在他们之间第一次怀疑彼此的争执时就已经埋下了。兰斯洛特也很痛苦，他爱上了一个嫉妒多疑的女子。无论他怎么解释，她总是不相信关于依莲的事情，这对兰斯洛特来说是致命的打击，但他无法不爱她。最后，他个性中的叛逆情愫——对纯洁、荣誉和精神美德的强烈追求——占了上风。加上对依莲带着孩子即将到来的恐惧，他的幸福全部破灭了。他却又无法逃离，无法安心坐下来，紧张地走来走去，拿起东西又立刻放下，走到窗边眺望却看不见任何东西。

桂妮薇从开始知道依莲要来的消息，就意识到自己十分惧怕依莲的到来。她和所有女人一样，这种恐惧比男人更强烈。男人们总是责怪女人因为嫉妒让他们变得不忠，却否认自己不忠的想法早就在那儿了。事实上，这种想法确实存在，只有女人们才察觉得到。以伟大的安娜·卡列尼娜为例，她强迫佛伦斯基进入某个位置——而这个位置是真正能解决他们之间问题的唯一方法。她能看得更远，因为知道未来注定是毁灭，她只能选择毁灭现在。

桂妮薇也是一样。也许她并没有因为依莲这个目前的问题感到紧张，或许她不是真的怀疑兰斯洛特。然而，凭着自己的预感，她感受到自己的爱人将会面临的厄运和悲伤。不能说她的预见是符合逻辑的，但是这些感受却真真切切地隐藏在她内心深处。遗憾的是，语言真是一种笨拙的工具，一个母亲"无意识"地知道在旁边房间里的孩子在号啕大哭，我们就不能说这个母亲"没察觉"孩子在哭。这样看来，桂妮薇潜意识的感知，包括亚瑟和兰斯洛特的处境、未来宫廷会发生的悲剧以及自己无法生育的残酷事实——都无法改变了。

她告诉自己说兰斯洛特背叛了她，她输给了依莲狡猾的伎俩，她的爱人将再次背叛自己——她不断重复这样的话语来折磨自己。可是在心中的某个神秘地方，她发现让自己嫉妒的也许并不是依莲，而是那个孩子；或许她害怕的是兰斯洛特对亚瑟的爱；又或许她也在害怕整个局面的动荡和由此产生的报应。女人比男人更清楚，上帝建立的规则是不能被嘲弄的，只能遵守。

不管怎样解释桂妮薇的态度，结果都是为她的爱人带来痛苦。她变得跟兰斯洛特一样焦躁不安，越来越不理智、越来越残酷无情。

亚瑟的感觉是这场宫廷悲剧的最后环节。他一直在舒适的环境里长大——这对他来说是不幸的。在他的孩提时代，导师对他的教导就像在子宫里教导他一样，在那他化身从鱼到哺乳动物来体验的人类历史；而且，就像在子宫的胎儿一样，他被导师的爱关怀着。在那样的环境里长大，他没有学会任何生存技能——恶意、虚荣、猜忌、残忍和自私，他什么也没学会。嫉妒对于他来说，是最不光彩的恶习。不幸的是，他既无法仇恨自己最好的朋友，也无法折磨自己的妻子，因为他得到了太多的爱与信任，而他也擅长给予别人爱和信任。

亚瑟也不是那种心机深沉，微妙的动机都要被仔细分析的人。他只是个简单、有感情的人，因为梅林始终相信爱和简单是最宝贵的财富。

现在，他面前的确发生了棘手的情况——被称作"永恒的三角谜题"，就好像欧几里德几何学命题里的难题——"愚人的桥"[①]，亚瑟能做的只有回避。一般来说，只有可靠、乐观的人才能做到真正的回避；失去爱情和信仰的人只会被内心的悲观唆使去伤害他人。亚瑟的内心很强大也很温和，他满心希望，如果自己相信了兰斯洛特和桂妮薇，结局一定是好的。似乎在他看来，这样做比起立刻砍掉他们的脑袋效果更好。

亚瑟王还不知道兰斯洛特和桂妮薇的情人关系。事实上，他还从未发现过他俩单独约会的情况或者隐蔽的证据来证明他们的罪行。很多情况下，他并不想发现两人的约会——更别说设一个陷阱来拆穿这个事实。可这并不意味着他是个默许妻子勾三搭四的丈夫，他只是希望能够在不伤害大家的前提下解决这个困境。当然，他知道他们已经同床共枕了——也知道，如果现在质问桂妮薇，她会承认这个事实，因为桂妮薇是个勇敢、慷慨和诚实的人。所以他绝不会问她。

亚瑟的态度并没有让他快乐起来。他变得有些沉默，既不像桂妮薇那么激动，也不像兰斯洛特那样焦躁不安。他像老鼠一样在宫殿里走来走去，最终，他决定努力一次性处理这个问题。

"兰斯洛特，"一天下午，国王在玫瑰园找到兰斯洛特，喊道，"最近你看起来有点苦恼，发生什么事了吗？"

兰斯洛特摘下一朵玫瑰，掐着花萼。这些现在被称为"远古的玫瑰"的花朵形态饱满，五片萼片包裹着花瓣，相当

---

① 愚人的桥，即勾股定理。

醒目——就像纹章里的玫瑰①一样。

"是不是关于,"国王抱着一线希望地问道,"那个自称生下你孩子的女孩?"

如果亚瑟王只丢下第一个问题,兰斯洛特的沉默也许会揭示那件事。亚瑟王担心那样的后果,于是他再提了一个问题来引导回答。

"是的。"兰斯洛特回答道。

"我想,你不愿意娶她,对吗?"

"我根本不爱她。"

"好吧,你自己应该更清楚。"兰斯洛特无法控制住内心的渴望,想将自己的痛苦和盘托出——可是面对亚瑟这个特殊的听众,他又无法说出事实的真相,只能讲讲依莲的事情。他对亚瑟隐瞒了一些事情:只是讲了讲自己为什么羞愧,是怎么丢掉奇迹的。他强迫自己把依莲当成叙述的重点,半小时过去了,他在不经意间编造了一个故事讲给亚瑟王。如果亚瑟不想去追究事实的真相,这个故事一定会让他感到满足。这半真半假的陈述对于穷人来说非常适用,能帮助他们在未来的日子里免受痛苦的煎熬。现在,文明的我们遇到这种事情可以选择离婚,并且蔑视给别人戴绿帽子的男子。可是亚瑟生活在中世纪,思想还没有开化,无法理解我们的文明,只知道嫉妒是一种恶德,他只能表现过度的礼仪来面对它。

亚瑟王走后,桂妮薇也来到玫瑰园。她很甜美,也很理智。

"兰斯,你知道吗?有人传话来说那个让你困扰的女孩正在来这儿的路上,还带着那个孩子。她今晚就到。"

---

① 此处指曾获得英格兰王位的斯图亚特家族和约克家族的纹章,均由五瓣玫瑰构成。两个家族曾为了争夺王位而发起著名的"玫瑰战争"。

"我知道她一定会来。"

"当然，我们得好好招待她。可怜的孩子，我想她一定很不开心。"

"她不开心可不是我的错。"

"是的，当然不是。但是世界会给人们带来痛苦，只要可以，我们必须帮助他们。"

"珍妮，你能这样想真好。"

他转过身，伸手抓住她的手。她的话让他感觉一切都会变好的。可是珍妮把手拿开了。

"不，亲爱的，"她说，"在她走之前，我可不想跟你亲热。我希望你能保持自由之身。"

"自由？"

"她是你孩子的母亲，还没有结婚。我们也不能结婚。如果你愿意，我想你能够娶她，因为这是唯一能做的。"

"可是，珍妮——"

"不，兰斯。我们必须明白。我希望她在的时候我们能保持距离，我想知道你最后会不会爱上她。这是我唯一能为你做的。"

第十七章

依莲抵达了外堡,桂妮薇冷冷地亲吻了她:"欢迎来到卡米洛特,"她说,"非常欢迎。"

"谢谢。"依莲回答道。

她们看着对方,微笑的脸上带着敌意。

"兰斯洛特见到你会很高兴的。"

"哦!"

"这里每个人都知道这个孩子,亲爱的。没什么可害羞的。国王和我都很激动,想看看他长得像不像父亲。"

"您真客气。"依莲感到有些不安。

"你可得让我第一个看看他。你叫他加拉哈特,对吧?他强壮吗?他会认东西吗?"

"他的体重是十五磅,"女孩骄傲地说着,"如果你愿意,你现在就可以看看他。"

桂妮薇努力控制住自己的情绪,帮着依莲整理披肩:"不了,亲爱的,"她说,"我可不能那么自私。你一路跋山涉水一定需要休息,孩子也要安顿一下的,我晚上再过来看他。时间多得很。"

然而,最后她还是亲眼见到了那个孩子。之后,兰斯洛特去见她,她已经完全丧失了之前的甜美和理智。她变得冷酷和高傲，说话的方式也变得很官方。

"兰斯洛特，"她说，"我想你应该去看看自己的孩子。依莲没见到你，正伤心呢。"

"你见过他啦？"

"是的。"

"他相貌丑陋吗？"

"他长得像依莲。"

"谢天谢地。我这就过去。"

王后大声叫他回来："兰斯洛特，"她深吸一口气，说道，"我相信你不会在这里跟依莲行夫妻之事。如果在事情解决前我俩得保持距离的话，你也不能跟她亲密接触，这样才公平。"

"我可不想跟她发生关系。"

"当然，你一定会这样说。我相信你。可是，要是这次你再食言，我们就结束了，彻底结束了。"

"能说的我全都说了。"

"兰斯洛特，你曾经欺骗过我，叫我怎么相信你？我把依莲安排在我隔壁的房间，如果你去找她，我就能看见。我希望你就待在自己的房间里。"

"如你所愿。"

"今晚，如果我能离开亚瑟，我会派人来找你。但我不确定什么时候。如果到时候你不在房间，你一定就跟依莲在一起。"

依莲一直在房间里哭泣，布瑞森夫人在为婴儿安放摇篮。

"我看见他在弓箭房，他也看到我了。不过他立刻把脸转过去了，找借口离开了。他甚至没有看孩子一眼。"

"那儿,那儿,"布瑞森夫人说道,"天哪,太脏了。"

"我真不应该来,这只能让我和他更痛苦。"

"是因为这里的王后吗?"

"她很美丽,不是吗?"

夫人语带模糊地说:"行为美才是真美。"

依莲啜泣着,感到毫无希望。哭红的鼻子看起来令人厌恶,仿佛失去了尊严。

"我希望他快乐。"

突然传来一阵敲门声,兰斯洛特走进房间——她赶紧抹去眼泪。他们相互问候,都表现得不太自然。

"很高兴你能来卡米洛特,"他说,"你还好吗?"

"还好,谢谢。"

"孩子怎么样?"

"是阁下的儿子。"布瑞森夫人故意强调了一下。

她把摇篮转过来面对兰斯洛特,自己后退了一步,好让他看得清楚一些。

"我的儿子。"

他们就这样站着看着摇篮里的小生命,他显得那么无助。就像诗人吟唱的那样,现在他们正值壮年,孩子还很赢弱——然而,终有一天,他们会变得赢弱,孩子会强壮起来。

"加拉哈特。"依莲一边叫孩子的名字,一边俯身到婴儿身旁,像所有母亲一样做些看起来愚蠢的动作,发出毫无意义的声音,吸引孩子的注意。加拉哈特紧握拳头,在眼睛旁边挥动,这一举动让依莲感到欣喜。兰斯洛特在一旁惊讶地看着他们。

"我的儿子,"他自言自语道,"我身体的一部分,长得很漂亮,不像我一样丑陋。怎么才能分辨这些婴儿呢?"他伸出右手手指，放在孩子圆嘟嘟的手掌里，孩子一下子抓住了他的手指。孩子的手看起来就是为握武器而生的，手腕处有一道深深的褶痕。

"兰斯洛特！"依莲哭喊着他的名字。

她想要钻进他的怀里，可是兰斯洛特却推开了她。他转过头看着布瑞森，眼神里充满了恐惧和恼怒。他大吼一声，夺门而出。依莲一下子瘫倒在床边，比之前哭得更厉害了。布瑞森被兰斯洛特的目光吓了一跳，呆呆地站在那儿，盯着紧紧关上的门，脸上的表情无法用言语来形容。

第十八章

　　第二天早上，王后召见了兰斯洛特和依莲。兰斯洛特迈着轻快的步伐，心里还回想着头天晚上桂妮薇谎称生病，离开了亚瑟王的房间，并派人召他私会的事。熟悉的手牵引着自己踮着脚尖走到床边。因为亚瑟王的房间就在隔壁，一切都在悄然无声中进行，他们尽情享受着激情。自依莲的事发生以来，兰斯洛特还没有像今天这样开心过。他觉得自己可以说服桂妮薇与亚瑟王一刀两断，这样一切都将大白于天下，荣誉也不会受到影响。

　　桂妮薇表情僵硬、怒气冲冲、脸色惨白——整张脸只有鼻孔两边各有个红点。她看上去有些像晕船的状态，一个人在大殿里等他们。

　　"原来如此。"王后开口打破沉默。

　　依莲直视王后蓝色的眼睛，而兰斯洛特突然停下脚步，似乎被枪击中了一般。

　　"原来如此。"

　　他们就这样站着，等着桂妮薇发话。

　　"昨晚你去哪儿了？"

　　"我——"

　　"我不想听！"王后大叫起来，伸出手来，手中捏着撕碎的手帕，"叛徒！叛徒！带着你的娼妇滚出我的城堡！"

"昨晚——"兰斯洛特回答道。脑子里一片混乱，甚至有些绝望，身边的女人都没有注意到他的变化。

"我不想知道。别再对我撒谎了。滚！"

依莲很平静地说道："昨晚兰斯洛特在我房间过夜。是布瑞森夫人在黑暗中带他过来的。"

王后指着大门，手在不停颤抖，头发也散落下来，看上去十分可怕。

"滚出去！滚出去！你也滚，畜生！好大的胆子，竟敢在我的城堡里这样说话！你竟敢承认？带上你的情夫滚出去！"

兰斯洛特的呼吸气息明显加重了，双眼盯着王后，似乎已经失去了意识。

"他认为是跟你在一起。"依莲继续说着，双手交叉着放在胸前，顺从地看着王后。

"又是这样的谎话！"

"这是真的，"依莲说，"我不能没有他，所以布瑞森帮我假扮成你。"

桂妮薇蹒跚着走向依莲，重重地扇了她一个耳光。可女孩没有躲避，仿佛是心甘情愿接受这个耳光。

"骗子！"王后尖叫着。

她转身朝兰斯洛特跑去，他正坐在箱子上，茫然地盯着地板，头埋在双手之间。她一把抓住他的斗篷，使劲推他到门边，可兰斯洛特仍然一动不动。

"一定是你教她这样做的！你就不能想个新的招数？你可以给我些新鲜有趣的东西啊。你认为陈旧的伎俩也能带来惊喜吗？"

"珍妮——"兰斯洛特仍然埋着头，说道。

王后想朝他吐唾沫，可是从来没练习过。

"你还敢叫我珍妮？你侮辱了这个名字的纯净。我是王后！英格兰的王后！我可不是你的玩物！"

"珍妮——"

"滚出我的城堡！"王后尖声吼道，"我不想再看到你的脸，邪恶、丑陋、野兽般的脸！"

兰斯洛特突然大声对着地板喊道："加拉哈特！"

他放下捂住头的双手，抬起头来，她们看到了王后描述的那张脸。那是一张带着惊讶表情的脸，一只眼睛在斜视周围。

他放低了声音说："珍妮。"可是他看起来像个瞎子。

王后张大嘴想要说些什么，却欲言又止。

"亚瑟。"他继续说道。然后发出一声尖叫，径直从一楼的窗户一跃而出。她们能清楚听到他跳进灌木丛中、折断树枝的声音，他像猎狗一样穿过树林，吓得鸟儿们四处逃窜。这喧嚣声慢慢消失在远方，房间里的两个女人默默地站着。

依莲脸色也变得惨白，却仍然保持骄傲和自尊，开口说道："你把他逼疯了。他的心理很脆弱。"

桂妮薇一言不发。

"你为何要逼疯他？"依莲继续追问道，"你的丈夫那么优秀，是这片土地最伟大的君王。作为王后，你拥有无上的荣誉、幸福和完美的家庭。而我呢，没有家，没有丈夫，也没有荣誉。为什么不能让我拥有他？"

王后还是保持沉默。

"我爱他，"依莲继续说，"我为他生了个健康的儿子，他也会成为世界上最优秀的骑士。"

"依莲，"桂妮薇终于开口了，"离开我的宫廷。"

"我这就走。"

突然，桂妮薇抓住她的裙子。

"别告诉任何人，"她语速很快，"别让任何人知道发生了什么。如果泄露半点,等待他的将会是死亡。"

依莲松开王后抓住自己裙脚的手。

"你觉得我会那么做吗?"

"我们应该怎么做?"王后哭了,反问自己,"他疯了吗?他会变好吗?以后会发生什么呢?我们应该做些什么?我们应该说些什么?"

依莲不愿意留下来跟她交谈。她站在门边,转过身来,因为激动,嘴唇有些颤抖。

"是的,他疯了,"她说道,"你赢了,得到了他的心,却毁了他。接下来你还会对他做什么?"

门关上了,桂妮薇坐下来,丢掉破碎的手帕,然后——慢慢地、深深地、出于本能地——大哭起来。她用手捂住脸庞,悲痛得抽动着身体。(那位从不关心王后的鲍斯爵士曾经对她说:"呸,你有什么好哭的,你都在事情于事无补的时候才哭。")

第十九章

两年后,佩莱斯王和布莱恩特爵士坐在阳光下。这是一个晴朗的冬日早晨,田野结了霜,没有风,鸽子在薄雾中不会迷失方向。布莱恩特爵士昨晚在这里过夜,身上的红色长袍镶有白鼬毛皮。他的战马和随从待在院子里,随时准备带他回到布莱恩特城堡。启程前,两人正在用午前茶点。他们围坐在炉火旁,不时抿一口温热的葡萄酒,咬一口点心,谈论着那个疯子。

"我可以肯定他以前一定是个有身份的人,"布莱恩特爵士说道,"他的所作所为只有那样的人才能做到。而且他对武器有一种天生的驾驭能力。"

"他现在在何处?"佩莱斯王询问道。

"只有上帝知道吧!猎犬回到布莱恩特城堡的那天早上他就销声匿迹了。不过我确定他是个有身份的人。"

他们小饮了一口酒,凝视着火焰。

"如果你问我的想法,"布莱恩特压低了声音,继续说着,"我相信他就是兰斯洛特。"

"胡说八道!"佩莱斯王说。

"他高大又强壮。"

"兰斯洛特爵士已经死了,"国王继续说道,"上帝会好好对他的。每个人都知道这件事。"

"可是没有得到证实啊。"

"如果他就是兰斯洛特,你绝不会认错。他是我见过的长相最丑陋的人。"

"我从未见过他。"布莱恩特说。

"有人说他只穿着内衣和马裤发疯似的到处乱跑,后来被野猪攻击,死在一个隐士的居所里。"

"那是什么时候的事?"

"去年圣诞节。"

"那正好是我说的疯子和狩猎队伍走失的时候,那时我们也在狩猎野猪。"

"好吧,"佩莱斯王说,"他们可能是同一个人。如果真是这样,那就有意思了。你说的那个人怎么出现的?"

"那是发生在前年夏天探险的事。和往常一样,我在草地上搭起了帐篷,在里面静静等着即将发生的事情。我记得当时正在下棋,外面传来一阵令人胆寒的吵闹声,我走出帐篷,只见一个赤裸着身体的疯子正在击打我的盾牌,我的矮人侍从正坐在地上,摸着自己被那疯子差点弄断的脖子——向我求救。我走上前去对那疯子说:'看这儿,善良的人,你不想跟我战斗吧。快,放下宝剑,别干坏事了。'你知道,他手里握着我的宝剑,而且能看出他彻彻底底地疯了。我就继续说:'你不应该战斗,年轻人。我知道你需要吃点东西再好好睡一觉。'他看起真是可怕极了,就像三天三夜没合过眼一直在监视着路人一样,眼中布满了血丝。"

"他说了什么?"

"他只说了一句,'言及如此,勿近我身。如若靠近,休怪我手下无情'!"

"太奇怪了。"

"是啊,太奇怪了,不是吗?我是说他居然说的是高等语言。"

"他做了什么?"

"我只穿着睡袍,男子看起来很危险。于是我回到帐篷里,穿上盔甲。"

佩莱斯王又递给他一块馅饼,布莱恩特欣然接受了。

"等我穿好盔甲,"他继续讲,嘴里还含着馅饼,"我拿了把多余的宝剑,叫男子放下武器。我根本无意伤害他,可是他是个充满杀气的疯子,根本想不出其他办法卸下他手中的武器。我像你逗狗那样走近他,伸出手,说道:'可怜的孩子,来吧,善良的小伙子。'我原本以为这会很简单。"

"然后呢?"

"他一见我穿着盔甲,手握宝剑,一下子变得像凶残的老虎,朝我扑过来。我还没见过这样的攻击。我想挡开他,而且我敢说,只要他露出破绽,我就会因为自卫杀了他。可事实上,他并没有给我这个机会。我发现自己坐在地上,鼻子和耳朵都在流血。你知道吗,他就狠击了我一下,我就感到有些晕厥。"

"天哪!"佩莱斯王不禁感叹道。

"然后,他扔下宝剑,径直冲进帐篷。我那可怜的妻子正一丝不挂地躺在床上。他直接倒在床上,一把抢过被子裹住自己,呼呼大睡。"

"他一定是个结过婚的人。"佩莱斯王断言道。

"我妻子害怕得尖叫起来,赶紧从床的另一边跳下来,换上睡衣,朝我跑来。我那时也惊讶地躺在地上,她还误以为我已经死了。"

"他就一直睡在帐篷里?"

"对,他睡得像木头一样。最后我们好不容易才清醒过来，妻子把一只臂铠放在我脖子下面为我止住鼻血，然后我们开始商量下一步怎么办。我的矮人侍从是个聪明的家伙，他说，我们不应该伤害他，因为他受过上帝的洗礼。事实上，他还猜测到这个人就是兰斯洛特。那一年有很多关于兰斯洛特的故事。"

布莱恩特吞下了馅饼，继续讲下去。

"最后，"他说，"我们把他带回了布莱恩特城堡，是把床和其他东西一起搬走的。虽然一路颠簸，但他也没有醒过来。到了之后，我们就绑住他的手脚，以防他做出更为可怕的事情。现在我对此深感歉意，可是当时我们不能冒险。我们给他安排了一个舒适的房间，换上干净的衣服，我的妻子也为他准备了丰盛的食物，让他恢复了体力。不过我们还是一直绑着他。他在城堡里度过了一年半的时光。"

"他是怎么离开的呢？"

"我正打算说呢。这是故事里最精彩的部分。一天下午，我在森林里探险，半小时后，两名骑士从背后袭击了我。"

"两名骑士？"国王问道，"从后面？"

"是的，两人从后面袭击了我。是布鲁斯·萨努斯·皮特爵士和他的朋友。"佩莱斯王重重地拍了一下自己的膝盖。

"那个人，"他大声说道，"对公众是个威胁。我在想为什么没有人能除掉他呢。"

"问题就难在如何抓住他。不过，我要给你讲讲那疯子的事情。你一定也会承认，布鲁斯爵士和他的朋友显然占了上风，因此我只能后悔地说我被迫逃跑了。"

布莱恩特爵士顿了顿，盯着篝火，然后他高兴起来。

"很好，"他接着说下去，"我们不可能都成为英雄，对吧？"

"当然。"佩莱斯王回答道。

"当时我受了伤，"布莱恩特爵士说，"觉得自己都快晕倒了。"

"是。"

"那两名骑士一路狂奔，一直尾随我来到城堡，他们把我夹在中间，一直攻击我。我到现在都没明白我是怎么逃出来的。"

"石头上都写着呢。"国王回答道。

"我们飞快地穿过外堡的炮眼，在那儿疯子一定看见了我们。你知道，他就被关在外堡的房间里，他一定目睹了整件事。后来我们才发现他赤手打开了手铐。那可是铁手铐啊，他也脱下了脚镣。当然整个过程中他还是受了很重的伤。然后他从后门冲出来，手上满是鲜血，手铐的铁链四处飞舞。他一把将布鲁斯的同伴拉下马，夺走他的宝剑，给布鲁斯头上重重一击，令他翻身落马。第二名骑士试着从背后袭击他——因为他根本没有任何装备——我砍断了那家伙的手。之后两人再次上马仓皇逃窜。我可以告诉你，他们的速度相当快。"

"那就是布鲁斯的结局。"

"那年我的兄弟一直跟我住在一起，我对他说：'我们为何要锁住这个亲爱的伙伴呢？'当我看到他伤痕累累的双手，我感到很惭愧。'他是个快乐、和蔼的人，'我说，'现在他救了我的命，我们绝不能再锁住他了，应该给他自由，为他做一切事情。'你知道，佩莱斯，我喜欢这个疯子。他很文雅，也懂得感恩，他过去一直称我为主人。可是一想到他可能就是伟大的杜拉克，而且我们竟然曾经困住他，让他谦卑地叫我主人，顿时就觉得胆战心惊。"

"最后发生了什么？"

"他安安静静地生活了几个月。后来猎人们来到了城堡，其中一个随从把战马和战矛留在了树下，他拿了战矛骑着马就跑了。似乎他对这些上流的狩猎活动很兴奋，你知道的——即使是一套盔甲、一次战斗或一次狩猎，都能唤醒他头脑里的某些东西。他们的到来使他也想要加入他们的行列。"

"可怜的孩子，"国王说道，"真是个可怜的孩子！他很有可能就是兰斯洛特爵士。大家都以为去年圣诞节他死于野猪的攻击。"

"我想听听那个故事。"

"如果你说的那个人是兰斯洛特，他在狩猎途中一直跟着那头野猪。那是一头著名的野猪，过去的几年一直在干扰狩猎活动，因此狩猎只能在马上进行。兰斯洛特是唯一一个对它发起进攻的人，野猪首先杀死了他的战马，然后狠狠地伤了他的大腿，一直撕裂到脚踝骨处。当然，兰斯洛特最后还是割下了野猪的头。他在一处隐士居所的附近将野猪一击毙命。之后，隐士走了出来，由于伤势太重，兰斯洛特发起疯来，举起宝剑向隐士扔去。我是从一个在场的骑士那儿听到的。他说毫无疑问，那个人就是兰斯洛特——相貌极为丑陋——后来兰斯洛特晕倒了，他和隐士把他抬进了屋里。他还说没有人可以从那么严重的伤势中恢复过来，他看着兰斯洛特死去。他说，最能让他肯定这个疯子就是一名伟大骑士的是，他在临死时还不忘叫隐士'同伴'。所以你能发现，在他生命的最后时刻，依然保持着清醒的头脑。"

"可怜的兰斯洛特。"布莱恩特爵士叹息道。

"愿他在天堂一切安好。"佩莱斯王也这样说着。

"阿门。"

"阿门。"布莱恩特看着篝火，重复了一遍，然后站起来抖了抖肩膀。"我应该离开了。"他说，"你女儿怎么样？我都忘了问了。"

佩莱斯王叹了一口气,也站了起来。"她一直待在修道院里,"他说,"我想她明年就会正式成为修女了。不过下周六我们可以看到她,到时候她会回来探望几天。"

第二十章

布莱恩特骑士离开后，佩莱斯王也拖着双腿上楼继续研究圣经宗谱。对于兰斯洛特的事，他还是有些疑惑，为了他的外孙加拉哈特，他对此还是颇有兴趣。当我们所有人都因为妻子和情人失去理智时，佩莱斯王却很清醒地意识到人类本性里，总会有一种坚强的毅力避免这种事情的发生。他认为兰斯洛特是个古怪的人，退一步说，他在恋人之间的争吵中失去了理智——通过阅读班国王的家谱，他希望能找出家族里是否有精神失常的先例来解释这件事。如果有，可能会遗传到加拉哈特的身上。那么这个孩子就可能被送到伯利恒医院[①]，后世称之为精神病院。不那么做的话，会引起很多麻烦。

"班的父亲，"佩莱斯王自言自语道，一边擦拭眼镜，一边吹走覆在纹章学、谱系学、黑魔法和神秘数学等作品上的灰尘，"是本威克的兰斯洛特王，他娶了爱尔兰王的女儿。兰斯洛特王的父亲是乔纳斯，娶了高卢曼努埃尔的女儿。那么乔纳斯的父亲又是谁？"

当人们想到这里时，或许真的就能找到兰斯洛特的脑子里一个薄弱处。在本威克城堡的军械库里翻转头盔的十年

[①] 伯利恒医院（Hospital of Bethlehem）：位于英国伦敦的精神病医院，是全世界最古老的精神病医院。

后,这可能成为他"柜子里的骷髅"。①

"纳西恩,"佩莱斯王说道,"见鬼的纳西恩。似乎有两个人叫这个名字。"

他又重新梳理,从利塞斯、荷里阿斯、纳西恩隐士——从兰斯洛特可能遗传到的幻想癖好——追溯到纳普斯;第二个纳西恩,如果他确实存在,就会扰乱佩莱斯王的理论——兰斯洛特是上帝的第八代传人。事实上,在那个年代,几乎所有的隐士都叫作纳西恩。

"见鬼!"佩莱斯又重复了一遍,然后顺着吵闹声望向窗外,看看城堡外面的大街上究竟发生了什么。

一个疯子——好像今天早上有很多疯子出现——正被村民们追赶着穿过科尔宾。这些村民们曾经出来迎接过兰斯洛特。他赤身裸体,像幽灵一样消瘦,一边逃跑,一边用双手护住头。小男孩们围着他跑动,朝他扔草皮。他不时停下来,抓起一个孩子扔到篱笆外面。这一举动激怒了孩子们,捡起石头砸他。佩莱斯王可以清楚地看到鲜血从他高高的颧骨、凹陷的脸颊、惊慌失措的眼睛以及肋骨间的蓝色阴影处流淌下来。他也看到那个男子正朝城堡跑来。

佩莱斯王快步走下楼梯,城堡院子里一大群人围着疯子,还充满了敬佩之情。他们放下铁闸门,把村子里的男孩们挡在外面,他们对这个逃亡者表现得很善良。

"看看他的伤口,"其中一个侍从说道,"看看那个巨大的伤疤。或许他变疯之前是一名游侠骑士,我们应该礼貌地对待他。"

疯子站在人群围成的圆圈中,女士们在笑他,侍从们对他指指点点。他低垂着头,一动不动,一言不发,等着人们接下

---

① 柜子里的骷髅:此处指秘密。

来会怎么对付他。

"或许他就是兰斯洛特吧。"

这话引起了一阵大笑。

"不,我说的是真的,从来都没有确切的证据证明兰斯洛特已经死了。"

佩莱斯王一下子走到疯子的面前,看着他的脸,然后又弯下腰看了看旁边。

"你是兰斯洛特吗?"他问道。

这是一张憔悴、肮脏、长满胡须的脸,眼睛一动不动。

"你是吗?"国王重复道,可是仍然没有回答。"他又聋又哑,"国王说道,"把他留下来当小丑吧。他看起来很滑稽,这点我必须承认。来人,给他拿些衣服——你知道的,要滑稽的衣服,让他睡在鸽舍里,给他铺些干净的稻草。"

突然,哑巴举起双手,大声咆哮起来,在场的人无不惊吓得退后几步,连国王也吓得丢掉了眼镜。之后,男子把手放了下来,愚笨地站在那里,紧张的人们才又笑了起来。

"最好把他锁起来,"国王的想法很明智,"安全第一。还有,别用手给他食物——丢给他。一定要小心啊!"

于是,兰斯洛特被带到鸽舍里,成为佩莱斯王的小丑——被锁起来、被人扔食物、睡在干净的稻草上。

国王的侄子卡斯特即将于下周六获得骑士爵位——届时会有一个庆典活动,而依莲也会回来参加——城堡里充满了欢乐。国王沉醉于各种节日和庆典,为了庄严地庆祝这一时刻,他给在场的每一名男性赠送了一件崭新的长袍。他还慷慨地打开布瑞森夫人的丈夫掌管的酒窖。

"举杯!"国王大喊一声。

"干杯!"卡斯特回答道,表现得非常得体。

"每个人都得到长袍了吗?"国王大声喊道。

"是的,谢谢你,国王陛下。"所有人齐声回答道。

"确定吗?"

"非常确定,陛下。"国王将自己的长袍裹在身上,非常高兴。每当这样的场合,他就像变了一个人。

"所有人都非常感谢陛下的慷慨。"

"不客气。"

"为佩莱斯王举杯。"

"万岁、万岁、万万岁!"

"那个小丑呢?"国王突然问道,"小丑也拿到长袍了吗?他在哪儿?"

周围立刻安静下来,根本没有人想过要给兰斯洛特爵士一件长袍。

"没有长袍?没有给他长袍吗?"国王大声喊道,"去把他叫来。"

应国王的要求,兰斯洛特爵士被人从鸽舍带到大殿上来。他一动不动地站在火炬的光亮下,胡须上还留着几根稻草,俨然是一个穿着小丑服装的可怜虫。

"可怜的小丑,"国王有些同情他,说道,"可怜的小丑。过来,我的袍子给你。"

不论身旁的人怎样规劝和反对,佩莱斯王坚持脱下自己昂贵的长袍,从兰斯洛特的头上套下去。

"给他松绑!"国王吼道,"放他自由,别再绑着他了。"

大殿上,兰斯洛特爵士身着华服站得笔直,显得特别庄严。要是他能修剪一下胡须该有多好——我们这一代不蓄胡子的人已经忘了修剪胡须会有多大的变化;要是他在受到野猪攻击后不是住在贫穷的隐士家里饿到瘦骨嶙峋该有多好;要是没有关于他已经死去的谣传该有多好。不过,即使所有一切都已经发生了,他与生俱来的、让人敬畏的气场已经弥漫了整个大殿。国王却丝毫没有察觉到这一切。兰斯洛特迈着正步走回鸽舍,满屋的村野匹夫为他让出一条路来。

第二十一章

依莲还是如往常一样毫无优雅可言，桂妮薇如果处于相似的境地，肤色会越发白皙，也会更有趣——可依莲却越发丰满。她在随从的陪伴下在城堡花园里散步，身着见习修女的白色衣服，动作显得有些笨拙。加拉哈特已经三岁了，牵着她的手。

依莲之所以想当修女，并不是因为她感到绝望。她不愿意后半生像电影里的修女那样生活。一个女人在两年里能忘记许多的爱——或者至少可以打包封存起来，慢慢习惯，直到渐渐忘记。就像一个商人因为运气欠佳，错失了可以成为百万富翁的投资机会，随着时间的推移也会渐渐淡忘。

依莲打算离开自己的儿子，皈依上帝，这是她唯一的选择。这绝不是戏剧性的选择，或许也不是特别虔诚——但是她知道自己永远不会像爱死去的兰斯洛特那样爱上任何人。于是她放弃了爱情，因为再也经受不住爱情的狂风暴雨了。

她不再因为兰斯洛特而忧郁，也不再为了他泪湿枕头，她几乎不再想念他了。就像海贝壳一样，总是和岩石撞击，她心底那个属于他的角落已经被磨平了。她是忍受了巨大的疼痛才成功的，现在她的心已经平静了。依莲和女仆们在花园里散步，一心只想着卡斯特爵士的骑士守卫庆典，担心宴会的糕点是否准备充分，还有加拉哈特的长筒袜应该补一补了。

其中一个女仆一直在玩一种球类游戏——和尤利西斯[①]到访时，娜乌西卡玩的游戏一样——让身体暖和起来。她突然从水井旁的灌木丛朝依莲跑来。她是捡球才去那边的。

"那儿有个男子，"她轻声说道，生怕惊动了他，"那儿有个男子，就躺在水井旁！"

让依莲感兴趣的并不是那儿躺着个男子，也不是因为女孩被吓到，而是在这样寒冷的一月睡在外面显得很不寻常。

"安静，"依莲说道，"我们过去看看。"身着白色衣服的、丰满的见习修女踮着脚悄悄靠近兰斯洛特——这个有着一张圆脸的平凡女孩拒绝在脸上显露高贵的神情；这是一个一心想着要给加拉哈特补袜子的年轻少妇。她冷静地走过去，心里却想着其他事，就像无忧无虑的兔子在熟悉的小路上跳跃、吃草。然而，她心里突然一紧。

依莲很快便认出了兰斯洛特，心跳也经历了剧烈的两次起伏。第一次跳到了嗓子眼；第二次将高悬的心一下子拉了回来。

兰斯洛特穿着骑士长袍伸直了身体躺在那儿。布莱恩特爵士后来在评论这些事情的时候觉得正是那些上流社会的活动触动了他的脑子。这个可怜的疯子似乎被长袍、白鼬毛皮诱发了深埋在心中的奇怪记忆，从国王的餐桌边来到水井旁来。他孤身一人在没有镜子的黑暗里捧起井水洗了把脸，用枯瘦如柴的手指洗了洗深陷的眼窝，顺便试着用马梳和从马棚拿来的剪刀整理杂乱的头发。

[①] 希腊神话中，尤利西斯（又译作奥德赛）在特洛伊战争结束后返回家乡的途中曾漂流到娜乌西卡的父亲阿尔奇洛斯国王统治的领土。

The Ill-made Knight

依莲让女仆们带着加拉哈特先回去，孩子很听话，没有抗拒。他是个神秘的孩子。

依莲在兰斯洛特爵士身边跪下来，看着他，既没有碰他也没有哭。她想伸手去抚摸他那枯柴般的手，可想了一下还是阻止了自己，就这样静静地蹲在一旁。过了很久，她终于还是忍不住哭了起来——为了兰斯洛特，为了他疲倦的双眼，也为了他手上的白色伤疤。

"父亲，"依莲说，"如果你现在不帮我，就没人能帮我了。"

"怎么了，我亲爱的女儿？"国王问道，"我头有点痛。"

依莲没有理会父亲说的话。

"父亲，我找到兰斯洛特爵士了。"

"谁？"

"兰斯洛特爵士。"

"胡说！"国王反驳道，"他已经死在野猪手上了。"

"他正躺在花园里睡觉。"

国王突然从宝座上站起来。

"我应该早就知道，"他说，"我太蠢了。就是那个疯子，太明显了！"

他感到一阵眩晕，赶紧用双手抱住头。

"交给我，"国王说道，"让我来解决。我很清楚该怎么做。管家！布瑞森！人都到哪儿去了？喂！喂！原来你在这儿，管家，赶紧去叫你的妻子布瑞森夫人过来，再去找两个信得过的人。让我想想，去把亨伯特和格尔斯叫来。你刚才说他在哪儿呢？"

"在水井边睡觉。"依莲很快回答道。

"很好！别让任何人靠近玫瑰花园，听到了吗，管家？所有的人都得离开。再去拿床毯子，要厚毯子，我们得从四个角把他扛起来。另外准备一个房间。告诉布瑞森把床上用品准备好，最好弄张羽毛床。在房间里点上火，把御医叫来，吩咐他在巴塞洛缪医书[①]上找找如何治疗疯病。对了，你最好再准备点果冻之类的东西，还得给他换上干净的衣服。"

当他醒来之时，他们发现他的眼睛已经恢复到往日的清澈，可他的心智状况仍很糟糕。他需要他们来拯救自己。

再次醒来之时，他说："耶稣基督啊，我怎么在这儿？"

他们只是告诉他现阶段需要休息，等他恢复体力后再谈。医生对着皇家交响乐队挥了挥手，他们就开始演奏《耶稣基督温柔的母亲》——根据巴塞洛缪医书上记载，疯子对音乐有一种特殊的喜爱之情。在场的人都很期待，不过兰斯洛特却紧紧抓住国王的手，痛苦地哭喊着："看在上帝的分上，我的主人，告诉我，我怎么在这里？"

依莲把手放在他的额头上，让他躺下来。

"你来的时候像个疯子一样，"她说，"没人知道你是谁。你正处在崩溃的边缘。"兰斯洛特看着她，眼神迷离，紧张地笑了起来。

"我把自己弄得像傻瓜一样，"他说，紧接着问道，"是不是很多人都看见我发疯了？"

[①] 巴塞洛缪（Bartholomeus Anglicus），英国神学教授，著有《事物的本质》（*De Proprietatibus Rerum*）一书，是当时的百科全书。

第二十二章

兰斯洛特的身体和精神进行着激烈的斗争。他在空气流通的房间里躺了足足两个星期,体内每一块骨头都疼痛不已,而依莲一直待在外面。他任由她处置,她本可以白天黑夜一直照顾他,可是她心情有点复杂——也许是出于礼仪,或骄傲,或出于宽宏大量,或谦卑,或出于不想将他生吞活剥而宽恕他。她每天最多过来看他一次,并没有强迫他做任何事。

一日,依莲正要离去,兰斯洛特叫住了她。他穿着日袍坐起来,双手放在大腿上。

"依莲,"他开口说道,"我想我应该为自己打算一下。"

她静静地听着他对她的宣判。

"我不可能永远留在这里。"他说。

"只要你愿意,这里随时欢迎你,这你是知道的。"

"我不能回宫廷。"

依莲有些迟疑地回答道:"如果你愿意,我父王会赐你一座城堡,我们……一起生活。"

他看看她,然后又把脸转过去。

"或者你也可以只要那座城堡。"

兰斯洛特牵起她的手,说道:"依莲,我不知道该说什么,我不太擅长讲话。"

"我知道你不爱我。"

"那么,你认为我们在一起会幸福吗?"

"我只知道我什么时候会不幸福。"

"我想让你幸福,可是幸福有很多种方式。也许当我们生活在一起,你就不会觉得有多么幸福了。"

"我会是世界上最幸福的女人。"

"依莲,我们还是坦白地谈一谈吧,虽然听起来会让人不舒服。你知道我不爱你,我爱的是王后。你我之间的事只是个意外,已经无法改变。随之而来的事情,我都无法改变。你已经两次让我陷入绝境。要不是你,我现在还在宫廷里。难道你还认为我们能够幸福地生活在一起吗?"

"你是我的男人,"依莲骄傲地回答他,"然后才是王后的。"

他伸出一只手蒙住眼睛:"你希望自己的丈夫是那样的吗?"

"我还有加拉哈特。"依莲回答道。他们肩并肩坐着,看着燃烧的火焰。她没有哭也没有博取同情——他知道依莲没有用这些东西来为难自己。

他面露难色地说道:"我留下来,依莲,如你所愿。我不明白为什么你想要跟我在一起。我喜欢你,非常喜欢你。自从事情发生以后,我不知道为什么我还是喜欢你。我不想伤害你。但是,依莲——我不能娶你。"

"我不在乎。"

"因为……因为婚姻就像是契约。我……我一直以自己的承诺为傲。如果我没有……如果对你没有那种感觉……就应该停止,依莲,我没有义务娶你,因为你欺骗了我。"

"是没有义务。"

"就是义务！"兰斯洛特大吼起来，面容狰狞。他对着火吼出这句话，感觉很恶心，"我确定你会明白，我不是在欺骗你。我不娶你，因为我不爱你。我无法爱上你，就不能交出我的自由，我无法承诺一辈子陪在你身边。这样说来很伤人，依莲，但它们会让人蒙羞的。如果我说其他的话，那就是谎言，事情会越变越糟——"

他突然停下来，双手抱头。"我不懂，"他说，"我一直努力把所有事情都做好。"

依莲说："不管如何，你永远是我善良而优雅的主人。"

佩莱斯王赐给他们一座城堡，兰斯洛特爵士早就知道这座城堡。住在里面的布莱恩特爵士只好搬出来——不过他倒是很乐意，因为他知道正是这个疯子救了自己的性命。

"是兰斯洛特吗？"布莱恩特问道。

"不，"佩莱斯王回答道，"他来自法国，自称残缺骑士。我告诉过你兰斯洛特爵士已经死了，事实证明我是对的。"

根据安排，兰斯洛特以后都要在隐姓埋名中生活下去——原因是，如果关于他还活着并且住在布莱恩特城堡的消息一旦传出去，朝廷那边只会传来抗议的声音。

布莱恩特城堡有一条漂亮的护城河，城堡在它的包围下成了一座岛屿。从岸边的外堡乘船是进入城堡的唯一方式，城堡本身被施有魔法的铁篱笆包围起来。国王挑选了十名骑士和二十名侍女分别服侍兰斯洛特和依莲。

依莲欣喜若狂。

"我们可以称这里'欢乐之岛'，"她说，"我们在这里会很开心的。兰斯。"——听到依莲叫自己的小名，他有些畏惧——"希望你能重拾你的爱好。我们得举办比赛、训练猎鹰，还有很多很多事情要做。你可以邀请朋友来居住,这样就热闹多了。我保证我不会嫉妒你,兰斯,我绝不是想涉足你的生活。如果我们都小心翼翼,难道你不认为我们会度过一段快乐的时光吗?难道你不认为'欢乐之岛'是个可爱的名字吗?"

兰斯洛特清了清嗓子,回答道:"是的,这名字的确不错。"

"你还得有一个量身定做的新盾牌,这样你在比赛中就不会被认出来。你喜欢哪种盾徽?"

"都可以,"兰斯洛特回答道,"我们可以晚点再做这些。"

"残缺骑士。多么罗曼蒂克的名字!究竟是什么意思呢?"

"你可以赋予它不同的含义。'丑陋的骑士'是其中之一,还有一个是'犯错的骑士'。"

他没有告诉依莲"残缺骑士"还有一个意思是运气不佳的骑士——受到诅咒的骑士。

"我可不认为你丑——或者犯了错。"

兰斯洛特振作起来。他知道,如果自己打算一直消沉下去或者隐退,就对不起依莲。可是,另一方面,伪装是件空虚的事。

"因为你很可爱。"他说,然后快速而笨拙地吻了她,想转移依莲的注意力,可依莲还是察觉到了。

"你可以教教加拉哈特,"依莲说道,"你可以教他你的所有招数,这样他长大之后就能成为最伟大的骑士。"

兰斯洛特再次亲吻了她。她说:"如果我们小心些。"她也一直小心行事。他为她的尝试感到怜惜,也感激她如此体面的想法。他就像是一个心烦意乱的人同时做着两件事情,一件

The Ill-made Knight 125

重要，另一件不重要。他觉得即使不重要的事，自己也有责任做好。可是被爱总是让人感觉尴尬。因为他对自己的评价，他不会接受依莲的谦卑。

在他们启程准备去布莱恩特堡的早上，刚刚获得爵位的卡斯特爵士在大厅拦住了兰斯洛特，他只有十七岁。

"我知道你称自己为残缺骑士，"卡斯特爵士问他，"可我认为你就是兰斯洛特爵士。是吗？"

兰斯洛特抓住男孩的手臂。

"卡斯特爵士，"他回答道，"你认为这是个骑士该问的问题吗？假如我是兰斯洛特，却称自己为残缺骑士，你不认为这应该出于某些原因吗，某些作为一名贵族绅士应该尊重的原因吗？"

卡斯特爵士的脸顿时变得通红，单膝跪地："我不会告诉任何人。"他承诺道。事实上，他的确遵守了诺言。

第二十三章

　　春天的脚步正在慢慢靠近,这个新组建的家庭渐渐安定下来,依莲为她的骑士策划了一场比赛。奖品是美女和矛隼各一。

　　来自英格兰王国各地的五百名骑士齐聚在这里参加比试——可是残缺骑士带着一种心不在焉的凶猛撞倒了任何站在他面前的人,整个比赛以失败告终。骑士们带着迷惑和恐惧各自离开。没有一个人死亡——一旦撞倒对手,他都会饶恕他们——而且不管怎样,残缺骑士都一言不发。战败的骑士们带着擦伤各自归家,没有参加通常在比赛期间举行的欢乐宴会,他们相互窃窃私语,都想知道这个沉默寡言的冠军究竟是何方神圣。依莲一直勇敢地微笑着,直到最后一名骑士离开,才跑回房间大哭起来。最后她擦干眼泪,出去寻找她的主人。打斗一结束,兰斯洛特就消失了,他已经养成了独自欣赏日落的习惯——依莲并不知道他在哪里欣赏日落。

　　她在城堡的墙垛找到了他。两人沐浴在夕阳金色的余晖中,他们的影子、高塔的影子、燃烧着的树木的影子被渐渐下沉的夕阳不断拉长,映在开阔的草地上。他绝望地望着远方的卡米洛特。他那带有独特纹章的新盾牌立在身前,图案是一个女子的银色身影站在黑色的旷野里,一名骑士正跪在她脚下。

天真的依莲之前看到盾牌上的图案很高兴,还以为那个女子就是自己。她一直都很愚笨。此时此刻,她才注意到那银色的女子头上戴着王冠。她无助地站在那儿,努力想知道自己该怎么做——可是她什么也做不了。她的武器不仅钝,而且还是软金属锻造的。她只有耐心和自我克制。而这两样在面对狂热的爱情的时候,都没有用。先人们早就证明了这一点。

一日清晨,他们坐在湖边的草地上。依莲在刺绣,兰斯洛特看着他的儿子。加拉哈特是个一本正经、沉默寡言的小孩子,正跟玩偶做着游戏。兰斯洛特用木头雕刻出两名全身武装的骑士送给儿子,骑士们骑在战马上,用托子①托着战矛。如果拉动他们脚下平台上的线,两匹战马就会靠近,骑士们会摆出冲撞的姿势,并且将对方摔下马去。但加拉哈特对他们完全不感兴趣,只是一直在摆弄他称之为"圣洁的圣人"的破旧玩偶。

"格温妮丝会弄死那只雀鹰的。"兰斯洛特突然说道。

他们能看到城堡中的一名淑女正全速向他们冲来,抓着一只雀鹰。她的奔跑刺激了雀鹰,使它不停扇动翅膀——可格温妮丝完全没有在意,还时不时生气地摇它。

"发生了什么事,格温妮丝?"

"哦,主人,对岸有两名骑士想要跟残缺骑士比试一番。"

"叫他们走,"兰斯洛特回答道,"就说我不在家。"

"可是,先生,守门人已经给他们指明了乘船过来的路,他们一会儿就到了。他们还说会一个个跟你比试。第一名骑士已经上船了。"

---

① 托子(fewter):用来支撑矛的器具,一般与马鞍或胸甲相连。

兰斯洛特站起身来，拍拍膝盖上的泥土。

"告诉他在马术场等着，"他说，"我二十分钟后过来。"

马术场是一处狭长的空地，铺满了沙子，两旁是厚厚的墙，顶上各自建有一座塔。墙上建有看台，没有屋顶。依莲和仆人们就坐在看台上观战。两名骑士在下面的场地上已经战斗了很长时间，马上比赛打了个平手——因为他们都掉下马来——随后的剑术比赛持续了两个小时。突然，陌生的骑士喊了一声："停！"

兰斯洛特立刻停止了攻击，仿佛自己是一名农场工人，得到了放工吃饭的许可。他把剑像草叉一样插在地上，耐心地站在那儿。事实上，他在战斗中表现得很平淡，他不打算伤害对手。

"你是谁？"陌生人问道，"请告诉我你的名字。我还从未遇到过像你这样的人。"

兰斯洛特突然举起戴着手套的双手，举到头盔边，仿佛想要再次蒙上早已藏在头盔后的脸，痛苦地回答道："我是兰斯洛特·杜拉克爵士。"

"什么！"

"我是兰斯洛特，德加里斯。"

德加里斯将手中的剑扔向石墙，发出清脆的碰撞声，朝着护城河塔的方向飞奔回去，铁质护脚在场地上留下清脆的回响。他一边跑一边摘下头盔扔到一旁。待他到达城堡大门，用尽全力大喊："埃克特！埃克特！是兰斯洛特！快过来！"然后他又赶紧跑回到朋友的身边："兰斯洛特！我亲爱的伙伴！我一开始就觉得一定是你！"

他匆忙解开兰斯洛特头盔的带子，想用自己笨拙的手指取下他的头盔，然后摘掉自己的臂铠，也扔到一旁。他迫不及待地想要看看兰斯洛特爵士的脸。兰斯洛特一动不动地站在那儿,就像一个筋疲力尽的孩子等着别人帮他脱衣服。

"可是,这段时间你都在做什么?为什么你会在这儿?听说你去世了,太吓人了。"

终于他取下了兰斯洛特的头盔,丢在一旁。

"兰斯洛特!"

"你刚才说埃克特也跟你一起来了?"

"是的,就是你的兄弟埃克特啊。我们一直找了你两年。兰斯洛特,很高兴再次见到你!"

"你们进来吧,"兰斯洛特说,"好好休息一下。"

"可是,这段时间你都在做什么?你在哪儿藏身?一开始,王后派出了三名骑士来找你,后来包括我们在内一共派出了二十三名,可花了她两万英镑呢。"

"我到处游荡。"

"即使是奥克尼家族也帮忙了,高文爵士也加入了寻找队伍。"

这时,埃克特爵士乘船抵达——是埃克特·德马里斯爵士,不是亚瑟王的监护人埃克特——大门已为他开启。他朝着兰斯洛特跑来,叫道:"哥哥!"

依莲从看台上走下来,她一直在那儿观看比试。现在她下来欢迎客人,她知道,这些人会令她伤心欲绝。她并没有打断男人们的嘘寒问暖,只是像个置身事外的孩子一样看着他们。她静静地站着,慢慢积聚力量,支撑自己那颗脆弱的心。

"这是依莲。"

他们转身面对她,鞠躬行礼。

"欢迎来到布莱恩特城堡。"

第二十四章

"我不能离开依莲。"兰斯洛特说道。

埃克特·德马里斯问道:"为什么?你根本不爱她。你对她没有责任,和她待在一起只能让你更痛苦。"

"我得对她负责。我无法向你们解释,但是我有责任。"

"王后,"德加里斯说,"已经不顾一切了。她为了找你花了不少钱。"

"我也没办法。"

"没必要生气,"埃克特说,"在我看来你生气了。如果王后为曾经做过的事向你道歉,无论她做了什么,你应该表现得大度一点,原谅她。"

"我没什么可以原谅她的。"

"这正是我想说的。你应该回到宫廷,继续自己的事业。这是你欠亚瑟王的;别忘了你是在他面前宣过誓的骑士。一直以来,他都非常需要你。"

"需要我?"

"奥克尼的麻烦。"

"他们又干了什么?德加里斯,你不明白听到这些熟悉的名字,我的心情有多么好。给我讲讲吧,凯伊还在干蠢事吗?迪那丹还那么可笑吗?崔斯特瑞姆和马克王近况如何?"

"要是你如此关心这些事情，你就应该回到宫廷。"

"我说过，我不能回去。"

"兰斯洛特，你应该现实一点。你真的认为你隐姓埋名地跟这个女人生活，仍然能做自己吗？你认为你能在比试中战胜五百名骑士而不被认出来吗？"

"我们一听到关于比试的消息，"埃克特说，"就马不停蹄地赶来了。德加里斯也说：'一定是兰斯洛特，否则我就是个蠢货。'"

"也就是说，"德加里斯继续说道，"如果你坚持留下来，那么你就不得不完全放弃武器。只要你参加比试，整个国家都会认出你。我想，这一点你已经意识到了。"

"和依莲一起生活就意味着要放弃一切，意味着完完全全地退役——没有远征、没有比试、没有荣誉、没有爱。你甚至还必须得整天待在家里。你应该知道，自己不是那么容易被人遗忘的。"

"不管怎样，依莲是个善良的姑娘。埃克特，当人们信任你，并且依赖你的时候，你绝不能伤害他们，就像你不能这样对待一只狗一样。"

"可是，人不会跟狗结婚。"

"别这样说，这个女孩深深爱着我。"

"王后也爱你啊！"

兰斯洛特翻转着帽子。

"我最后一次见王后，"他说道，"她叫我永远也别出现在她面前。"

"可是她花了两万英镑来找你。"

兰斯洛特沉默了一会儿，突然问道，声音有些粗哑："她还好吗？"

"她痛苦极了。"

埃克特说:"她知道一切都是她的错。她哭了很久,鲍斯说她是个傻瓜,她没有反驳。亚瑟王也很痛苦,整个圆桌乱了套。"

兰斯洛特把帽子丢到地上,站了起来。

"我曾经对依莲说过,"他说,"我不会承诺跟她在一起,因此我必须留下来。"

"你爱她吗?"德加里斯提出的问题一针见血。

"是的。她一直对我很好,我喜欢她。"

看着他们的眼神,他突然换了一个词。

"我爱她。"他说道。

两名骑士在城堡里待了一个星期,兰斯洛特如饥似渴地听着他们讲述关于圆桌的事情,却日渐消沉。依莲总是坐在他身旁用餐,听着自己从来没听过的名字和无法理解的事情。除了为他们添加食物,她无事可做。他们在她面前畅谈和大笑,依莲也笑着回应。兰斯洛特依然每天去角楼看日落,他还不知道这个地方已经被依莲发现了——依莲第一次发现他的时候,转身轻手轻脚地走开了。

"兰斯洛特,"一天早上她说,"护城河那边有个人,骑着战马,穿着盔甲。"

"是一名骑士吗?"

"不,看上去像是侍从。"

"我想知道这次又是谁。让守卫带他进来吧!"

"守卫说他不愿意过来。他说他会一直在那儿等着兰斯洛特爵士。"

"我去看看。"

依莲想阻止他上船。"兰斯洛特,"她说,"如果你一定要离开,你想要我怎么带大加拉哈特?"

"离开？谁说我要离开？"

"没人这样说，但是我想知道。"

"我不懂你在说什么。"

"我想知道应该怎样教育加拉哈特。"

"好吧，我想就用平常的方法吧！我希望，他能学着成为一个优秀的骑士，不过你的问题是虚构的。"

"这就是我想知道的。"她再一次阻止了他的脚步，"兰斯洛特，能不能再回答我一个问题？如果你要离开，如果你要抛下我——你还会回来吗？"

"我说过我不会走的。"在说这些话的时候，依莲一直在想该怎么表达，就像一个人慢慢走向沼泽时心中的感受那样。

"你的回答会让我努力养大加拉哈特……让我有希望生活下去……如果我知道……有一天……你会回来。"

"依莲，我不明白你为什么要说这些。"

"我并不是要阻止你，兰斯。也许离开是你最好的选择，也许离开是注定要发生的。只不过，我想知道是否还有机会与你再次相聚——这对我来说很重要。"

他牵起她的双手。

"如果我离开了，"他说，"我还会回来的。"

护城河对岸的人正是戴普大叔。他牵着兰斯洛特曾经的战马，它又老了两岁了。兰斯洛特用过的盔甲被整齐地捆在马鞍上，好像在等待装备检查。一切都被整齐地叠好，摆放在恰当的战斗位置上：短铠甲被紧紧地卷成一捆，头盔、护肩甲和臂铠都打磨得很光亮，就像刚从商店里买回来，还没有被用家庭的清洁方式乱弄一通一样，还有一股马鞍皂①的味道，盔甲也

---

① 马鞍皂（Saddle soap）：专门用来清洁保养皮革的肥皂。

散发出自己独特的味道——就好像你走进高尔夫球场的专卖店闻到的味道一样——这种味道会让骑士们兴奋。

自从离开卡米洛特以来，兰斯洛特的身体还从未这样想念过自己的盔甲。他的食指还能清楚地感觉到剑柄上的着力点，他的大拇指清楚地知道，如果要在着力点附近施力的话，要多加几盎司的力道。他的掌心渴望握住剑柄，手臂也清清楚楚地记得挥舞宝剑时的平衡，想要将它挥舞起来。

大叔看上去苍老了很多，一言不发，只是拉住马绳，等待兰斯洛特上马。他那双坚定的眼睛，像鹰一样凶猛。他沉默地拿出一顶巨大的头盔，头盔上有着熟悉的、用苍鹰颈羽和银线做成的羽饰。

兰斯洛特双手接过头盔，掂量着。他的手还能感受到它的重量——二十二点五磅。他发现头盔打磨得很光亮，装了新的内衬，后面的护颈布也是崭新的。护颈布是天蓝色的，上面有人用金线绣了许多小的古代法兰西百合。他立刻明白是谁为他做的刺绣。他提起头盔，放到鼻子边，闻了闻护颈的盖布。

刹那间，她就站在那儿——不是他在城墙垛上回忆起的桂妮薇，而是真正的珍妮，摆着一个与往常不同的姿势，眉目生辉——他能辨出她眼睑上的每一根睫毛，肌肤上的每一个毛孔，声音中的每一种腔调和她微笑时牵动的每一处关节。

他骑着马，头也不回地离开了布莱恩特城堡——依莲静静地站在塔上，没有挥手告别。她想努力记住兰斯洛特的背影，在未来的日子里，只有这点记忆、他们的儿子和兰斯洛特留给她的金子陪伴在她身旁。兰斯洛特留下了他所有的财产，在她余生的每年都能因此获得一千镑的收入——这在那个年代是很大一笔钱。

第二十五章

离开依莲已不知不觉十五个春秋了，兰斯洛特仍然留在宫廷里。亚瑟王、桂妮薇和兰斯洛特的关系仍然和往常一样。唯一不同的是他们都老了。兰斯洛特的头发在他二十六岁回朝的时候还是灰白的，现在已经相当苍白了。亚瑟王的头发也过早染上了白霜——两个男人都蓄起了胡须，嘴唇依然鲜红。只有桂妮薇还是满头黑发，虽然年近四十，身姿依然优美。

另一个不同之处是，新一代骑士已经登上大殿。在他们心中，圆桌骑士的核心力量仍然跟以往一样充满激情，只不过他们现在更像是一种形象，不再是有血有泪的人了。年轻人围在他们身边，在他们看来，亚瑟王是公认的、曾经的征服者，不是未来的十字军战士；兰斯洛特是身经百战、屡战屡胜的英雄；桂妮薇是这个国家最风情万种的女人。在他们眼中，即使是亚瑟王在森林里狩猎的场景，也是皇家风范。他们看到的不是人，而是英格兰。当看到兰斯洛特骑马经过，因为和王后讲的一些私密笑话而哈哈大笑的表情，他们竟然惊讶地意识到原来兰斯洛特是会笑的。"看，"他们会相互说，"他在笑，似乎他也跟我们这些粗痞的平民一样。多么谦逊啊，多么平易近人的兰斯洛特，他还在笑，仿佛就是个普通人啊！或许他也要吃喝，晚上也要睡觉吧！"可是在他们心里，伟大的杜拉克根本不会做这些凡人做的事情。

事实上，在过去的二十一年间，不知道多少河水从卡米洛特的桥下流过，建筑物也矗立了同样长的时间。刚开始那几年，投石器和攻城武器在布满车辙的大道上滚动，往返于一次又一次的围攻，破坏了一座又一座城堡的墙；装有轮子可以移动的木塔，轰隆隆地靠在怯战的主堡上，弓箭手们站在顶上向下射箭，把死亡带进那些不牢靠的要塞里；技师们成群结队地走在扬起的夏日灰尘之中，肩上扛着鹤嘴锄和铲子，破坏那些已破烂的顶塔，让巨石塌落。当亚瑟无法通过袭击来占领一座强大的城堡时，他只能在某些特定的地方挖掘隧道。这些由木梁支撑的隧道，在适当的时候，点火烧掉木梁，隧道就会坍塌，而碎石砌成的城堡外墙也会跟着倒塌下来。

那几年是战争之秋，那些坚持靠剑生存的人最终死在别人的剑下。那几年，整座塔楼的士兵都在烧烤食物，火光满照，好像到处都是盖伊·福克斯①一样——整座贝利塔就是一根一流的烟囱，而不是战争要塞；那几年，到处都是战斧重击城堡大门的砰砰声——城堡大门的第一层木板是水平钉着的，第二层就是垂直钉着，这样就不会顺着木板的纹路裂开；那几年，摇摇晃晃的诺曼巨人是最容易解决掉的，只要先砍掉他们的脚，就能轻易摘下他们的头颅；剑敲击在头盔或肘甲上发出光亮，激烈的时候，光亮会溅起火花，奋战着的骑士看上去光彩夺目。

在那几年，无论你去哪里，都能看到一些景象：或是列队前行的雇佣兵、边界地区发生的抢劫和战斗修建工事；或是崇尚新秩序的骑士在与保守的男爵搏斗，试着挽救农奴的生命；或是金发女子被用皮绳梯从高耸的塔楼里营救出去；或是

---

① 盖伊·福克斯（Guy Fawkes）：1605年11月5日密谋炸毁伦敦国会大厦，谋杀英王，结果计划未实施就被捕。现在伦敦每年11月5日仍会放烟花庆祝。

布鲁斯·萨努斯·皮特爵士正拼命逃窜，兰斯洛特爵士紧追其后；或是外科医生正细心照料不幸受伤的战士，喂他们洋葱或蒜，通过伤口的味道来辨别是否出现内脏穿孔的情况。在检查伤口时，他们为伤员穿上带有羊脂的毛衣——是用羊的乳房附近的羊毛制成的。高文爵士正坐在对手的胸膛上，用一把叫做"上帝的恩赐"的尖长的匕首插进对手面甲的通气孔里，了结了他的生命。那些年，总会有一些骑士在激烈的战斗中闷死在自己的头盔里，因为通气孔太小了，这样的悲剧在当年常常发生。在战场上的这一头，一些守旧的小君主架起了宽敞的绞刑架，要吊死亚瑟王的骑士和信赖他们的撒克逊平民。那是一座华丽的绞刑架，可以和隼山[①]搭建的那座媲美，在十六根石柱中可以吊上六十具尸体，一具具看起来像浅褐色的倒挂金钟。比较简陋的绞架上装了横木，像是电线杆上的踏脚处，让刽子手可以爬上爬下。而战场的另一头是私人领地，四周围满了树桩，里面的灌木丛都安放了陷阱，没有人敢走近方圆一英里之内。前方可能有个笨蛋骑士掉进了捕捉鹿的陷阱，而这个陷阱会弹出一根粗大的树枝，把他整个吊起来，挂在树枝的末端，任他在天地间无助地摇晃。而后方可能正进行着一场残酷的比武大赛或派系战争，所有传令官对着打算冲锋的骑士团大叫："让他去吧！"这句口号相当于现在全国越野障碍赛马[②]中的"别追了"。

这个世界本来会在公元一千年就结束，然而得到缓刑之后，便爆发了无法无天的暴行，残害欧洲长达数世纪之久。要为此负责的就是被圆桌视为敌人的强权教条。那些残暴的"强

[①] 隼山（Montfaucon）：巴黎近郊的山丘，古代的刑场，在法国大革命期间布满了绞刑架。
[②] 全国越野障碍赛马（Grand National）：自1839年开始，每年的三四月在利物浦举行的英国全国性赛马。

壮的手臂"在尚未开发的森林里狩猎——但是总有例外，野森林的埃克特爵士就是一个好人——以至于萨尔兹伯利的约翰[①]不得不告诉他的读者："若这些伟大而残忍的猎人要经过你的居所，你得带上你家里所有的食物，或是你能立即向邻居们借或者买到的食物赶快离开，否则你就完蛋了，说不定还会被冠上叛国的罪名。"杜卢伊[②]告诉我们，孩子们会被人绑着大腿吊在树上。而在当时一个不算太罕见的景象是：你可能会看到一个士兵脸红得像龙虾，全身好像一团黏糊糊的麦片粥，因为在围城的时候，他被人当头浇下一桶滚烫的糠麸。其他的场景更具戏剧性，就像乔叟提及的：脸上挂着微笑，斗篷下却藏着利刃；尸体被抛弃在树丛里，喉咙上是刀痕；已冰冷的尸体躺在地上，嘴巴大张着。所有的刀剑上满是鲜血，天空中密布烟雾，强权被肆意地放纵——在这个普遍混乱的年代，高文终于成功地杀害了我们亲爱的老朋友皮林诺国王，为他的父亲洛特王报了仇。

这是亚瑟所继承的英格兰，这是他所追求的文明经历的阵痛期。现在，在二十一年的耐心教化后，这片土地呈现出一幅不同的景象。

曾经，那些狂躁的黑骑士等候在某个浅滩边，向那些轻率地选择那条道路的人收取过路费；而现在，就算一名少女也可以在整个国境内安全来去，不用害怕会受到伤害，哪怕她戴着金饰或者其他饰品。曾经，那些可怕的麻风病人——那个时候他们被称为麻疹——常穿着白色蒙头斗篷在林间漫游，如果他们想要警告别人，就摇响悲伤的铃锤。如果他们不想警告，就铃也不摇，猛地冲出来袭击别人。而现在有了合适的医院——

[①] 萨尔兹伯利的约翰(John of Salisbury)：英国中世纪的哲学家，著有《论政府原理》。
[②] 杜卢伊（Duruy, 1811—1894）：法国历史学家、政治家。

根据教会制度由骑士团管理——可以照顾这些从十字军东征回来，得了麻风病的病人。现在，所有暴虐的巨人都死了，而所有危险的飞龙——它们中的一部分以前会发出像游隼一样朝下扑击的粗嘎叫声——都已不能再伤人。过去成群结伙的强盗会举着飘扬的三角旗在干道沿途来去；而现在，快乐的朝圣者成群结队，在前往坎特伯雷的路上分享着低级的故事。那些严肃的神职人员到沃辛汉的圣母去做一日游，嘴里唱着《告别四旬斋前的颂歌》；没那么严肃的神职人员唱着即兴创作的中世纪的饮酒歌《我想死在客栈里》。彬彬有礼的修道院长在一匹缓慢行进的驯马上活蹦乱跳，头上戴着毛皮兜帽——这可违反了戒律；配备时髦的仆人们让鹰停在拳头上；体格强健的农夫和老婆为了新斗篷而争吵；另外一群快乐的家伙身上没穿戴铠甲装备就出去打猎；有些人骑马去了像特鲁瓦①一样盛大的集市；有些人则去了可与巴黎匹敌的大学——那里有两万名学者，最后这所大学里还出了七名教皇。修道院里，僧侣们都以狂热的创造力描绘手稿上的首写字母，以至于这些手稿的第一页都非常难读懂；而那些没有在手稿开头描画XP基督标记的人正在仔细抄写图尔斯的格雷戈里教皇所著的《法兰克人史》，或是《黄金传奇》②《象棋之道德论》③，或是某本驯鹰专论——前提是，他们没有被神奇的尤依那本《伟大艺术》④或最神奇的魔术师所编纂的《大宝鉴》⑤迷住。

厨房里，几个有名的大厨正在准备佳肴。单是其中一轮菜

---

① 特鲁瓦（Troyes）：法国东北部的大城市，是中世纪的贸易重镇。
② 《黄金传奇》（*Legenda Aurea*）：十三世纪以拉丁文写成的书，内容是关于圣徒的行迹，曾在欧洲风靡一时。
③ 《象棋之道德论》（*Jeu d'Echecs Moralise*）：十四世纪作品，主要解释西洋棋在中世纪所代表的象征意义和社会含义。
④ 《伟大艺术》（*Ars Magna*）：十三世纪哲学家拉蒙·尤依（Ramon Llull）作品。
⑤ 《大宝鉴》（*Speculum Majus*）：博韦的文森特（Vincent of Beauvais, 1190—1264）作品，是十八世纪前欧洲最著名的百科全书。

就包括了牛肉汤、甜酒汤①、八目鳗冻、牡蛎炖洋葱、酱烧鳗鱼、烤鳟鱼、芥末腌野猪肉、雄鹿内脏、填料烤猪、熏鸡、酒浆鹅肝、野鹿麦粥、清炖母鸡、烤松鼠、肉馅羊肚②、腌鸡脖子布丁、内脏、牛胃、杏仁凝乳白肉、甘蓝菜、牛油煮蔬菜、苹果慕斯、姜糖面包、水果塔、牛奶冻、面、斯蒂尔顿乳酪等。用餐的大厅里，那些被酒精坏了味觉的年长绅士们正在享用中世纪的奇珍异馐——调味很重的鲸鱼肉和海豚肉。美丽的女士在盘里放上玫瑰和紫罗兰，烤过的金盏花让面包牛油布丁的风味更加美妙，而那些侍从则偏爱羊奶乳酪。育儿室里，所有的小男孩想尽办法说服他们的母亲，把硬梨子放在蜂蜜糖浆里和醋一起炖煮，再配上发泡奶油当晚餐。

此外，餐桌礼仪远远超出了我们的文明。他们不再使用面包做盘子，而是有盖的盘子，还有散发香味的洗指盅、华丽的桌布和过多的餐巾。用餐者们也是精心装扮，戴着花环、穿着优雅的服饰，侍者们用正规的芭蕾舞步传递食物。红酒瓶放在餐桌上，没那么体面的麦芽酒则放在桌下。音乐家在人们吃饭的时候演奏排钟、大号角、竖琴、六弦提琴、齐特琴和管风琴。在亚瑟王建立骑士制度之前，塔兰德里骑士总是警告自己的女儿，在无人陪伴的夜里不要进入餐厅，在黑暗的角落总会发生意外；现在，餐厅里既有美妙的音乐，又灯火通明。在烟雾弥漫的大厅里，曾经只有邋遢的贵族用还沾着鲜血的手指啃食筒骨；现在人们的手指都是干干净净的，他们已经用薄荷香味的香皂洗净了手指。在修道院的地窖里，管家正在准备麦芽酒、蜂蜜酒、波特酒、波尔多红酒、干雪利酒、莱茵白酒、掺

---

① 甜酒汤（caudle ferry）：一种用葡萄酒或麦酒混合糖、蛋、面包、香料等的饮品。
② 肉馅羊肚（haggis）：苏格兰传统名菜，将羊心、肺、肝等内脏绞碎，配以燕麦、洋葱等，填入羊胃袋中煮熟。

The Ill-made Knight | 141

了香料的蜂蜜酒、洋梨酒、甜药酒和最好的白威士忌。法官们执行的是国王新颁布的法令，代替了强权恶法。农舍里的主妇们正在烘烤铁盘面包，让人垂涎欲滴，她们用的是上好的泥炭，还养了一群肥肥的鹅，够二十个家庭吃二十年。亚瑟王在位的时候，撒克逊和诺曼人都开始认同自己是英格兰人。

难怪那些年轻的、雄心勃勃的欧洲骑士会蜂拥而至聚集到这个伟大的宫廷。也难怪在他们眼中，亚瑟是王，兰斯洛特是征服者。

那段时间在宫廷里的年轻人中，有加雷恩，有莫桀。

第二十六章

"如今,我们都没怎么看到弓箭在人们的心上颤抖了。"一日午后,兰斯洛特在弓箭场说道。

"颤抖?"亚瑟王很是惊讶,"真是个描述弓箭振动的好词,特别是在击中目标之后!"兰斯洛特说:"我是从一首民谣里听来的。"他们离开靶场,在凉亭里坐下来,看着年轻人练习射击。

"我承认,"国王有些沮丧,说道,"在这颓废的日子里,都没有什么战斗了。"

"颓废?"他的最高司令官反驳道,"你为何这般沮丧?我原以为这正是你的追求。"

亚瑟王改变了话题。

"加雷恩越来越强壮了,"他看着那个男孩,说道,"有趣的是,他比你小不了几岁,可人们总当他是个孩子。"

"加雷恩很可爱。"

亚瑟王把手放在兰斯洛特的膝盖上,亲切地捏了捏他。

"你真是个好人——"他说,"如果提到加雷恩的话。一个男孩隐姓埋名地来到宫廷,就连自己的亲兄弟都没认出他,而他在厨房里做事。凯伊给他取了个'漂亮小姐'的绰号。只有你一直对他不错,直到他完成伟大的冒险成为骑士。所有这一切本身就是一个传奇。"

"这个嘛,"兰斯洛特反驳道,"他和他的兄弟们有十五年没见面了。这件事你不能怪罪高文。"

"我现在没有责怪任何人。我只想说你是个好人,发现了厨房的侍者,一直帮助他,最后授予他骑士称号。不过,你对人一直都这么好。"

"奇怪的是他们都来这儿了,"亚瑟王继续说道,"我想他们绝不会离开。任何一个有抱负的男孩都想来亚瑟王的宫廷,即使在厨房做帮工都行,因为这是新世界的中心,这也是加雷恩逃离母亲的原因。她绝不会允许他来这儿,他只有逃跑,隐姓埋名。"

"胡说八道。摩高丝是个心肠歹毒的老女人——这是对她的唯一评价。她不允许加雷恩过来是因为她恨你,但他还是来了。"

"摩高丝是我同母异父的姐姐,我曾经深深地伤害过她。对于一个女人而言,所有的儿子都离开了她而为自己憎恨的人效力,她当然不好受。甚至连莫桀,她最小的儿子也来了。"

兰斯洛特看上去很不安。对于莫桀,他有种与生俱来的厌恶感。他并不知道亚瑟就是莫桀的父亲——那个故事就像亚瑟的身世,在他和桂妮薇到来之前就已经戛然而止了。可是他隐约发觉这个年轻人和国王有着千丝万缕的联系。他对莫桀的厌恶是荒谬的,就像狗厌恶猫——而他自己也对这种厌恶感到羞愧,因为他的任务是要训练这帮年轻的骑士。

"莫桀的到来一定伤透了她的心,"国王继续讲,"女人们总是偏爱最小的孩子。"

"据我所知,她没有特别喜欢哪个孩子。如果她真的为此而受伤,也只是因为她恨你。她为什么恨你?"

"那是个糟糕的故事,我不想提它。"

"摩高丝,"国王说,"是一个女人——一个爱憎分明的女人。"

兰斯洛特大笑起来。

"一定是,"他说,"从她行事的作风就能看出来。听说她正和皮林诺王的儿子兰马洛克有染,虽然她已经是祖母辈的人物了。"

"谁告诉你的?"

"整个朝廷都在传啊!"

亚瑟王站起身来,向前迈了三步,似乎有些心烦意乱。

"上帝啊!"他仰天长叹,"兰马洛克的父亲杀了她的丈夫!他的儿子杀了兰马洛克的父亲!兰马洛克还没成年呢!"

他坐下来,看着兰斯洛特,一副害怕说出什么的表情。

"一样啊,这就是她的作风。"

突然,国王激动地问道:"高文在哪儿?阿格莱瓦呢?莫桀呢?"

"他们好像正在远征冒险。"

"不——不是在北边吗?"

"我不知道。"

"兰马洛克在哪儿?"

"我想他正在奥克尼吧!"

"兰斯洛特,如果你认识我姐姐——如果你真的认识奥克尼一族就好了。他们整个家族都很疯狂。如果高文——如果兰马洛克——我的上帝,能够宽恕我的罪行,宽恕他人的罪行,宽恕世界的纷争!"

兰斯洛特惊愕地看着他。

"你在担心什么?"

亚瑟王再次站起来,语速很快地说道:"我担心我的圆

The Ill-made Knight

桌,我担心即将发生的事情,我担心圆桌的一切都是错的。"

"胡说。"

"建立圆桌的初衷是结束无政府状态。如果人们必须诉诸武力,就能用在正道上。可是一切都是错的!不,不要打断我!因为圆桌本身就是建立在武力基础上的。正义必须以正义为基础:不能通过强大的武力来建立!可是我一直在这样做。现在我的罪行正在应验。兰斯洛特,我害怕自己种的恶果要报应在自己身上。"

"我不明白你到底在说什么!"

"加雷恩来了,"亚瑟王突然很平静地说道,仿佛一切都已经结束,"我想你很快会明白的。"

在他们交谈的时候,一名穿着皮革绑腿的信使出现在弓箭场。国王用余光瞥见那人在焦急地寻找加雷恩爵士,并递上一封信。他看着加雷恩一遍又一遍地看着那封信,然后一脸迷惑地与送信人交谈。然后,他把手中的弩弓递给信使,慢慢向他们走来。

"加雷恩。"国王说。

年轻人跪下来,托起国王的手,仿佛托着楼梯的扶栏又或是一条救生索。他看着亚瑟王,眼神呆滞,忍住哭泣。

"我母亲死了。"加雷恩说。

"谁杀了她?"国王很平静地问道。

"我哥哥阿格莱瓦。"

"什么?" 兰斯洛特不禁发出感叹。

"哥哥杀死了我们的母亲,他发现她跟一个男人睡在一起。"

"安静,兰斯洛特,求你了。"国王说道,然后对加雷恩说,"他们对兰马洛克爵士做了什么?"

加雷恩还没讲完故事的第一部分。

"阿格莱瓦割下了她的头，"他说，"就像对待独角兽一样。"

"独角兽？"

"求你了，兰斯洛特，安静。"

"母亲倒在血泊中。"

"我很抱歉。"

"我一直都知道他会这样做的。"加雷恩说。

"你确定消息是真的？"

"是的，千真万确。杀死独角兽的也是阿格莱瓦。"

"兰马洛克是那只独角兽吗？"国王轻轻地问道。他不知道自己的侄子在说什么，但是他迫切想要帮忙："兰马洛克也死了吗？"

"哦，叔叔！阿格莱瓦发现母亲赤身裸体跟兰马洛克爵士睡在床上，然后就砍下了她的头。他们也逮住了兰马洛克。"

兰斯洛特比亚瑟王要激动得多，因为他根本不知道之前发生的种种悲剧。

"他们是谁？"他问道。

"莫桀、阿格莱瓦和高文。"

"所以——"兰斯洛特开口了，"你们三兄弟先杀死了皮林诺王——一个连苍蝇都不愿伤害的人——就因为他在一次比试中意外地杀害了你们的父亲；然后又在床上杀害了自己的母亲；最后追杀皮林诺王年轻的儿子兰马洛克，因为他被你们的母亲引诱——你母亲的年龄是他的三倍。我想他们应该是联手对付他的吧？"

加雷恩紧紧握住国王的手，不停地点头。

"他们包围了兰马洛克，"他表情麻木地说道，"莫桀从背后刺中了他。"

第二十七章

　　高文和莫桀径直从对先民住地的突袭回到卡米洛特，阿格莱瓦没有同行。兰马洛克死后，或者说当他们终于意识到自己做了什么之后，他们陷入了争执。杀害摩高丝女王不是故意为之。阿格莱瓦也是受到了当时情景的刺激——他自己是这么说的——当时他相当愤怒，失去了理智。可是他们本能地认为，一切都是源自妒忌。因此他们责备他，说他只是一个又肥又暴力、以杀害手无寸铁的人们或女人为荣的家伙，然后痛哭流涕地离他而去。高文，现在回忆起自己对母亲的热爱——摩高丝一直都期待自己的孩子能够爱她——骑着马，心情低沉地回到亚瑟王身边。他知道亚瑟王会因为他们杀害了年轻的兰马洛克而大发雷霆，因为兰马洛克在圆桌骑士中排名第三，可他并不后悔，也不感觉惭愧。他内心一直认为，兰马洛克罪有应得，他和他的父亲一次又一次伤害了奥克尼家族。他也知道整个朝廷会因为母亲的死对自己另眼相看，而关于自己年少时，由于愤怒杀害少女的老故事又会被翻出来重提。而这些都不会令他沮丧。可是他真的因为母亲的去世而悲痛——他也只是刚刚才意识到整件事情的经过——也因为他损害了亚瑟王的理念，其实他本性忠厚。他希望国王赐自己绞刑，或者将自己驱逐出去，或者狠狠地惩罚自己。他走进大殿，满心羞愧。

莫桀跟着高文走进大殿，仿佛什么事都没有发生过。他个子瘦小，头发颜色很浅，看上去像个白化病人；明亮的眼睛是纯净的天蓝色，深陷在眼眶里，眼神让人无法捕捉；胡须修剪得干干净净。似乎你无法捕捉他身上的任何部分，无论是头发、眼睛还是胡须，甚至还有他的肤色。只有瘦削脸上的明亮眼睛炯炯有神——他一眨眼，你就能感受到幽默，或是讽刺。他走路的时候趾高气扬——不过他的双肩似乎并不平衡。他生来就有点驼背——这都是拜一个粗心的助产士所赐——就像查理三世一样。

亚瑟王正等着他们归来，桂妮薇和兰斯洛特分别站在他的左右。

粗鲁的红发高文笨拙地单膝跪地，低着头对着地板说：
"请原谅！"
"请原谅！"莫桀跪在哥哥身旁，抬起头看着国王。他的声音不太坚定，但听起来经过了修饰——有些口是心非。
"我赦免你们，"亚瑟王说，"去吧！"
"去？"高文不解地问道。他不能确定自己是不是被驱逐了。
"是的，去吧。用餐时再见。现在，去吧。让我安静一会儿。"

高文粗略地说了一句："发生那件事有一半是因为运气不好。"

这次亚瑟王的声音既让人感觉不到劳累，也不再痛苦："走开！"

亚瑟王像战马一样狠狠地顿足，指着大门似乎想把他们扔出去。他眼睛发亮，仿佛突然升起了火苗，莫桀赶紧起身。高文大吃一惊，满脸疑惑，蹒跚着走出大殿；那个驼背的家伙却很快镇定下来，他向亚瑟王做了一个戏剧演员的那种鞠躬动

The Ill-made Knight

作，然后站直身体看着国王的眼睛，微笑，转身离开。

亚瑟王坐下来，全身发抖。兰斯洛特和桂妮薇对视了一下。他们很想询问为什么他打算原谅他的外甥，并断言为了保持圆桌的名义是不能原谅弑母之罪的。但是他们还没见过亚瑟王如此愤怒。他们发现有些事情是他们无法理解的，所以保持着沉默。

亚瑟王突然开口了："我曾试图告诉你一些事，兰斯，在这件事发生之前。"

"是的。"

"你们俩总是听我谈圆桌的事情，我希望你们能理解。"

"我们一定尽全力理解。"

"很久以前，梅林还在辅佐我，他试着训练我学会思考。他知道总有一天他会离开，因此强迫我自我思考。永远也不要让人教你如何思考，兰斯，那是世界的诅咒。"

国王一直坐在宝座上看着自己的手指，任回忆在头脑里翻滚，一旁的兰斯洛特和桂妮薇一直等着倾听。

"梅林，"他继续讲道，"赞成圆桌的想法。当然，那个时候它的确是个不错的创意。不过它，现在我们必须思考下一步该怎么做。"

桂妮薇说："除了奥克尼家族的凶残外，我觉得圆桌没什么问题啊！"

"我在跟兰斯洛特说，圆桌倡导的是正义至上，而绝非武力。不幸的是，我们努力想要实现的正义却是靠武力建立起来的，我们不能这样做。"

"我不明白为什么不能这样做。"

"我试过为武力创造一个引导，这样就能将它合理利用。这就是说所有那些喜欢战斗的人都应被砍头，这样他们才会为正义而战。我曾经希望能用这个办法解决问题，可它还是失败了。"

"为什么会失败呢？"

"仅仅是因为我们已经得到了正义，我们已经获得了战斗的目的。现在我们身边仍然有一大批斗士，你难道没看见发生了些什么吗？我们已经失去了战斗的目的，所有的圆桌骑士都在堕落。看看高文和他的兄弟们吧！在巨人、狂龙和邪恶骑士肆虐之时，我们还能命令他们，让他们除暴安良。可现在，一切归于平静，他们的武力再也无用武之地了。于是他们把它用在了皮林诺、兰马洛克和我姐姐的身上——愿他们在天堂一切安好。这种堕落的征兆就是骑士精神变为战斗狂热——骑士们通过比试来证明自己的优秀，堕落进而演变成谋杀的再度兴起。这就是为什么我说亲爱的梅林如果在这儿的话，会让我开始再度思考。"

"那是因为懒惰和奢华使我们变得怯懦——琴弦松了，就再也无法弹奏出优美的旋律。"

"不，完全不是那样。我应该振作起来，我应该根除武力，而不应该适应它。但是我不知道应该怎么做。现在，武力留了下来，没有发泄的渠道。"

"你应该惩罚他们，"兰斯洛特说，"贝迪威尔爵士杀死妻子之后，你命令他提着妻子的头去教皇那儿忏悔。现在你也应该让高文去那儿。"

国王张开双手，抬起头往天上看。

"我打算送你们所有人去教皇那儿。"他说。

"什么？"

"也不一定是教皇。你知道，问题是——在我看来——我们已经穷尽了世间的一切来成就武力，那么留下来的只有精神。我整晚都在思考，如果这个世界骑士们可以战斗的东西已经被消磨殆尽，要让他们远离邪恶，我必须让他们与自己的精神世界较量。"

兰斯洛特的眼神开始燃烧，他把目光移到桂妮薇身上。同时，桂妮薇收回了目光。她偷偷地、迅速地瞥了一眼自己的爱人，然后又专注地看着自己的丈夫。

"如果不采取行动，"国王继续说，"整个圆桌将会瓦解。那时，长期争斗和公开杀戮将再次死灰复燃，厚颜无耻的私通也会肆无忌惮。看看崔斯特瑞姆跟马克王后的事儿吧！人们似乎站在崔斯特瑞姆这边。道德这东西很难解释，我们的确创造了一种道德观念，而它正在逐渐衰败，让我们无法继续遵循下去。一旦道德观念开始衰败，比没有更加可怕。我想正如我那著名的文明理论，为了建立一个纯粹世界作出的所有努力，本质上都有自我堕落的基因。"

"这跟把我们送到教皇面前有什么关系呢？"

"我只是打个比喻。我的意思是，建立圆桌的理想只是个暂时的想法。如果我们能挽救它，它一定要演变成精神上的理想。之前，我竟然忘了上帝。"

"兰斯洛特，"王后用奇怪的声音说道，"从未忘记过上帝。"

不过她的爱人竟然没有注意到她的语气。"你想怎么做？"他问道。

"如果你明白我的意思，我想我们可能从尝试做一些有助于精神发展的事情开始。我们已经实现了实质上的目标：和平和繁荣，现在我们缺乏下一个实质目标。如果我们创造一个目标，一个短暂的目标——仅仅是领土扩张或类似的东西——一旦实现，我们还会遇到同样的问题，或许会更糟糕。为什么我们不能将力量转变成精神来稳固圆桌呢？你知道我所说的精神的意思。如果我们能为武力找到一种转化方式，让它为上帝而不是为了人而战，就一定能阻止这种堕落，也值得这样去做！"

"一次十字军东征！"兰斯洛特激动地大吼道，"你可以送我们去挽救圣墓①！"

"可以试试，"国王回答，"我还从没这样想过，不过这可能是个好主意。"

"或者我们可以去寻找遗迹，"指挥官很激动，"如果所有骑士都出动去寻找真十字架，他们就不会继续相互战斗了。我的意思是，如果我们继续十字军东征，我们仍然要使用武力：我们要用武力来对抗异教徒。可是，如果我们真能将所有的圆桌骑士团结起来，去寻找真正属于上帝的圣物，一定是值得的——我们会很忙碌，就没有时间去争斗。如果那样的话，我们也能多寻找一些圣物。如果所有骑士——一百五十名，所有善于侦探的远征专家——如果所有骑士都能全力加入寻找圣物的远征中来，我们也许会找到成百上千件价值不菲的物品。那么圆桌的意义就会重新焕发，骑士们也能不断提升能力，甚至我们还能找到一些新福音书。我们的行为也许会帮助整个基督教。想想看，一百五十名骑士为了寻找圣物不断训练自己，多么壮观！而且现在这样做并不晚。真十字架是在326年找到的，圣衣②直到1360年才在里昂发掘出来！我们也许会找到朗基努斯之枪③！"

"我正是这样想的。"

"我们还得去找《圣经》手稿。"

"是的。"

"我们必须朝各个方向出发，去圣地，去每个地方！我们

---

① 圣墓（Holy Sepulchre）：耶稣的陵墓，又指修建在基督受难和埋葬地址上的教堂。
② 圣衣（Holy Shroud）：耶稣受难之后，用来包裹尸体的裹尸布。亚麻材质，上面有一个人形。
③ 朗基努斯之枪（Longinus）：据说是罗马士兵朗基努斯用长矛刺伤了耶稣。此长矛后被称为"朗基努斯之枪"。

得向亲爱的儒安维尔①学习!"

"当然。"

"我想,"兰斯洛特说,"这是您最杰出的想法了!"

"我担心,"国王说,这次他的声音有些奇怪,"夜晚时我总在想,也许这个目标有些过高了。你知道,如果人们太过完美,他们就会消失,这可能意味着圆桌的终结。倘若有人要去找上帝呢?"

可是兰斯洛特的想法却不是形而上学的。他没有注意到亚瑟王声音的变化,他开始哼唱伟大的十字军歌谣:

"迦南香制的十字架,
征服者的领袖,
和军队在一起……"

"我们会找到圣杯的!"他高喊着,得意洋洋。

正在此时,佩莱斯王的信使到访。他说,国王邀请兰斯洛特去修道院为一名年轻人授爵士勋位。他是个帅气的小伙子,像鸽子一样有礼貌、有教养,他一直在女修道院接受教育。信使还说,这个年轻人的名字是加拉哈特。

桂妮薇王后站起身来,又坐了下去;张开双手,又握紧了拳头。她知道兰斯洛特去找他和另一个女人的儿子了——但是,她一点也不在意。

---

① 儒安维尔(Jean de Joinville):法国中世纪编年史家,在第七次十字军东征中随侍法国国王路易九世,著有《圣路易史》。

第二十八章

如果你想读圆桌骑士寻找圣杯的远征是怎么开始的,读加拉哈特到达时的惊奇场面——好奇、嫉妒和恐惧等复杂的情绪使桂妮薇半认真地勾引他;或是宫廷里最后的晚餐——雷声、阳光、被覆盖的器皿、大殿上甜蜜的香气。如果你想阅读这些故事,你只能在马洛里那儿找到答案。故事只能讲一遍,事实就是圆桌骑士在圣灵降临节后全都出发了,目的是寻找圣杯。

兰斯洛特再次回到宫廷是两年后了——对于留守的人来讲,那是寂寞的两年。

刚开始,那些幸存下来的骑士开始陆陆续续地回来,筋疲力尽的人们带来失败的消息或是成功的传闻。有的人撑着拐杖一瘸一拐而来,有的牵着筋疲力尽的战马,还有的人在战斗中失去了一只手,拖着唯一的一只手回来。所有人看上去疲倦又困惑。可他们的神情却很狂热,喋喋不休地讲述自己的梦境:船自动行进,奇怪的弥撒时的银质桌子,空中飞舞的战矛,公牛和荆棘的影像,古墓里的恶魔,活了四百年的国王和隐士——各种谣传此起彼伏。贝德维尔计算过,一半的骑士消失了踪影,人们认定他们已经死亡。但是兰斯洛特爵士一直没有回来。

第一个归来的可靠证人是高文,他心情低落,头上缠着绷带。在奥克尼家族中，他是唯一拒绝正确学习英语、保留北方口音的人——他是故意的。他还是保留着盖尔语的思考方式。他蔑视南方人，为自己的种族而自豪。

"盲目而黑暗的远征，"高文说道，"如果我曾经参加过白跑一趟的差事，就一定是这次了。"

"发生了什么事？"

亚瑟王和桂妮薇像听话的孩子似的把双手放在大腿上，认真地听高文讲故事。他们很机警，努力筛选出真相。

"究竟发生了什么？我浪费了十八个月，什么也没找到，还差点丢了性命。愿上帝保佑我远离圣杯！"

"从头给我们讲讲吧！"

"从头开始？"

他对舅舅的兴趣感到吃惊。

"没什么好讲的。"

"总有点什么可以说的吧？"

"来人，给高文爵士拿点喝的，"王后说，"坐下来，爵士。欢迎归来！放轻松点，然后给我们讲讲吧——如果你不是太累的话。"

"我不累——只不过我的头有点痛，我能讲故事。谢谢，我想喝点威士忌，夫人。我从哪儿开始讲呢？"

高文坐下来努力回忆。

"我们离开沃贡城堡时……整支队伍还在一起，第二天就分道扬镳了。我朝着西北方向前进。在分别之前，兰斯洛特给所有人分享了一条线索——年迈的佩莱斯王曾经在自己的城堡里向他提过圣餐一事。他并没说这个线索有多么重要，只是告诉了大家它的价值。

"队伍中最好的一半骑士都朝着那个方向而去，我却没有随大流，而选择了西北方。"他喝了一大口酒。

"我偶然发现的第一个线索,"他说,"跟加拉哈特有关。那个冷酷的小伙子,向那个小家伙致敬!"

"那个小子,"高文喝了一口酒,开始滔滔不绝起来,"——那个纯洁的小伙子,是个娈童,这一点毋庸置疑。我真倒霉,爬山涉水来闻这恶臭——他就是!"

"他把你击败了吗?"国王问道。

"没有,没有,那是后话。刚开始的时候我躲过了他的攻击。"

"他在修道院长大,"他怒气冲冲地继续讲下去,"在一群老母鸡身边长大!我知道他有过很多次个人的探险,从那些和他交过手的人那儿听来的——那个懦夫有颗冷酷的心。不过他是英格兰人,如果他胆敢越界,肯定会被杀死。"

"——除非他在那之前已经死了。"他下了结论,突然被自己的想法吓到了。

"加拉哈特做了些什么错事?"

"有一些吧,他是素食主义者,也滴酒不沾,人们相信他是处男。不过我碰上了梅里斯爵士——他完全残废了。他告诉我加拉哈特做了些什么。因为某个原因,梅里斯到小伙子面前,请求小伙子和他同行。我不明白他为什么要这样做,因为第一个想跟加拉哈特一起走的人是乌文爵士,但加拉哈特爵士拒绝了!乌文爵士也许对他来说不够好吧,不过他委屈自己答应了梅里斯,还册封他为骑士!我的天啊——被一个年仅十八岁的傻瓜册封为骑士!在授予梅里斯骑士的时候,他还引用了这样的话语:'现在,亲爱的阁下,你也成为了国王和王后的骑士,现在看看你身上的骑士精神吧,你应该成为所有骑士的典范。'你说说,这是什么意思?哼,英格兰的势利小人。然后两人踏上冒险的旅程,碰到了分岔路口,梅里斯想选择左边的道路。可加拉哈特说:'最好别走那条路,我觉得得远离

The Ill-made Knight

它。'加拉哈特一点也不谦虚,你发现了吗?但梅里斯还是坚持选择左边的路——他可不走运,正如加拉哈特预言的那样,碰上了一些神秘骑士,被隔着锁子甲打成重伤,差点丧了命,那根断了的木棍就在他旁边。当伟大的加拉哈特发现他受伤时却说:'还是走另一条路的好!'他竟然对一个垂死的人说这样的风凉话!而不是想办法救他。"

"梅里斯爵士后来怎么样了?"

"他对加拉哈特说:'阁下,如果能取悦死亡,就让它来吧。'然后就把那根棍子举到面前。梅里斯是个好骑士,我很高兴地告诉你他还活着。"

亚瑟王说:"毕竟,加拉哈特只是个孩子!或许他有什么难言之隐,我认为我们不能因为社交礼仪上的问题对他持有偏见。"

"你知道他袭击了自己的父亲,并使他摔下马来吗?你知道他让自己的父亲跪在面前向他求饶吗?你知道人们都想死在加拉哈特的剑下,他也乐于满足他们的要求吗?"

"是的,或许是一种恩赐吧!"

"该死的!"高文大声叫道,把鼻子埋进酒杯里面。

"你对自己的事只字不提。"

"我遭遇的第一场冒险——当然不是一个人的冒险——在少女堡就失败了。因为王后在场,我才回避了这个话题。"

亚瑟的回答相当冷淡:"高文爵士,我的妻子可不是孩子,也不是傻瓜。人人都知道少女堡的习俗。"

桂妮薇的态度则要礼貌些:"在法语里,叫做'领主权'①。"

"好吧,事实上,我是和乌文爵士、加雷恩爵士一起到达

---

① 领主权(droit de seigneur):领主享有所有地少女初夜的权利。

少女堡的。七名全身武装的骑士把守着城门,坚持要我们遵守习俗。我们与之交战,杀掉了他们,后来发现加拉哈特已经在城堡里面了。一开始,就是他把那些骑士驱赶出来的,而我们则充当了屠夫的角色,这本不是我们应该做的事情。"

"真倒霉。"

"加拉哈特从我们身边经过,不屑于与我们交谈。在他看来,我们是有罪的——而他是神圣的。我不记得之后又发生了什么。"

"你还是跟乌文和加雷恩一道前行吗?"

"不,我们在少女堡就分手了。我一路前行,来到一处僻静的修道院,碰到了一名虔诚的教徒。你知道,就是救世军[①]那类。他对我的第一个要求就是,'我想知道为什么你和上帝之间有阻碍?'我询问他是否能让我借宿一晚。他是修道院的主人,也是神父,因此他要求我告解。他对少女堡的七名骑士的事喋喋不休——他们是七件死罪,他说——然后告诉我,我是个杀人凶手,那语气平静得像日光一样。"

"他有没有对你说,"国王饶有兴趣地问道,"不管出于什么原因,杀人都是不对的,特别是在寻找圣杯的途中?"

"他说我的灵魂很邪恶。他告诉我,加拉哈特在没有伤害他们的前提下成功驱逐了这些骑士,还说圣杯永远不会出现在杀戮中。"

"他还说了什么?"

"我不太记得了。那家伙讲了一堆漂亮话,又给了我一个忠告,说我应该苦修忏悔。除非我能诚心地向他忏悔——完全坦白——否则我永远找不到圣杯。游侠根本不需要苦修——

---

① 救世军(Salvationist):即基督教救世军,成立于1865年,总部位于伦敦,现为国际慈善组织。

我告诉他——就像做苦力的人在四旬斋①的时候仍然要进食一样。我对他撒了谎,继续前行碰到了阿格洛瓦尔和格里夫……然后——然后呢?我跟他们一道骑行了四天,我记得……之后我们再次分别,直到米迦勒节②我连一点冒险都没有碰到,整个人都被笼罩在黑暗之中。"

"真相是,"高文加了一句,"这几年,英格兰大地上根本没有什么可探险的了,这地方完了。"

"给高文爵士再斟一杯。"

"米迦勒节后,我碰到了埃克特·德马瑞斯。他跟我一样运气不好!我们投宿在森林里的一座小修道院,做了同样的梦。梦境里是一只手臂和手,穿着织锦缎子,拿着缰绳和蜡烛。有一个声音响起,告诉我们正需要这两件东西。后来我遇到了另一个神父,他告诉我缰绳代表自制,蜡烛代表信仰——似乎埃克特和我都缺少它们。你知道人是可以扭曲梦境的,紧接而来的就是厄运——我一直处在厄运中。我们两人碰到了我的表兄乌文,因为盾牌装在套子里——我竟然没有认出他来。埃克特把第一个攻击机会让给了我,我的战矛正好穿过乌文的胸膛,他的锁子甲那个地方有漏洞。"

"乌文死了吗?"

"是的,死了。这真的是厄运,厄运啊!"

亚瑟清了清嗓子:"这对于乌文来说更糟糕吧。"他说,"愿上帝保佑他。如果从一开始你就能听神父的话,也许事情就不会变得如此糟糕。"

"我根本没想杀他!他是我们奥克尼家族唯一的表兄!想想那个来自南部、自命不凡、手持白色盾牌的家伙,之前还拒

---

① 四旬斋(Lent):从复合节前四十天起算,到复合节前一天为止,是基督教徒缅怀耶稣受难的日子,期间教徒会斋戒祈祷。
② 米迦勒节(Michaelmas):纪念大天使米迦勒的节日,在每年的9月28日。

绝跟他同行!"

"你是说加拉哈特吗?他使用的是新手盾牌?"

"是的,正是加拉哈特,但不是新手盾牌。他曾经说过,他的盾牌原是属于亚利马太的约瑟的。上面的标记是银色底,红色的T形十字架[①]。银色象征着纯洁,红色十字架代表圣杯……我还是继续讲我的事吧!"

"你刚刚说到你杀了乌文。"亚瑟很有耐心地说道。

"埃克特和我继续前行碰到了一处修道院,那里的神父也知道我们梦中出现的缰绳。他是个素食主义者!他向我们讲述了有关谋杀的古老故事,强迫我们忏悔。我们找了个借口,赶紧离开了。"

"他有没有说你们都没有好运是因为一直只是在寻求杀戮?"

"是的,他说了。他说兰斯洛特比我们好,因为他从不杀害自己的敌人——特别是他不在这次探险中。他还说其他的很多骑士——埃克特自己就遇见了二十名——也和我们一样有罪。他说杀戮和寻找圣杯是完全相悖的。我们跟他交谈了几句就偷偷溜走了。"

"然后呢?"

"埃克特和我来到一座城堡,那里正在举行一场比试。我们加入了攻击的一方,慢慢地进入决赛,观众们的热情高涨到了极点。这时候加拉哈特出现了。万能的上帝知道不幸会让人疯狂。似乎加拉哈特并不赞成骑士把战斗当作运动,他加入了对方,弄伤了我。"

高文摸了摸被绷带缠着的伤口。

[①] T形十字架(Tau Cross):又称圣安东尼十字(St. Anthony Cross),形状并非一般的十形,而是T形。

"埃克特并不打算跟他战斗,"他解释道,"他们是亲戚,但是我仍然坚持战斗。加拉哈特猛击我的头盔,打碎了钢制的压发帽——战矛飞来杀死了我的战马。这就是我的结局,基督啊!我在床上躺了一个多月。"

"然后你就回来了?"

"是的,回来了。"

"你真的挺倒霉的。"王后说。

"倒霉?"

高文看了看自己空空如也的酒杯,突然振奋了精神。

"我杀了巴格狄玛格斯王,"他说,"我忘了讲给你们听。"

亚瑟王一直在认真听故事,也一边在思考。现在他有些不耐烦了。

"睡吧,高文,"他说,"你一定累了,去睡觉吧,再好好想想!"

第二十九章

紧接着回来的是莱昂内尔爵士,他是兰斯洛特的表兄弟。兰斯洛特有个弟弟埃克特,两个表兄弟莱昂内尔和鲍斯。莱昂内尔跟高文一样,也很气愤,不过生气的原因不是加拉哈特,而是自己的亲兄弟——鲍斯。

"道德,"莱昂内尔说,"是疯狂的一种表现形式。给我一个能一直坚持做好事的人,我就能向你们展示一种连天使都无法逃离的混乱。"

国王和王后还是像往常一样并排坐着,倾听旅行者的故事。他们已经习惯了自己带些点心到大殿上来,这样任何骑士回来都能边吃边讲述自己遇到的故事。阳光透过屋顶彩色的玻璃窗照在桌面上,在盘子和玻璃杯上映出红宝石、绿翡翠和火焰。他们似乎处在一个充满宝石的魔法世界,就连树上的叶子也闪耀着珠宝的光芒。

"鲍斯也在寻找道德吗?"

"他一直在,"莱昂内尔说,"诅咒他!道德这个问题似乎一直困扰着我的家族。从兰斯洛特开始,这已经够糟了。可鲍斯的情形更加严重。你知道鲍斯只有过一次性行为吗?"

"真的?"

"是的,这是真的。关于这次寻找圣杯的远征,他似乎在学习关于天主教的高级课程了。"

"你是说他在学习?"

莱昂内尔的态度缓和了些。他心里还是爱着自己的兄长,可是他的经历破坏了他们之间的关系。现在他谈论着这件事,就有时间去思考,开始看到争吵的另一面。

"不,"他说,"别对我的话太认真了。鲍斯是个可爱的家伙,如果我们家族真有圣人,一定非他莫属。他虽然脑子不太灵光,也有点自命不凡,可是他的想法有时候相当有价值。我相信一定是上帝在探险中考验他,我不确定他会不会胜出。我之前还差点杀了他。"

"最好还是从你自己的故事讲起吧,"亚瑟王说道,"否则我们无法理解事情的来龙去脉。"

"我的故事毫无意义。我和高文一样都是在浪费时间,还被一些隐士称为杀手。我可以讲讲鲍斯的故事,因为我也参与其中。"

"上帝,"莱昂内尔开始了讲述,"一直在考验鲍斯,至少我认为是这样的。就像如果他要成为神职人员,他们也想确认他是否正统一样。你知道吗,我认为高文、我、埃克特和我们所有人都偏离正确的轨道,就是因为我们一开始没有去忏悔。第一天鲍斯就去了,而且他还开始了苦修。他承诺除了面包和水,什么都不吃,穿着衣服就睡在地板上。当然,他也不会跟女性发生关系——虽然,他曾经有过一次那样的经历。那正是长期以来困扰他的原因。就在他认为自己的生活进入正轨之后,他首先有了幻觉,看到了虔诚的鹈鹕[①]、天鹅、乌鸦、腐烂的木头和鲜花。这些都与他的神学有关,而他也确实向我

[①] 中世纪的人们认为鹈鹕找不到食物的时候,母鸟会把自己的胸膛啄出血来哺育幼鸟。这在基督教中具有重要的意象,象征着基督的牺牲。

解释过，不过我已经不记得了。随后发生的是，有一名女子央求他把自己从普利丹爵士手里拯救出来。他可以不费吹灰之力就杀死普利丹，救出女子。注意！是在我们的战斗结束之后，他才给我讲了这个故事，坚持说那是他第一次尝试。他说他感觉自己就像是在参加障碍赛，迈出的步子一次比一次大，担心如果自己搞砸了将会被重新送回马厩。如果他杀了普利丹爵士，他就完蛋了。他们会像对待高文和其他人一样，让他重新回到外面的世界。他还说没有人告诉他这些事情——那些障碍突然出现在他面前，而且似乎有人一直在注视着他——却没有帮助他，只是静静地看他能否熬过来。是的，他没有杀死普利丹。他只是大声呵斥他放弃抵抗，用剑柄攻击他的脸，直到普利丹求饶。我的国王，你觉得在这次探险中有什么阻止我们杀戮吗？你知道，就是超自然的能力之类的。"

"我想你是个聪明人，莱昂内尔，"亚瑟王说道，"即使你差点杀了自己的兄弟。继续讲下去。"

"好吧，接下来就是直接与我有关的考验，也是我想杀了鲍斯的原因。现在我才意识到我错了，但是当时我完全无法理解。"

"第二次考验是什么？"

"鲍斯和我感情一直都不错，这你是知道的。小争吵算不了什么，一路上我们都相互爱护。当时鲍斯正在森林中骑行，遇到了两件事情：一是我被脱得精光绑在马背上，两边各有一名骑士，用荆棘鞭笞着我；另外是一个少女飞快地骑马狂奔，后面跟着一名骑士。两队人朝不同的方向前去，鲍斯只是孤独一人。"

"想想看，"莱昂内尔爵士悲伤地说着，"我很不幸地被人用荆棘鞭打，曾经有一次特尔奎尼爵士也这样对待过我。"

"那么鲍斯选择了哪一边呢？"

"鲍斯决定先拯救那名女子。后来我问他为何要抛弃自己的兄弟,他的解释是,虽然他很喜欢我,可那个时候我像一只肮脏的狗,而少女毕竟是少女。因此他认为自己的职责就是去帮助较好的那一方。这也是我想要杀死他的原因。

"可是现在,"莱昂内尔接着说道,"我明白了他的意思。我明白那是他的第二次考验,一定是一个艰难的决定。"

"可怜的鲍斯,希望他没有在这件事上表现得太自以为是。"

"他态度谦卑。当这些考验出现在他面前的时候,他总是乱猜一气,他总以为他猜错了,但最后他发现自己的猜测是正确的。他很努力,力求做到最好。"

"第三次考验是什么呢?"

"一路上,事情越来越糟糕。第三次考验,一名神父打扮的男子走到他面前,告诉他附近的城堡里有一名女子,除非鲍斯爵士和她做爱,否则注定会失去生命。那个像神父的人还指出他已经牺牲了自己的兄弟——也就是我——而错误地选择帮助那名少女。如果他现在拯救这名女子,他的良知才会再次苏醒。我应该提到,那两名骑士把我留在那儿等死,鲍斯找到我的时候以为我死了,就把我的'尸体'带到修道院去为我举行葬礼。结果,后来我康复了。

"嗯,城堡里确实有个女子——正如假神父说的那样——她也证实了这个故事。女子被人施了魔法,会因为爱情而死去,除非爱上她的是我的哥哥鲍斯。鲍斯现在明白自己陷入了一个两难的选择,他要么为了拯救她犯下滔天大罪,要么为了自己的清白让她自生自灭。他后来告诉我,他记得一些教义问答入门的内容,也曾经在卡米洛特听过一次布道,决定只对自己负责,拒绝了那个女子。"

桂妮薇笑了笑。

"可事情还没有结束。那貌若天仙的女子,带上十二名美丽的年轻姑娘,登上城堡的顶端威胁鲍斯,如果继续坚持保持自己的纯洁,她们就一起跳下来。她还说会强迫她们这样做。她说只需要鲍斯陪她度过一个夜晚——所有姑娘都能得救。这十二个姑娘朝着鲍斯大声哭喊,求他大发慈悲。

"当时我的兄长相当困惑,可怜的姑娘们非常恐惧,他只要放下顽固的想法就能拯救她们的生命。"

"他怎么做的?"

"他让她们跳下来。"

"无耻!"王后很激动。

"嗯,当然,她们只是一群魔鬼。整座城堡立即消失了,所有一切都是魔鬼,包括那个神父。"

"我想,这个故事的启示就是——"亚瑟王说,"你绝对不能犯下道德上的罪行,即使这件事关系到十二条生命。以教义来说,这是合理的。"

"我不知道教义是什么,但我知道是它让我的兄长白了头发。"

"它是正确的。那么第四次考验是什么呢,还有吗?"

"第四次是我,也是最后的障碍。之前说了鲍斯把我带到了修道院,我在那儿复活了,而且恢复得很不错,便踏上寻找他的路途。我现在有些后悔了——顺便说一下,我必须为做过的某些事请求你们的原谅——可是现在想起来,抛弃兄弟,任凭他被人殴打致死,这也似乎有些不合逻辑。我不知道在鲍斯身上究竟发生了什么,就在我失去知觉以前,我知道他将我交给了命运——我承认当时很痛苦。事实上,我也起了杀意。

"我在森林里的一个小教堂找到了鲍斯,立刻告诉他我打算杀了他。我说:'我会把你当做重罪犯或者叛国贼对待,因为你是尊贵的圆桌骑士中最虚假的一个。'鲍斯拒绝跟我决斗。我又说：'就算你站着不动，我也不会手下留情。'鲍斯说他不会跟自己的兄弟战斗，他说不会在寻找圣杯的征途中杀害普通人，更何况是自己的兄弟呢？我说：'我可不在乎你能做什么，不能做什么。如果你正当防卫，我会跟你决斗；如果站着不动，我会毫不犹豫地杀了你。'我很生气，鲍斯竟然跪下来求饶。

"我现在明白了，"他继续说下去，"鲍斯所做的都是对的。他在追寻圣杯，反对杀戮，而我是他的兄弟。他很勇敢。可当时我却无法理解，只认为他很顽固。他跪在我面前，我踢了他个脚朝天，然后拔出剑要砍下他的头。"

莱昂内尔静静地坐着，足有一分钟盯着面前的盘子，盘子呈鸡蛋状，阳光透过彩色玻璃洒在上面，像一池红宝石。

"你知道，"他说，"只要自己坚持，就能很好地遵守道德和教条；可其他人牵涉进来，你又会怎么办呢？我想对于鲍斯来说，跪下来让我杀了他是最清楚不过的了。可接下来，一名隐士从小教堂跑出来，扑倒在他的身体上。他说他要竭尽全力阻止我背上杀害兄弟的骂名，他也死在我的剑下。"

"你竟然杀一个手无寸铁之人？"

"万分抱歉，国王，不过的确是这样。别忘了当时的我异常愤怒，他阻止我杀害鲍斯，而我只相信自己的双手。他们试图用一种名叫道德的武器来阻止我，我则用自己的武器反抗他们。我感觉到鲍斯是在以一种不公平的方式与我对决，隐士也在帮助他。我感觉他的意志也在对决我的意志。如果他想拯救那个隐士，就不应该那么顽固，就要站起来与我打斗——如果你明白我的意思——在我看来隐士是他的责任，不是我的。"

"我当时太意气用事了，"过了一会儿，莱昂内尔承认了，"人总是知道自己怎么回事。我想要战斗，也打算这么做。我曾经说过我要杀了他,如果我没有杀了那个隐士,我就打算杀了他。你知道那是一种怎样的情绪吗?气急败坏!"

大厅一阵沉默,让人感觉有些不自在。

"我最好把故事说完。"莱昂内尔显得有些尴尬。

"继续讲吧!"

"鲍斯让我杀了那个隐士,他却只是躺在地上让我大发慈悲。我更加怒不可遏,可能是因为我觉得被羞辱,我比任何时候都要疯狂,举起剑准备砍下我兄长的头颅。戈尔的科格瑞爵士突然出现了。他挡在我面前,唾弃我这种不忠不孝的举动。当时我正站在隐士倒下的血泊中,我将矛头转向了科格瑞。不一会儿,他就被我打跑了。"

"鲍斯怎么了?"

"可怜的鲍斯。当时我可不愿去想他的感觉如何,只是觉得他又在自我保护了,你知道的,他拒绝拯救其他生命。他的固执让隐士失去了性命,而我现在又在追杀那个想要帮助他的、无辜的科格瑞。科格瑞对着他边哭边说:'起来。为什么要让我替你去死?'"

"消极抵抗,"亚瑟饶有兴致地说道,"这是一种新的武器,不过要想用好却不容易。请继续讲下去。"

"嗯,我在公平决斗中杀死了科格瑞。我很抱歉,可我的确杀了他。然后我回到鲍斯身边,准备解决这件事。他举起盾牌挡住头,还是没有反抗。"

"后来呢?"

"上帝出现了,"男孩的语气突然庄重起来,"他来到我们中间,耀眼的光芒使我们头晕目眩,还烧毁了我们的盾牌。"

又是一阵长时间的沉默,亚瑟王仔细地思考着他听到的这些事情。

"看来，"莱昂内尔说，"鲍斯做了祷告。"

"然后上帝就来了？"

"我也不太清楚究竟发生了什么！不过太阳的确融化了我们的盾牌。一定发生了什么！我们顿时停了下来，大笑起来。我看着鲍斯，他就像个白痴一样亲吻我，我们讲和了。之后他向我讲述了自己的故事，跟我讲给你的故事一样，然后他坐上一艘白色绸缎装饰的魔法船扬帆远去。如果有人能找到圣杯，一定是鲍斯。我的故事到这里就结束了。"

三个人都静静地坐着，发现很难对这些与精神相关的事件作出评论。

最后莱昂内尔说道："对于鲍斯来说，一切都进展顺利，"他的话似乎有些抱怨，"可是那名隐士呢？科格瑞爵士呢？为什么上帝没有拯救他们？"

"教义是很深奥的。"亚瑟说道。

桂妮薇说道："我们不知道他们的过往。但是杀戮无法伤害他们的灵魂，或许还帮助了他们的灵魂，或许上帝赐予的死亡对他们而言是最好的归宿。"

第三十章

第三个到达的重要人物是阿格洛瓦尔爵士,他于下午晚些时候到来,那时阳光已经从桌面上移走,爬到了墙上。他不到二十岁,长相俊美高贵,谈吐幽默。他仍在为自己的父亲皮林诺国王戴孝——用一条黑色的缎带装饰盾牌。至少,在他人看来,这样做是为了皮林诺国王。事实上,自从上次见到他,他的母亲也去世了。他带来了自己一个妹妹去世的消息——几乎皮林诺家族的人都不太幸运。

"高文回来了吗?"阿格洛瓦尔问道,"莫桀和阿格莱瓦在哪儿?"

他往四周看了看,似乎这样就能发现他们就在大殿上。他的头上,彩色的光线投射在一幅面积不大的织锦上,上面画着一些身穿锁子甲的骑士正在追逐一只野猪,彩色的头盔上装有护鼻塞。

亚瑟王说:"阿格洛瓦尔,他们都在这儿。我的快乐就掌握在你的手中。"

"我明白。"

"你打算杀死他们吗?"

"我想先杀了高文。在寻找圣杯之后这么做,这听起来似乎很奇怪吧?"

"阿格洛瓦尔,你有权利向奥克尼家族复仇,我也不会阻止你。不过我要让你知道你在做什么。你的父亲杀害了他们的父亲,而你的兄弟又和他们的母亲睡在一起——不,不要解释。让我先提醒你事实是什么。然后奥克尼家族杀死了你的父亲和兄弟。现在你杀了他们,高文的后代又会杀死你的后代,冤冤相报何时了。如果就放任这么下去,那是北方的法律。

"可是,阿格洛瓦尔,我正试图在英格兰建立新的法律,这样人们不再需要屠杀别人。你有没有想过这对于我来说有些艰巨?俗话说得好,两个错误不能成为一次正确,我很喜欢这句话。不要让自己来承担——交给我吧,我会惩罚奥克尼家族杀害了你的兄弟。我会砍掉他们的头,你希望我那样做吗?"

"当然。"

"或许我应该这样做。"

亚瑟看着自己的双手,每当遇到困难的时候他都会这样做。

他继续说:"遗憾的是,你从没有机会看看奥克尼的小伙子们在家里是什么样子的。他们不曾像你一样有过幸福的家庭生活。"

阿格洛瓦尔反驳道:"你认为现在我的家庭生活还那样幸福吗?你不知道我母亲在几个月前去世了吗?父亲过去常常叫她小猪。"

"阿格洛瓦尔,我很抱歉。我们之前没有听说这件事。"

"过去,人们常常嘲笑我父亲,国王陛下。我知道他天生不是令人敬畏的性格。不过他却是个称职的丈夫,否则不会因他的离开,我的母亲就孤独而死。亚瑟王,我的母亲并不内向,可是在奥克尼家族杀死父亲和兰马洛克之后,她就渐渐没了生气。现在她和父亲躺在同一座坟墓里了。"

"只要你认为是对的,就去做吧,阿格洛瓦尔。我知道你是个真正的皮林诺家的人,不会听取我的意见。不过能不能让我提三件事?首先,你父亲是我第一个爱戴的人,虽然我没有惩处高文;第二,奥克尼的小伙子们都崇拜他们的母亲,他们非常爱她,可她却只爱她自己;第三,阿格洛瓦尔,你听仔细——就是一个国王只用良才。"

"恐怕我不能理解您说的第三点。"

"在你看来,"亚瑟问道,"长期争斗是好事吗?会给你们两个家族带来幸福吗?"

"也不尽然。"

"如果我想阻止这种争斗,你认为我会去恳求高文和像他一样的人吗?"

"我明白了。"

"如果我处死了整个奥克尼家族又会怎样?我们不过是少了三名骑士,而他们的生活又是如此不幸福,阿格洛瓦尔。所以,你明白,你就是我的希望。"

"我得好好想想。"

"是的,千万不要太快作决定。不必考虑我,你是皮林诺家的人,只要你认为是正确的,就去做吧。我知道一切都会越来越好。现在给我讲讲你的寻找圣杯之旅吧,暂时忘却奥克尼家族。"

阿格洛瓦尔叹了口气,说道:"就我而言,根本没有任何寻找圣杯的冒险。不过它倒是让我失去了一个妹妹,或许还有一个兄弟。"

"你妹妹死了?我可怜的孩子,我一直以为她还安全地待在修道院。"

"人们发现她死在一艘船上。"

"死在船上?"

"是的,一艘魔法船。手上握着一封长长的书信,内容是关于寻找圣杯和我的兄弟帕西。"

"如果我们问些问题不会伤害到你吧?"

"不会。我很愿意谈论这件事。我还有多纳尔,不过似乎帕西一直要有名气一些。"

"帕西瓦尔爵士一直在干什么呢?"

"我想,最好还是从信件的开头说起吧!"

"如你所知,"阿格洛瓦尔爵士开始讲道,"帕西是我们家族里长得最像父亲的。他温柔、谦恭,也有些害羞。信上说,他在魔法船上碰到了鲍斯,感到很不安。他和加拉哈特一样,都是处子骑士[①],这你是知道的。过去我常常在想,每当我看到他和父亲站在一起时,他们是最好的一对父子。一方面,他们都喜欢动物,也知道如何与动物相处。父亲曾经有过一只寻水兽,帕西对狮子特别友好,帕西是个仁慈而简单的人。一日,他们正试着拔出神圣之剑——我是说圣船上的三个人——帕西第一个尝试。当然,他失败了,最后的机会留给了加拉哈特。不过他也失败了,却仍然骄傲地环顾四周,说道:'说真的,我失败了!'我好像跑题了。

"信上记载了帕西离开沃根后的第一次冒险,他与兰斯洛特同行,碰到了加拉哈特并与之战斗,却双双落马。之后帕西离开了兰斯洛特,经过了一处偏僻的修道院,并在那里忏悔。隐士建议他跟随加拉哈特去古斯或者卡博涅克,千万不要与之战斗。事实上,帕西已经被加拉哈特征服,决心追随他。他继续朝卡博涅克飞奔而去,在穿越森林的时候听到修道院的钟重重地被敲响——在那里,他碰到了已经四百岁的伊雷克国王。我最好还是不要说伊雷克国王的事,因为我还不太了解

---

① 处子骑士(Virgin Knight):无罪的骑士,传说只有他们才能找到圣杯。

整件事。我认为这位老者在圣杯被找到之前是不会归天的。但是佩莱斯王也混在这件事中,信件中的这部分内容也有些晦涩难懂。在卡博涅克,八名骑士和二十名全副武装的男子围攻了帕西,加拉哈特在紧要关头解救了他。不幸的是,他的战马被杀,而加拉哈特甚至没跟他打声招呼就径直离去了。"

"你知道,"莱昂内尔打断了他的话,"神圣和天下无敌是不错,我也不认为加拉哈特还是处子之身有什么不对。可是你难道不认为人应该有人性吗?我不想说什么恶毒的话,可这个年轻人真的让我很生气。他就不能说声早安或是问候一下吗?在救人之后头也不回地就离开了。"

亚瑟没作评论,年轻人继续讲述他的故事。

"帕西曾经试图加入加拉哈特,可加拉哈特弃他而去,这个可怜的家伙只有在后面追赶,大声叫道,'喂!'他试着向人们借用马匹,却碰了一鼻子灰,最后只能找到一匹拉车的马,竭尽全力地追赶加拉哈特。可是,半路上杀出一名骑士,将他击倒在地,他只能步行追赶,加拉哈特早已经远去——我觉得我们家族的人还都不是什么英雄类型的呢!这时,一名女子出现了——后来他们发现她其实是个精灵,而且不是个好精灵——用强硬的语气问他到底想干什么。帕西回答说:'我既不向善也没有作恶,干什么?'听了他的回答,女子借给他一匹黑马,后来发现那马也变成了魔鬼,因为那天晚上当帕西在胸前画十字向上帝祈祷时,黑马突然间消失了。他当时正处在沙漠里,在那儿他将一只狮子拯救出毒蛇的攻击,与它成为了朋友。正如我所说,帕西总是喜爱那些不会说话的朋友。

"紧接着一个完美无瑕的淑女出现了,带着齐备的野餐餐具,邀请帕西共进晚餐。当时的帕西已饥肠辘辘,这顿饭的到来实在是太好了。他从来都不怎么饮酒,我觉他有些激动,一直在狂笑,又很兴奋,不停地要求女子——你知道的。女子和蔼可亲，同意了。幸运的帕西发现自己放在地上的剑柄圆头上有一个十字架，于是他对自己画了个十字，女子的帐篷突然消失了，她登上一艘船，咆哮着、怒吼着，身后的海水燃烧起来。

"帕西对自己的行为感到很羞愧，而且第二天早上头痛难忍，他就用剑狠狠地刺向大腿来惩罚自己。之后，神圣的魔法之船出现了，鲍斯也在船上，他们一同航行远去，也不知道船会将他们带往何处。"

桂妮薇说："如果神圣之船打算把人们送往圣杯所在之处，我就能完全理解为何鲍斯也在船上。我们知道他已经经历过一些可怕的考验，不过为什么帕西瓦尔也在上面？请原谅我的无理，阿格洛瓦尔爵士，不过你的兄弟似乎并没有做什么。"

"他一直保持着诚实的品德，"亚瑟说道，"他和鲍斯一样纯净——事实上，他还要更纯净一些，他是绝对纯真的。上帝说只有那些受过苦难的孩子才能依靠他。"

"可他是那样一个糊涂蛋！"

亚瑟生气了。

"如果上帝是仁慈的，"亚瑟反驳道，"我不明白为什么他不允许人们去天堂，有些人的路崎岖难行，但有些人只需要爬上去就行了。继续讲你的信，阿格洛瓦尔。"

"这时候我的妹妹参与到整件事情中来了。你知道，她是个修女，她落发时，出现幻象说应该将剃下的头发保存在一个盒子里。妹妹学识渊博，命中注定要从事宗教研究。就在帕西和鲍斯登上船的刹那，一场幻象又出现在修道院里，让她采取行动。她的第一个任务就是寻找加拉哈特爵士。

"击败高文后，加拉哈特在卡博涅克附近的一处修道院借宿了一晚，也就是那个时候我妹妹找到了他。她把加拉哈特叫醒，帮他全副武装，然后一起向克里比海飞奔而去。克里比海在一座牢固的城堡后面，他们找到了鲍斯和帕西乘坐的神圣之船。四人乘着船航行到两块巨石的通道处——另一艘船停在那儿等着他们。能登上那艘船的都受到了限制，因为船上的卷轴明显在警告人们：'若不够虔诚，不得上船。'——不过加拉哈特还是如往常般带着令人厌恶的自信登上船的甲板。其他人尾随加拉哈特上了船，发现一张富丽堂皇的床，上面放着丝质皇冠和拔出一半的宝剑，那是大卫王①之剑。还有三个用伊甸园的树制成的神秘纺锤，两把品质稍逊的剑分别为帕西和鲍斯所备，那把重要的剑自然归加拉哈特所有。剑柄圆头由奇妙的石头制成，把手分别取自被称作卡里东恩和尔塔纳斯两只怪兽的肋骨，剑鞘是蛇皮做的，剑刃的一面鲜红如血，不过剑带却是由普通的大麻编制而成。

"我的妹妹坐下来，一边用纺锤将自己的头发编织成剑带——因为之前她根据提示随身携带了装有自己头发的盒子——一边向他们解释自己了解到的有关宝剑的历史，以及纺锤是怎样制成的，最后她把剑交给了加拉哈特。她还是处女，用自己的头发把宝剑系在处子身上。然后，他们回到之前那艘船，朝着卡莱尔②驶去。

"途中，他们拯救了一名年迈的绅士，他被一群邪恶的人监禁在自己的城堡里。他们在战斗中杀死了很多邪恶的人，鲍斯和帕西为此有些不安，不过加拉哈特说杀死没有受过洗礼之人是相当正确的——事实证明这些人都没有受过洗礼。城堡的老人请求能死在加拉哈特的剑下，最后加拉哈特屈尊降贵地让他如愿以偿。

"一行人到达了卡莱尔，发现了另一座城堡，城堡主人

---

① 大卫王（King David）：击败非利士巨人歌利亚的以色列王。
② 卡莱尔（Carlisle）：英国英格兰西北部城市。

是一名患麻疹的女人。医生告诉她治疗麻疹的唯一方法就是在来自皇家血脉处女的血液中沐浴。因此，经过城堡的所有人都被迫献出鲜血，我的妹妹完全符合这些条件。三名骑士为了救她，与城堡守卫激战了整整一天；夜幕降临，当他们知道放血的原因后，我的妹妹说道：'一人牺牲总比两败俱伤更好。'她同意献血，阻止了战斗，第二天人们抽取了她的血液。她先祝福外科医生，然后请他们将自己的尸体放在圣船上，手中握着这封信，因为这个手术她去世了。"

在接受了常规的哀悼和慰问之后，阿格洛瓦尔准备就寝。他走到国王身边，此时的大殿漆黑一片，光线留下的珠宝早已消失得无影无踪。

"还有，"他羞怯地说道，"能不能叫奥克尼家族明天过来共进晚餐？"

昏暗的灯光下，亚瑟王靠近阿格洛瓦尔，看着他，高兴地大笑起来。他亲吻了阿格洛瓦尔，眼泪顺着眼角流下来，说道："如今我有了另外一个皮林诺。"

第三十一章

　　仍然没有杜拉克的消息。无论身在何方，每当提起这个神奇的名字，所有人，特别是女人，都会感到一阵温暖。他经过自我修炼成为了大师——人们都尊重他，就像当年他尊敬戴普大叔那样。如果你曾经学习了飞行，或者受到伟大音乐家或剑术家的教诲，你就会记住那位老师，你就能理解卡米洛特人民对兰斯洛特的思念之情，他们早已臣服于他。可是，他失踪了。

　　幸存者们陆陆续续回来了。帕罗米德斯现在接受了洗礼，也厌倦了对付寻水兽的行动；格鲁莫·格鲁姆爵士的头发已经掉光，他年近八十，饱受痛风的折磨，不过仍然勇敢地外出探险；凯伊，眼光锐利，说话刻薄；迪纳丹爵士嘲讽自己的失败，哪怕他太过劳累，连眼睛都快睁不开了；野森林里年迈的埃克特爵士已经是八十五岁的高龄了，步履蹒跚。

　　他们带回了破损的武器和盔甲，还带回了传言：加拉哈特、鲍斯、另一个埃克特和一名修女参加了一场不可思议的弥撒。仪式由一只小羊作为主祭，另外有一名男子、一头雄狮、一只老鹰和一头公牛为仪式帮忙。弥撒仪式完成后，主持的那只羊小心翼翼地穿过立在教堂一扇窗户旁的彩色玻璃，它没有弄破玻璃，这象征着纯洁之胎。还有人讲到了加拉哈特在对付坟墓里的魔鬼时有多么无情,他是如何控制欲望之井,以及患有麻风病的女子所在的城堡最后是如何被颠覆的故事。

这些人拖着生锈的盔甲和破损的盾牌,曾经在各个地方见过兰斯洛特。在他们的描述中,兰斯洛特是个披上甲胄的丑陋男子,对着路边的十字架祷告;月光下,充满倦意地躺在自己的盾牌上,还说兰斯洛特被打败,落马之后跪在地上。

亚瑟王提了一些问题,派出了信使,不断地为兰斯洛特祈祷。桂妮薇的心情很复杂,也很危险,任何时候她都可以说些什么或是做些什么危及自己和自己的爱人。莫桀和阿格莱瓦,是第一批从圣杯征途中归来的人,明亮的眼睛一直在观望和等待结果——正如伯利勋爵[1]过去在伊丽莎白女王国会上的表现一样,他们沉默不语,或者说他们更像是狡猾的猫咪偷偷守候在老鼠洞附近。

关于兰斯洛特死亡的谣言开始流传——他在一处浅滩被一名黑骑士杀死;他与自己的儿子角斗,弄伤了脖子,之后再次发疯了,一路疯狂骑行;神秘骑士偷走了他的盾牌,他被野兽吃了;他与两百五十名骑士交战,被俘,像只狗一样被吊起来。大多数人相信并暗示到他在睡梦中被奥克尼家族谋杀致死,尸体埋葬在落叶下。

筋疲力尽的骑士们溃不成军,先是三三两两回到宫廷,然后是一次回来一个,最后要隔上一阵子才回来一个。贝迪威尔之前一直记录着死亡和失踪骑士的名单,现在换作记录死亡骑士的名单了,因为失踪的骑士要么回来时已经筋疲力尽,要么被可靠的情报证实已经死亡。关于兰斯洛特的讣告也开始悄悄四处流传。因为所有人都爱戴他,造谣的人们只能悄悄地传播他的死讯,生怕说得过于大声而使人们信以为

---

[1] 伯利勋爵(Lord Burleigh):英国女王伊丽莎白一世的首席顾问。

真。不过他们也在悄悄传诵他的善良和显著的容貌，他那如闪电般迅捷的冲刺，以及优美的滑步。有些侍者和厨房女佣还清楚地记得圣诞夜里他的微笑和支付的小费。虽然他们知道，甚至也没有想过这个伟大的首领会记得他们的名字，但他们仍然在眼泪浸湿的枕头上入睡。凯伊用轻蔑的语气宣称自己一直就是个卑鄙的恶棍，然后擤着鼻涕快步走出房间，这让所有人着实吃了一惊。大殿上，紧张的气氛越发浓烈，人们似乎都感觉到了厄运的到来。

兰斯洛特在一场暴雨后终于归来了。他全身湿透，牵着一匹白马。秋天的乌云在他身后翻滚，白马瘦削的肋骨清晰可见。那时一定有某种魔法或是读心术起了作用——他回来的时候，宫殿的城垛、炮塔、大门外的吊桥上都聚集了人们在等待、观望，安静地指指点点。当这个小小的身影出现在人们的视线中时，人群中发出连续而低沉的声音。白马身旁，身披红色长袍的就是兰斯洛特，他安全归来。他的冒险经历还不为世人所知，但人们好像都知道了一样。亚瑟王像发了疯一样四处奔跑，通知每个人离开城垛，给这个男人一个说话机会。人影接近城堡时，已经没人在那儿刺激他了。大门为他敞开，戴普大叔在那儿等他，弯下腰，低下头，牵走了他的马。

几百双眼睛在帘子后面看着这个筋疲力尽的男子——看着他一直低着头站在那儿——看着他转身走向自己的房间，消失在通往角楼楼梯的黑暗中。

两小时后，戴普大叔出现在国王的房间里。他刚刚脱下兰斯洛特的衣服，把他弄到床上。他说，深红色的长袍内，是一件白色的内衣——里面是钢毛衬衣。兰斯洛特爵士带给他一条消息：他很疲惫，请求国王的原谅，明天再上殿面圣。不过，重要的消息丝毫不能延迟，戴普大叔上报亚瑟王圣杯已经找到。加拉哈特、帕西瓦尔和鲍斯找到了它，带着圣杯和帕西瓦尔妹妹的尸体到了巴比伦的萨拉斯国。圣杯不能带回卡米洛特。鲍斯最终会回来，其他人永远回不来了。

第三十二章

桂妮薇这次打扮得过了头,她往脸上抹了厚厚一层化妆品。当时的她已经四十二岁了。

兰斯洛特走上大殿,看到桂妮薇端坐在亚瑟旁边,一颗心突然激动地跳动起来,对她的爱充斥着身体里的每一根血管。他曾经是多么爱恋那个二十岁的女孩,骄傲地戴着皇冠,俯视着大殿上的战俘——可如今,这个女人脸上满是庸脂俗粉,穿着俗气的丝绸衣服,公然藐视人类无法逃脱的末日命运。曾经热情的青春气息现在只能依靠化妆来实现——身体背叛了青春,鲜红的血肉变成了虚弱的骨骼。精心准备的华服在兰斯洛特看来不是庸俗不堪,而是贴心。那个他曾爱过的女孩还在,在那破碎的胭脂厚壁后仍有吸引力。她勇敢地抗议着:"我绝不会妥协!"虽然身姿已变得笨拙,她仍然渴望他人的救赎。年轻的眼睛陷入迷惑,似乎在说:"这是我,我在这里!他们对我做了什么?我不会屈服。"她一部分灵魂明白这种力量让她动弹不得,痛苦不堪。她尝试着用眼神吸引自己的爱人:"不要看这些,看着我,我在这儿,看着我的眼睛,在这监狱里,救我出去。"她灵魂的这一部分说着:"我还不老,这是幻觉。我很漂亮。看,我动作多么轻盈。我敢于挑战年龄。"

兰斯洛特只看到一个灵魂，一个已被定罪的、无辜的孩子，染了头发、披着橘色的丝绸来伪装自己——这些都是想要取悦他。他看见：

热情的小拳头
朝云端紧握着，不愿屈服
那样的骄傲，使得命将失败的主角
与幽灵般的巨人搏斗。

亚瑟王问道："恢复体力了吗？感觉怎样？"

"我们很高兴见到你，"桂妮薇说，"很高兴见到你回来。"

他们面前的男子表现得异常平静——就像吉卜林①在《金姆》中描述的那种睿智。眼前的兰斯洛特相当理智，他似乎领悟了许多。

兰斯洛特开口说道："我已经休息好了，谢谢。我猜你们一定想听听圣杯的故事吧！"

国王回答说："我想，是我太自私了，竟然让所有人都出去寻找它。我们希望把故事记录下来，放在索尔兹伯里教堂的圣龛里。不过我们还是想先听你讲讲，兰斯。"

"你确定身体吃得消吗？"

兰斯洛特笑了笑，牵起他们的手。

"可以讲的不多，"他说，"毕竟，不是凭我一个人的力气找到圣杯的。"

"先坐下来吃点东西吧，吃完了再讲。你瘦了好多。"

---

① 吉卜林（Joseph Rudyard Kipling，1865—1936）：英国作家，1907年获诺贝尔文学奖。

"你要希波克拉斯酒①还是梨酒呢？"

"我现在不想喝酒，"他说，"谢谢！"

进餐的时候，国王和王后就坐在旁边看着他。他刚伸出手准备去拿盐罐，他们已经将它递到面前。他们严肃的表情让他觉得好笑却又很不自在，他故意把杯子里的水洒到亚瑟王身上假装圣水，逗他们笑。

"想要纪念品吗？"他问道，"如果愿意，可以把我那双破旧不堪的鞋拿去。"

"兰斯洛特，这可不是拿来开玩笑的。我相信你已经亲眼见过圣杯了。"

"虽然我见过圣杯，也还不至于让你们为我递送盐罐。"

亚瑟王和桂妮薇仍然看着他。

兰斯洛特接着说："请理解！是加拉哈特和其他人拿到了圣杯，我没有那个资格。如果你们这样大惊小怪的，那就错了，会深深地伤害我。有多少骑士归来了？"

"已经有一半了，"亚瑟王回答道，"我们已经听过他们的故事了。"

"我想你们知道的应该比我多。"

"我们只知道回来的都是些杀人犯和没有忏悔的人。你说只有加拉哈特、鲍斯和帕西瓦尔能够触碰圣杯。据我所知，加拉哈特和帕西瓦尔都是处子骑士；而鲍斯，虽然不是完全的处子，却也是个一流的神学家。我想鲍斯的成功是因为他信奉的教义，而帕西瓦尔是因为他的纯真。我对加拉哈特一无所知，只知道没有人喜欢他。"

"没人喜欢他？"

"他们都说他太不通人情。"

---

① 希波克拉斯酒：欧洲中世纪的甜药酒。——译者注

The Ill-made Knight

兰斯洛特看着酒杯,陷入沉思。

"他是不通人情,"最后他说道,"可是他为什么要这样?难道天使都通人情吗?"

"我可不赞同你的话。"

"你难道认为,如果天使长米迦勒现在到来,他会说出'今天天气真好!要不要喝点威士忌?'这样的话吗?"

"我想不会。"

"亚瑟,请不要觉得我这样说是无礼的。你一定要记住,我曾经被困在陌生的荒漠之地,很孤独;有时又坐船行驶在海上,只有上帝和呼啸的海浪和我同在。你知道吗?自从我回到人群中,我曾经怀疑自己是不是发疯了?当人们围绕在我身边,我觉得我得到的所有一切都消失了,甚至就连你和珍妮说的话对我来讲都毫无意义了,就像是陌生的噪声,异常空洞。你知道我的意思,就是'你好吗''坐下''多好的天气啊'之类的。这些有什么意义呢?人们说得太多了。只要有我和加拉哈特的地方,'讲礼貌'都是在浪费时间。礼貌只适用于人与人之间的交流,让人们循规蹈矩。你知道,礼貌造就了人,而不是上帝。所以你应该能明白为什么加拉哈特相比那些喋喋不休的人显得不通人情、没有礼貌。他活在自己的精神世界里,就像静静地生活在荒岛上,永远永远。"

"我明白了。"

"请不要因为我说的这些认为我很无理,我只是在试着解释一种感受。如果你们曾到过圣帕特里克的炼狱[①]之城,就会明白我所说的一切。如果你们去过那里,就会知道人们似乎都是那样的可笑。"

---

① 圣帕特里克的炼狱(St. Patrick's Purgatory):在爱尔兰多尼戈尔郡的圣徒岛上。据说圣帕特里克曾在这里的一个洞穴里目睹炼狱的幻景,后(约1150年起)成为信徒朝香之地。

"我完全明白。我也能理解加拉哈特。"

"他的确是个可爱的家伙。因为曾长时间跟他同在一只船上,所以我知道。可是这并不意味着我们得相互谦让,把船上最好的座位让给对方。"

"我明白了,只有我那些世俗的骑士们不喜欢他。不过,我们一直等着听你的故事,兰斯,而不是加拉哈特的。"

"是的,兰斯。给我们讲讲后来发生了什么,别管那些天使了。"

"我根本没资格去见天使,"兰斯洛特笑着说道,"我只能说说我的故事了。"

"继续说下去。"

"当我离开沃根时,"总指挥开始讲述,"突然有了一个念头,也许寻找圣杯的最佳地点就在佩莱斯王的城堡里——"

桂妮薇突然动了一下,他顿了顿。

"我没有去城堡,"他轻轻地说,"因为我出了一点意外。发生的事情超出了我的计划。"

"什么意外?"

"其实也算不上意外。那是第一次我改正了自己的错误,为此我深感欣慰。你知道,我得讲讲上帝,这个词对那些不尊敬神的人来说是冒犯,就像'该死的'一词对圣者的冒犯一样可恶。我应该怎么说呢?"

"就把我们当作圣者吧,"国王说道,"继续讲下去。"

"我和帕西瓦尔一路骑行,碰到了我的儿子。他跟我第一次交手就把我撂倒在地——我儿子干的!"

"是一次突然袭击。"亚瑟快速回答道。

"是公平比试。"

"你发自内心不想击败自己的儿子。"

"我的确想过要击败他。"

桂妮薇说:"每个人都有不顺的时候。"

"我朝着加拉哈特飞奔而去,用尽所有的技巧,可他却给了我从未见过的漂亮一击,害我摔下马来。"

"事实上,"兰斯洛特笑了笑,又加了一句,"可以说他是目前唯一让我摔下马的人。当我躺在地上,首先感受到的就是纯粹的震惊。后来,这种震惊就变成了其他感觉。"

"你怎么做的?"

"当时,我正躺在地上,加拉哈特骑着马在我身边,一言不发。突然一名女子走了过来,她是个隐士,就住在我们刚刚战斗过的地方。她屈膝而站,说了一句'愿上帝保佑你,世界上最优秀的骑士'。"

兰斯洛特看着桌面,伸出手在胸前画了个十字。然后清了清嗓子,说道:"我抬起头,想看看是谁在对我说话。"

国王和王后等着他继续讲下去。

他再次清清嗓子:"我想让你们知道我的想法,如果你们能明白我的意思的话,我不只是讲讲我的冒险旅程,否则我也没必要那么羞于启齿。我知道,我是个坏人,可我却一直擅长作战。有些时候,一想到这点我觉得是种安慰——我是世界上最优秀的骑士。"

"然后呢,怎样?"

"不过,那个女人并不是在对我说。"

他们静静地坐着,看到兰斯洛特的右边嘴角在微微颤动。

"是对加拉哈特说的吗?"

"是的,"兰斯洛特说道,"女子看着我的儿子加拉哈特,当她开口说这句话时,加拉哈特已经走远。不一会儿,女子也消失了。"

"多么令人厌恶的举动!"国王感叹道,"简直就是肮脏透顶、处心积虑的侮辱!她应该被处以鞭刑。"

"她说的是事实!"

"她过来就是为了故意在你面前说这句话?"桂妮薇吼道,"就因为一次坠马——"

"她说是上帝叫她这样做的。你知道吗,她是个虔诚的教徒。不过当时我无法理解——"

"现在的我更加虔诚了。"他继续说道,像是在忏悔,"可当时的我却无法忍受这样的侮辱。我感觉自己的精神支柱被抢走了——我也知道她说的是事实,但我感觉她摧毁了我仅有的信心。于是,我带着伤痛离开了帕西瓦尔,像野兽一样独自前行。帕西瓦尔说要找点事情做,我只说了一句'随便你'。我独自骑着马离开,试图找到一个地方安抚自己受伤的心。最后,我到了一个小教堂,近乎发疯的感觉再次袭来。你知道的,亚瑟,我有很多烦恼,只有成为最著名的斗士才能补偿些许;当荣誉不再,我就一无所有了。"

"不是的!你仍然是世界上最杰出的斗士。"

"可笑的是,那个小教堂居然没有大门。我不知道自己是否有罪,或者说我想要发泄什么愤恨,但是我不能进去。我以盾牌为席睡在教堂外面,梦中有一名骑士带走了我的宝剑和战马。我努力想要清醒过来,却无能为力。我所有跟骑士有关的东西都被一一带走,可我却无法醒来,因为心里满是痛苦。这时一个声音响起,告诉我永远不会再接受人们的崇拜——我想反抗这个声音,当我醒来之时,所有东西都消失了。

"亚瑟,如果我不能让你理解那个夜晚所发生的事情,你将永远无法理解随后发生的一切。童年本该是追赶蝴蝶的快乐时光,我却一直在接受训练,为了成为你旗下最优秀的骑士。虽然后来我变邪恶了,但仍然保持这个地位。我知道自己是最优秀的,所以一直很自豪。我知道,这种感觉很卑劣,可是我

The Ill-made Knight | 189

却没有其他值得骄傲的资本。首先,我的承诺和奇迹都消失了;后来,在那个夜晚里,让我引以为豪的无上地位也离我而去。当我醒来时,发现身上的武器一件不剩,我愤怒地踱来踱去——我的表现说来不是很光彩——我大喊着,不停地诅咒。从那时起,他们开始削弱我的力量。"

"我可怜的兰斯。"

"不过那却是我碰到过的最棒的事情。你知道吗?第二天早晨,我听到小鸟的歌唱,这让我精神百倍。被一大群小鸟包围的感觉真是棒极了,我小时候根本没有时间去掏鸟窝呢!亚瑟,也许你知道是哪种鸟——可我叫不出它们的名字。其中有一只体形很小的鸟,翘起尾巴看着我,它就跟马刺上的小齿轮一般大小。"

"也许是只鹪鹩。"

"对,就是鹪鹩。明天你能带一只来给我看看吗?正是那群鸟儿,让我明白正是自己的本性招来了惩罚,而之前我那黑暗的心根本没有意识到这一点。鸟儿的天性同样也造就了自己的命运。是它们让我明白,世界的美好源自世人内心的美好,没有付出,何来回报?有些时候,你只能付出,不求回报。于是,我接受了被加拉哈特打败和武器被人拿走的事实,我向神父告解,远离邪恶。"

"所有骑士,"亚瑟说道,"所有去寻找圣杯的骑士,回到朝廷的第一件事就是认罪。"

"之前我的忏悔总是不真诚,我的一生就是一场不可饶恕的罪过。这一次我向上帝坦白了一切。"

"一切?"王后问道。

"是的,所有一切。你知道的,亚瑟,我这一生无时无刻不在受到良心的谴责,而我却不能告诉其他人,因为——"

"没必要告诉我们,"王后说道,"如果它伤害了你,毕竟我们不是你该忏悔的对象,你应该对神父告解。"

"别去打扰她,"国王也赞成王后的话,"毕竟她生了个好儿子,正是这个孩子找到了圣杯。"

他说的正是依莲。

突然间,兰斯洛特表情很痛苦,握紧了拳头。在场的三人都屏住了呼吸。

"我忏悔了,然后——"他打破了沉默,大家又开始呼吸——不过他的声音有些沉闷,"开始苦修。"他停了一下,仍然无法确定,似乎意识到此刻他正站在生命的十字路口。他们都知道,现在应该是将事实向身为朋友和国王的他和盘托出的时候了——但桂妮薇在阻碍自己。因为,这也是她的秘密。

"我们都知道,苦修是要穿上某位我们都知道的、已故修道者的头发制作的衬衣,"他继续开始讲,"没有肉吃,没有酒喝,每天做弥撒。三天后我离开了神父,回到我丢掉武器的地方,那附近有一个十字路口,神父也借给我了一些装备。当天晚上我睡在十字架边,做了一个不同的梦——第二天早上,偷走我武器的骑士回来了。经过搏斗,我夺回了盔甲。是不是很神奇?"

"我想,经过虔诚的忏悔,现在的你一定承沐天恩,那么你的力量重新带给你信心。"

"那正是我当时所想的,不过你马上就会知道了。我那时想,既然我已经洗清所有的罪行,我希望能再次获得世人的肯定,重新夺回世界上最杰出骑士的荣誉。我满心欢喜地继续前行,一边哼着歌。后来我来到一处平原,那里有一座城堡、一些帐篷——在那儿,黑白两队共计五百名骑士正在参加竞赛。白方骑士占领了上风,于是我决定加入黑方。我想,既然已经获得上帝的原谅,我就能帮助较弱的黑方。"他又停了下来,闭上眼睛,"不过白方骑士,"他加了一句,同时睁开了眼睛,"很快便将我俘虏了。"

"你是说你再次被击败了吗?"

"是的,他们击败并羞辱了我。我从未这般罪孽深重过。他们放走我后,我一路前行,嘴里不停地诅咒,就像第一天晚上那样。夜晚降临了,我躺在苹果树下,哭着进入了梦乡。"

"但是这和教义不符啊,"王后吼道,她跟大多数女人一样是个不错的神学者,"如果你足够虔诚,苦行忏悔并获得赦免——"

"我只是苦行忏悔了一种罪行,"兰斯洛特说道,"但是忘记了另一种。晚上我又做了个梦,梦见一个人走过来对我说:'啊,邪恶而可怜的兰斯洛特,你为什么如此轻易地犯下致命的罪恶?'珍妮,我的一生都陷入了另一种罪行,最严重的罪恶。骄傲使我到处炫耀,想要帮助竞赛中较弱的一方。你可以说我虚荣、自负,仅仅是因为我忏悔——忏悔跟一个女人的事情,这让我无法成为一个好人。"

"所以你被击败了。"

"是的,我被击败了。第二天早上我去见了另一个隐士,再次忏悔。这次我对自己的罪行毫无隐瞒。他告诉我,在寻找圣杯的探险中,即使做到禁欲和避免杀人还是远远不够,应该抛掉这世界所有的自大和骄傲,因为上帝不喜欢这些行为。我只能放弃所有世间的荣耀。我的确做到了,也获得了赦免。"

"后来发生了什么?"

"我朝着莫特瓦斯[①]之水而去,在那儿一名黑骑士与我比

---

① 莫特瓦斯(Mortoise):《亚瑟之死》中出现的地名,兰斯洛特在此登船,遇见加拉哈特。

武。他也把我踢下马来。"

"第三次失败!"

桂妮薇大叫道:"可是这次你真的已经被赦免了啊!"

兰斯洛特把手放在桂妮薇手上,微笑着。

"如果一个男孩偷了糖果,"他说,"受到父母的惩罚后会改正错误,他不会继续偷糖果,对吗?这也并不意味着他会得到糖果。上帝并不是派黑骑士来击败我,当作对我的惩罚,他只是藏起了给予我的礼物。"

"但是,我可怜的兰斯,他撤销了你的荣誉,你却没有得到任何回报!罪恶缠身的你却总是战无不胜,为什么赎清罪恶后反而屡战屡败呢?为什么你总是被自己深爱的东西伤害?你到底做了什么?"

"我跪在莫特瓦斯之水中,珍妮,在他击败我的地方——感谢上帝给我这次冒险。"

第三十三章

亚瑟王无法再忍受下去。

"太恶心了！"他愤怒地吼道，"我不想听到这件事！为什么要把一个善良的、可爱的人折磨成这样？仅仅是听着都让我内心感到羞耻。这——"

"嘘！"兰斯洛特说道，"我很高兴放弃了爱和荣誉。虽然我是被迫这样做的，但上帝并没有让高文和莱昂内尔来承受这般痛苦，对吧？"

"呸！"亚瑟王很不屑地说道，跟高文一样的语气。

兰斯洛特笑了起来。

"好吧，"他说，"这是个令人信服的回答。不过你最好还是听完整个故事。"

"当天晚上，我躺在莫特瓦斯之水旁边，梦境要我上一艘船。我很确定，醒来的时候船就在我身边。登上船后，里面香气弥漫、让人心旷神怡，还有美味的食物——充满了所有你能想象的东西。我'被我能想到的或期望的东西包围了'。我现在无法向你详细描述这艘船，因为我回到人群之后，它就逐渐离我远去了。但你们不能只是想着船上的熏香和珍贵的布料，也得想想焦油的味道和大海的颜色——这所有的一切才使得这艘船如此美好。有时候，海水是绿色，就像厚厚的玻璃，你能看到海底；有时候，飞行在水面的水鸟消失在翻滚的海浪中；暴风雨来临之时，巨大的浪花击打满是石头的岛屿；晚上，海水恢复了平静，沙滩上倒映出天上的繁星，其中有两颗靠得非常近。沙滩呈现出棱纹，像极了上颚。在船上还能闻到海藻的味道，听到风的呼啸。周围有几处小岛，很多小鸟栖息在上面，看上去像一群群小兔子，它们的鼻子像是一道道彩虹。冬天是最美的，岛上满是鹅，就像寒风凛冽的清晨猎犬。

"不能因为上帝开始对我的折磨而愤恨，亚瑟，他给予了我更多。我说：'亲爱的我父耶稣基督，我不知道自己身处怎样的快乐，因为这完全不同于我曾经历过的世俗的快乐。'

"这艘船的奇怪之处就是里面有一位死去的女士，手里握着一封信，信上告诉我其他人的近况。更奇怪的是，我竟然没有因为这具死尸而感到害怕。她脸上的表情很平静，一直陪在我身边。在船上和海上，我竟然感到与她有一种类似交流的互动。我不知道为什么会这样。

"我和死去的女士在船上待了整整一个月，之后有人带来了加拉哈特。他为我祈福，让我亲吻了他的宝剑。"

亚瑟的脸涨得通红。

"你求他为你祈福？"他问道。

"当然。"

"好吧！"亚瑟回答道。

"我们乘坐这条神圣之船在海上度过了六个月。那段时间，我对儿子的了解越来越深，他似乎也对我表现出了关心，他常对我使用敬语。我们和外岛上的动物一起去冒险。海鼠的叫声非常优美，加拉哈特指给我看鹤在水面上飞行时留下的倒影，他告诉我捕鱼人管鸬鹚叫年迈的黑色女巫，乌鸦的寿命跟人类一样长。为了好玩，它们飞到高空，然后歪歪斜斜地掉下来。一天，我们看见一对红嘴山鸦，很漂亮！还有海豹！它们

The Ill-made Knight 195

跟随船上的音乐一路前进，像人类一样交谈着。

"途中某个星期一，我们的船经过一片森林地带。一名白骑士骑着马来到岸边，叫加拉哈特下船。我知道他被带去寻找圣杯，我很悲伤不能一同前往。你还记得吗？在你年少时，孩子们玩游戏总会分成不同的团队，也许没有团队会选择你？当时我的感受比儿时的记忆更糟糕。我叫加拉哈特为我祈祷，我叫他向上帝祷告让我能一直与他同在。之后我们亲吻对方互道再见。"

桂妮薇抱怨道："如果你已经被宽恕，我不明白为什么你不能跟着去。"

"这问题很难回答。"兰斯洛特回答道。

他松开紧握的手，放在桌上，眼睛停留在手上。

"也许是当时的我意图不轨吧，"他继续说下去，"也许，在内心深处，不知不觉中，你可能会说，我根本不愿意改变自我……"

王后听着他的话，脸色渐渐变得好起来。

"荒谬。"她轻声说道，不赞同他的话。她压了压兰斯洛特的手，不过他把手撤回来了。

"当我祷告时，"他说，"或许是因为……"

"似乎对我来说，"亚瑟开口了，"你一直在坚持自己那毫无意义的良知。"

"或许，所有的事情都没有我的份儿。"

他坐下来，仿佛看见双手之间的海水在翻滚，听着岛屿悬崖上鲣鸟啄木的声音。

"船再一次载我出海，"他继续说道，"顺着一股强大的风。我完全没有睡意，一路上大部分时间都在祷告。我对自己说，尽管没有资格，我还是能获取一些圣杯的消息。"

房间里一片寂静，三人各自在思考。亚瑟的脑海里出现了一幅悲情的画面——一个罪孽深重的、人世间最优秀的人，步履沉重地走在三位邪恶处子骑士身后，他的努力注定是要失败和徒劳的。

"有趣，"兰斯洛特说道，"不能祷告的人会说祷告都不会应验，然而愿意祷告的人却坚信自己的祷告能够实现。

"一天午夜，船把我带到卡博涅克城堡的背面。奇怪的是，这里本应是我寻找圣杯旅途的方向。

"船顺流而下，我知道梦想将会实现。当然我无法预见全部，因为我不是加拉哈特或是鲍斯那样的处子之身。但是他们对我都很友好，他们一直都平易近人。

"城堡后面是死亡一般的黑暗。全副武装的我向城堡走去。石阶两旁的两只狮子试图将我阻挡在外，我拔出宝剑与之搏斗，其中一只的前脚击中了我的手臂——我当时真是愚蠢，那时候本应该相信上帝的，但我却头脑发热地仗剑而战——我用麻木的那只手画了十字就往前走，狮子并没有伤害我。门依次打开，在最后一道门前，我单膝跪下祷告，门开了。

"亚瑟，你可能不太相信，我实在不知该用什么语言来描述。最后一道门后是一个小礼拜堂，人们正在做弥撒。

"啊，珍妮，那个礼拜堂异常漂亮，灯光明亮！你可能会说：'美丽的花儿和蜡烛。'不过那儿没有鲜花和蜡烛。

"那里有的只是——力量和光荣，却吸引了我所有的感官。

"可我不能进去，亚瑟、珍妮，一把剑阻止了我。加拉哈特、鲍斯和帕西瓦尔都在里面。另外还有九名骑士，来自法国、丹麦和爱尔兰，与我同船前往的女士也在其中。圣杯也在，亚瑟，和其他的东西一起摆放在银桌上！可我却被阻挡在外，只能站在门外渴望一切。我不知道谁是神父。也许是亚利马太的约瑟，也许是——噢，算了。他带着一件看起来很笨重的东西,好像搬不太动,我想进去帮他——可宝剑阻挡了我。我只是想帮帮他,亚瑟,上帝可以为我作证。突然,一阵气流朝我扑面而来,像从火炉喷涌而来,之后我倒下了,失去了知觉。"

第三十四章

女仆们在黑暗的房间里来回穿梭,屋子里满是蒸汽。金属罐子和提桶碰撞在楼梯上不断发出声响,女仆们踩着溅洒在地板上的水发出的声音,旁边的房间里有人窃窃私语的声音,混杂着神秘的丝绸之声。

王后登上六级木质台阶,走进浴盆,坐在木凳上,任凭热水从头顶流遍全身。浴盆就像一个巨大的啤酒桶。王后头上包裹着白色头巾,除了脖子上的珍珠项链,她一丝不挂。角落里有一面镜子——在过去很昂贵的镜子——另一个角落里有一张小桌子,上面摆放着熏香和精油;没有粉扑,只有放在麂皮包里的涂粉,掺了十字军带回来的玫瑰油增加香味;地上满是用来擦干身体的毛巾,还有首饰盒、织锦、衣服、袜带,都是侍女们从其他房间送过来供她挑选的;还有些奇形怪状的头饰,点缀着珍珠的发网和东方丝绸方巾。其中一名侍女面向浴盆站着,手捧刺绣斗篷供王后挑选。上面绣有红龙和六只可爱的、保持站立姿势的幼狮——这是她丈夫和她父亲的纹章的合订[①]。红色后腿直立的龙象征英格兰;六只狮子象征着李奥多格兰王——他名字的字首Lion就是狮

[①] 合订纹章(impaled arm):一种象征同盟或婚姻关系的纹章,将双方纹章一分为二,然后合订在一起。

子的意思。斗篷上还装饰有沉甸甸的丝绸流苏,像窗帘绳一样,用来系住斗篷。而丝质的盾徽用银色和蓝色相间的逆松鼠纹①装饰边缘。

桂妮薇已经卸掉浓妆,接受了侍女为她挑选的衣服。侍女很是开心。过去一年多的时光里,她们一直在忍受王后的暴躁、任性、残忍和痛苦。现在无论做什么事情都能取悦她,她们都相当确信兰斯洛特会重新回到她的身边。可事实并非如此。

桂妮薇看着斗篷上的六只幼狮——红色的舌头和爪子,头转向身后,挥舞着尾巴。她满意地点了点头,侍女行了个屈膝礼便把衣服拿进更衣室。王后看着她离开。

你可以认为桂妮薇本身就是一种食人的雌狮子,或者说她是那种想要统治世界的自私女人。事实上,从表面看来,这似乎也是她一直在做的事情。她美丽、乐观、性急、苛求、冲动、贪婪和迷人——她拥有所有食人者的特质。不过她并不滥交,在她的生命里只有兰斯洛特和亚瑟两个男人。即使是这样,她也没有完全吃掉他们。凡是被食人狮侵蚀的人都会变得渺小——失去生命的乐趣。然而,亚瑟和兰斯洛特却仍然过着完整的生活,实现自我的成就。

不论真假如何,对于桂妮薇的一个解释,就是她不是过去人们称做的一个"真正的"人。她是那种无法准确用标签来定义的人,不论是"忠诚""不忠""自我牺牲",还是"嫉妒"。有些时候她是忠诚的,有时候又会做出背叛的举动。她做事总是有自己的方式,她的自我世界里一定拥有真诚的心,否则她无法拴住像亚瑟和兰斯洛特这样优秀的男子。物以类聚,她的两个男人都很大度,她一定也大度。要描写一个活生

---

① 逆松鼠纹(Countervair):毛皮装饰纹的一种。原型是松鼠纹,纹路形似某种松鼠的生皮,形状是成排的钟;逆松鼠纹是将上下两排的钟对齐,将钟口两合在一起。

生的人不是件容易的事。

她生活在战争岁月,当时年轻人的寿命跟二十世纪的飞行员一样短暂。在那个年代,年长的道德家们愿意适当降低道德标准换取自我保护。飞行员们因为对可能很快就会失去的生活和爱情的渴望,碰触了年轻女子的心,也唤起了回应的勇气。大度、勇气、诚实、怜悯,以及直视短暂生命的能力——当然就是指友谊和温柔——所有一切都可以解释为什么桂妮薇会选择兰斯洛特和亚瑟王。勇气最为重要——在时机来临时,能以真心相待的勇气。诗人们总是鼓励女人们能拥有这样的勇气。她在有花堪折的时候收集了她自己的玫瑰花苞——而令人吃惊的是,她只收集了两朵,却是最美丽的两朵——她一直把它们留在身边。

桂妮薇最大的悲剧就在于无法生育。亚瑟有两个私生子,兰斯洛特有加拉哈特。可是桂妮薇——原本是三人中最应该生育和抚养孩子的人——就像一只孤独的船儿,一处看不到海水的海岸。在这样的年纪,这样的遭遇沉重地击倒了她,仿佛她的生命之海会立即终结。也正是这样的原因使她在短时间内变得更加疯狂。这或许可以用来解释她的两份爱情——或许她对亚瑟是对父亲的爱,而对兰斯洛特的爱是因为她没有子嗣。

人们很容易被圆桌和武器的功勋弄得眼花缭乱。你读过兰斯洛特的一些高贵成就,当他回到情妇身边,你会觉得她破坏了他的成就而感到忿忿不平。然而桂妮薇无法去寻找圣杯,无法手握战矛深入英格兰的森林去探险一年。虽然内心狂热、渴望和期待,但她只能待在宫殿里。对于她来说,除了类似于现在女士们之间的桥牌游戏,实在没有什么其他的娱乐活动。她只可以驯养雌灰背隼、玩盲人游戏或者掐玛丽[①]——在她生活的年代,这些才是成年女性的消遣活动。可是鹰隼、猎犬、纹

[①] 掐玛丽(Pince—merille):游戏名。

章学和比赛都是为兰斯洛特做的事。除了偶尔喜欢做点纺织或刺绣，再无其他事情能吸引她——当然兰斯洛特绝对是个例外。

因此我们必须想象一下作为一个女人，她被剥夺了最重要的权利。随着年龄的增长，她做了很多奇怪的事情，她甚至被怀疑毒害了一名骑士，因此越来越不受欢迎。不过不得人心常常也是一种恭维，桂妮薇的生活充满了巨变，最后也是心有不甘地死去——和兰斯洛特不一样，她不适合宗教——但她从来都不做没有意义的事。她以王室的方式做了一个女人应该做的事。此时此刻，当她正在浴缸里注视着面前的小狮子的时候，她也正忙着这样的事。

无论是谁，当他真正见到上帝时，你不可能立即希望他恢复一个情人的身份。当这个男人是对上帝疯狂崇拜的兰斯洛特时，你的希望可能会既乐观又残酷。不过女人们在这时候总是很残忍，她们根本不接受任何解释。

桂妮薇知道兰斯洛特会回到她身边，特别是当她听说兰斯洛特曾经祈祷回来的时候，这个消息就像是久违的甘露，让她的生命之花重新绽放，比任何胭脂水粉和绫罗绸缎都要有效。她知道这次重逢应该平稳地进行，容不得半点着急。

兰斯洛特还不知道自己会因为王后再次背叛深爱的上帝，虽然桂妮薇的态度让他吃惊，不过也很高兴。之前他还一度担心等待他的会是嫉妒和责骂的可怕场景。他也曾想过怎样向那个孩子解释——那个被囚禁在涂了胭脂的女人的眼睛里，饱受折磨的小孩——为何他不能来到她的身边。虽然他十分痛苦，但他有了更甜蜜的义务。他也曾担心她会攻击他，会在他面前布下拙陋的陷阱——因为它很拙陋，更显得很可悲。他实在不知道应该如何应对这样的悲哀。

相反，桂妮薇没那么做，她涂抹胭脂，容光焕发，没有攻击和指责他，而是发自内心地微笑。他对自己说，女人都是不可捉摸的。他甚至还能跟她一起敞开胸怀讨论这件事，而她也同意他的观点。

桂妮薇坐在浴盆中，凝视着狮子，回忆着他们之间的对话，昏昏欲睡的脸上不禁浮现出一丝神秘的愉悦。她仿佛看见了那张丑陋却又充满魅力的脸，信誓旦旦地讲述着自己的兴趣。她深爱这些兴趣——深爱着这位年迈的战士对上帝如此忠诚、纯洁的崇敬之情。她知道那份爱最终还是会归于失败。

兰斯洛特向桂妮薇道歉，请求她不要认为自己无礼，他说，在找到圣杯后，他们不会回到以前相处的方式；要是没有这份罪恶的爱情，他可能已经找到圣杯了；周围已经有些危险了，因为奥克尼家族的眼光很不和善，特别是阿格莱瓦和莫桀，这件事对于他们自己和亚瑟来讲都是耻辱。他仔细地列举了每一点。

还有很多次他都尝试向她解释，总是用晦涩的语言尽可能详细地说明自己的上帝理论。他认为如果能让桂妮薇皈依上帝，也许就能解决这个道德问题。如果他们都信仰上帝，他就不会抛弃自己的情人或是牺牲爱人的幸福。

王后率真地微笑着。面对自己的爱人，她相信他的每一句话——她已经完全皈依了！

她从浴缸中伸出雪白的手臂，去拿象牙把手上挂着的板刷。

第三十五章

兰斯洛特刚回来时,一切都很顺利。像王后这样的女人总是比平常男子看得更远,不过她们的洞察力似乎也有局限。如果兰斯洛特忠于神学只有一个星期或一个月,她们还能满心等待。不过一年之后,情况就不一样了。或许最后他会再度与她旧情复燃——很有可能,但是一个女人根本无法等待那么长的时间——那时候她早已苍老到无法享受迟来的爱情。苦等是毫无意义,时间如梭啊!

桂妮薇慢慢起了变化,没有变得消沉,却越来越生气,几个月来因为兰斯洛特而累积的愤怒早已充斥于胸。圣洁?是自私才对,她自言自语——为了自己的灵魂而抛弃他人的灵魂。在鲍斯的故事里,他宁愿让十二名淑女从城堡上跳下来也不愿意犯罪来拯救她们,这个情节着实让她吃了一惊。现在兰斯洛特又在做相同的事。对于他来说,为了骑士精神、神秘主义和对男性世界的补偿,放弃爱情是件好事。但是,爱情是两个人的事,桂妮薇可不是没有生命的物品,任凭他的喜好拿起或丢掉。你不能像放弃酒一样,放弃人的真心。酒跟自己有关,可以放弃;可是爱人的真心却不属于你自己,不能任你自由支配,你对它有责任。

兰斯洛特和勇敢的桂妮薇一样,对这些事情看得透彻——

而且，随着两人关系逐渐恶化，他觉得要保持头脑清醒有些困难。当手无寸铁的隐士挡在身前的时候，他和鲍斯的反应是相同的。就他自己而言，他坚持臣服于深爱的上帝，正如鲍斯向莱昂内尔投降一样。可是，当桂妮薇出现在他面前时，他会不会像鲍斯牺牲掉出现在自己面前的隐士那样，牺牲自己的旧爱？兰斯洛特，跟王后一样，被鲍斯的选择所震惊。深爱着对方的这两个人内心太过大度，不符合教条的要求。宽宏大量是第八宗死罪。

一日早上，两人单独在阳光下歌唱，两人之间的桌上放着一种叫做簧管小风琴①的乐器，看上去就像是两本厚重的《圣经》。桂妮薇唱了一段法兰西玛丽②的歌，兰斯洛特跟着唱了一首阿拉斯驼子③的歌。王后将右手放在乐谱上，左手压在那件像两本《圣经》的乐器上，乐器发出一声可怕的冷笑后，乐声戛然而止。

"你为什么那么做？"

"你最好还是离开，"她说，"离开这里，继续去探索。你难道没有发现你的存在让我越来越筋疲力尽吗？"

兰斯洛特深深吸了一口气，说道："是的，我知道。"

"那么你还是走吧。不，我没有什么特别的意思。我不想为此争论，也不愿改变你的想法，可是我想你走后事情会变得好一些。"

"听起来好像是我故意要伤害你。"

---

① 簧管小风琴（Regal）：十六世纪至十七世纪的便携式管风琴。
② 法兰西的玛丽（French Mary, Marie de France）：已知最早的法国女诗人，是布列塔尼叙事短诗的创始人。这种叙事诗多写浪漫和神奇题材，也写仿伊索的寓言诗。其诗长短不一，短诗如特里斯坦故事中的插话《忍冬》，仅一百一十八行；长诗如《艾利迪克》，有一千一百八十四行。
③ 阿拉斯的驼子（the hunchback of Arras）：作曲家亚当·德拉阿尔（Adam de la Halle, 1237？—1288）法国出生的行吟诗人，音乐家。

"不，这不是你的错。我只是希望你离开，兰斯，好让我休息一下，哪怕休息一会儿也好。我们没必要为此争执了。"

"如果你希望我离开，我会离开，当然。"

"我真心希望你离开。"

"或许事情会有好转。"

"兰斯，我希望你明白我不是在骗你，或者强迫你，只是我觉得分开一两个月也许对我俩来讲是有好处的。仅此而已。"

"我知道你从来不会骗我，珍妮。我也觉得脑子里一团糟，希望你能理解曾经发生在我身上的事情。如果当时你也在船上，理解起来会容易得多。可我不能让你去感受当时的场景，因为你根本不在那儿，所以我要描述它是很困难的。我感觉似乎是我在牺牲你，为了一种新的爱情牺牲你，或者说，牺牲我们。"

"而且——"他一边说，一边转过脸去，"这看上去好像我并不想找回过去的爱情，我并没有这样想过。"

语罢，他静静地站着，望向窗外，手不自然地放在身体两侧，声音突然变得刺耳，头也不回地又说了一句："如果你愿意，我们可以重新开始。"

他转过头来，房间里只剩他一人。饭后，他去敲王后的门，请求觐见，得到的回答是求他按照之前的话去做。他不明白发生了什么，只感觉突然逃离了灾难。他收拾了行李，向自己的老侍从告别——侍从因为年龄太大无法伴他左右。第二天一早，便骑马离开了卡米洛特。

第三十六章

如果说侍女们误以为王后的秘密恋情重新开始而感到高兴的话，宫廷里也有不同的反应。或许也可以说那些人也是高兴的，只是那是一种残酷的、幸灾乐祸的高兴。宫廷的调子第四次改变了。

第一次是当亚瑟王发起十字军东征时，开启了年轻人的友谊；第二次是欧洲最伟大宫廷里的骑士竞赛年复一年，越来越陈旧，后来竟然几乎演变成宿仇和毫无意义的竞争；之后，寻找圣杯的热情又燃起了短暂的美丽，烧毁了那种不良的气氛；现在是最成熟或最悲伤的时刻，热情已经消耗殆尽，只留下最著名的第七感。宫廷现在已经拥有"人生知识"，它结成了累累的果实：英雄事迹、文明教条、礼仪、流言、时尚、怨恨以及对丑闻的容忍度。

一半骑士已经牺牲——而且是最优秀的那部分。亚瑟王在寻找圣杯的征途一开始所担心的事情发生了：如果你追求完美，你就会死去。除了死亡，加拉哈特对上帝别无所求。最优秀的骑士们追求完美，留下的只是最糟糕的部分。也有些仁慈的留下来——兰斯洛特、加雷恩、阿格洛瓦尔、年迈的格鲁姆和帕罗米德斯爵士。但是，调子已经变了：来自于高文的愤怒、莫桀的虚伪，以及阿格莱瓦的讽刺。崔斯特瑞姆在康沃尔没有任何作为。传说有件神奇的斗篷，只有忠实的妻子才能穿着它四处走动；或许也可能只是一个用来喝水的神奇号角，只有忠贞的妻子才能喝里面的酒。人们在隐名盾①上表达无声的窃笑，在盾徽上埋下线索，暗示盾牌主人的妻子对其不忠。对婚姻的忠诚已经成为了"新闻"，服饰也变得更加奇特。阿格莱瓦拖鞋里的长脚趾被金色链子固定在齐膝吊袜带上；绑在莫桀脚趾上的链子被固定在腰带上；原本用来穿在盔甲外面的罩衣变得后面长前面短，这样一来几乎无法走路，老是被衣袖绊倒；如果想要打扮入时，女子们必须把前额的头发剪掉，把头发藏起来，还要把袖子打结以防拖到地上；绅士们的衣服颜色是经过精心搭配的，有时候一个裤腿是红色，另一个是绿色。他们也不再穿锯齿状的披饰，衣服是如此的丰富，只是有欠优雅。莫桀穿着自己那双可笑的鞋，它们像是在嘲讽他。整个宫廷变得相当时髦。

现在，一双双眼睛正盯着桂妮薇——既不是强烈的怀疑，也没有温柔的纵容，只是出于算计和来自上流社会的冰冷眼神。狡猾的猫仍然守在老鼠洞口。

莫桀和阿格莱瓦认为亚瑟是个伪君子——如果你认为这世间本没有什么礼貌可言，那有礼貌的人就是伪君子了。而他们认为桂妮薇品位粗俗。

他们说，比尔的伊索尔德是用一种文明的方式让马克国王戴了绿帽子。她用一种公开的、时髦的，而且极有品位地做着这件事。每个人都可以拿这件事去刺激国王，从中获得乐趣。她展示了对服装的绝佳鉴赏力，她戴着滑稽的帽子，看上去就像一只喝醉的小母牛。她花了马克国王的数百万元就为了在晚餐的时候吃到孔雀的舌头。

---

① 隐名盾（Canting shield）：盾面的图案藏有持有者人名的盾牌。

桂妮薇打扮得像吉普赛人一样，而娱乐的方式却像个公寓管理人，隐藏着她的情人。最重要的是，她很惹人厌。她对风格完全没有概念。随着年纪的增长，她的优美早已消失殆尽，言行举止像极了卖鱼的妇人。人们都说她在赶走兰斯洛特之前，双方曾经有过剧烈的争吵，指责他爱上了别的女人。大家认为她这样大声吼道："我每天都能看到和感受到你对我的爱消逝了。"莫桀用他那模糊的、音乐般的声音说他能够理解一个渔妇，可无法接受渔贵妇。后来，这句话到处流传。

亚瑟因为这突如其来的变故——他不得不远离他而不是和他一起——有些不开心，穿着朴素的衣服在宫殿里踱步，努力保持优雅。王后就积极一点——自从第一次见面起，在亚瑟眼里，她就是个胆大的姑娘，头发乌黑，嘴唇红润，优雅地摇晃着头——她挺身而出来应付这种局面。她款待客人，假装自己跟上了潮流。为兰斯洛特的归来而精心准备的描眉画眼和华丽服饰又派上了用场，而她的行为开始变得疯狂。在所有辉煌的君主统治时期，如果在位者不受欢迎，都会出现这种徒劳无功的补救行为。

兰斯洛特走后，麻烦突然从天而降。那股从寻找圣杯开始就弥漫在空气中的危险感觉突然在王后设的宴会中袭来。

高文似乎很喜欢水果，最爱苹果和梨——可怜的王后，因为极度渴望成为时尚的焦点，在与二十四名骑士共享的宴会上特意准备了漂亮的苹果。她知道康沃尔和奥克尼家族对于她丈夫一直都是个危险，而如今高文是家族的首领。她希望宴会成功，重建全新氛围。为了精心准备这场宴会，她像伊索尔德一样，表现得极为温柔和礼貌。

不幸的是，其他人也知道高文喜欢苹果的嗜好，而皮林诺家族的仇恨从来没有消失。虽然亚瑟王努力劝说阿格洛瓦尔放弃报复，这古老的世仇似乎已经消失。然而皮林诺家族的一名

The Ill-made Knight | 209

远亲,骑士比奈尔爵士,坚持认为复仇的必要性。正是他,在苹果里下了毒。

毒药是龌龊的武器,虽然常常奏效,这次却事与愿违。爱尔兰骑士帕特里克吃掉了本来准备给高文的苹果。

你能想象那个场景:脸色苍白的骑士们在烛光中站起身来,想要帮忙却无济于事,众人在怀疑的眼光中面面相觑。所有人都知晓高文的嗜好,而如今已失去民心的王后从来都不待见他的家族,这场宴会又是由王后亲自准备的。比奈尔又没有挺身而出作出解释。总之,宴会大殿里总有一人设计杀害高文,而误杀了帕特里克。在找出凶手之前,所有人都有嫌疑。最后,傲慢、歹毒、顽固的马多尔爵士说出了在场所有人的想法,指责王后正是凶手。

如今,如果真相不清不楚、正义模糊不清,原被告双方都能雇佣律师申辩。同样,当时的上层社会也能请战士,以决斗的方式解决问题——两种方式结果都是一样的。马多尔爵士决定省下钱来自己为自己战斗,坚持让桂妮薇选取一位战士来为她战斗。一直以来,在亚瑟王的人生哲学中,正义高于权力,因此他也救不了自己的王后。如果马多尔要求召开荣誉审判庭,他也必须支持。另外,亚瑟也不能为自己的妻子辩护,就像现代社会里夫妻双方是不被允许为彼此作证的一样。

这是一个窘境。怀疑、流言和指控从一开始就模糊了人们的视线。皮林诺家族的仇恨、潘卓根和康沃尔的世仇、与兰斯洛特的情感纠葛以及一个毫不相干人士的突然死亡——一切罪恶的源头都指向王后。要是兰斯洛特还在,他一定会为王后而战。可是王后驱逐了他,没有人知道他在哪儿,有人猜测他回到了法国父母那儿。而且如果他在场,马多尔爵士一定不会这样大胆地控诉王后。

我们还是不要详细描述决斗之前的几日会比较好——别去

描述向鲍斯爵士下跪的桂妮薇。鲍斯以前就不喜欢她，在找到圣杯归来后也不喜欢她。她请求鲍斯为她而战——如果没有找到兰斯洛特的话。可怜的女人，现在只能苦苦哀求他，宫廷里没有人听她的解释。身为英格兰王后的她竟无法找到一个人为她作战。

　　战斗前夜是最糟糕的。她和亚瑟彻夜未眠。亚瑟坚信她是无辜的，却不能干预公正。可怜兮兮的桂妮薇，一遍遍声明自己是无辜的，可她早已经因为了另一场麻烦而卷入了这个纠葛中。第二天晚上她可能就会被活活烧死。没有人愿意拯救他们，他们尝尽了圆桌的世态炎凉——整个圆桌都认为所谓的王后残害了许多优秀的骑士。黑暗中充满了痛苦的气息，亚瑟突然绝望地喊道："你到底怎么了，为何不能把兰斯洛特留在身边！"之后，沉默笼罩着整个房间，直到天明。

第三十七章

鲍斯爵士是个厌恶女人的主,但是如果找不到别人,只能是他出战。他曾经解释过这样做是不合规矩的,因为自己当时也出席了宴会。可是,王后跪在他脚下的样子被亚瑟看见了,他只得满脸通红地扶起王后,答应了她的请求。然后他消失了一两天,比赛将在两个星期后举行。

威斯敏斯特教堂的一处草地经过整理之后就是比赛的场地。宽阔的场地四周立满了粗大的原木,就像马场的围栏,中间没有任何阻碍。通常来说,一般的长矛竞赛应该设置障碍,可这次战斗的最后是下马拔剑而战,所以障碍被移除了。场地一头的帐篷专为国王而立,另一头为侍卫长而设。原本用作防御工事的围栏和帐篷都用布做了装饰,两头各有布做的门帘,像极了马戏团的人们进入舞台的通道。围栏的一角,众目所及之处,是一大捆柴把,中间立着一根烧不坏的铁棒。如果法律定罪,它就是为王后准备的。在亚瑟开始他的伟大志向之前,任何指控王后的人都会被立即处死;而现在,因为自己定下的规定,他必须做好烧死妻子的准备。

一个新的想法逐渐在国王的脑中成形。转向精神文明,引导强权的努力失败了,现在他有了一种完全废除强权的想法。他决定不再屈从于强权——从根部彻底废除,然后重新建立新的标准。他正在摸索公理本身的标准——正义是一种不依赖于强权的抽象概念。几年后，他建立了民法典。

那是寒冷的一天。帐篷的遮布差点被风掀翻，三角旗在风中狂舞。角落里，刽子手呵气暖着自己的指尖，站得离火盆很近。侍卫长帐篷里的传令官舔了舔嘴唇，准备随时吹响号角。桂妮薇在侍卫长的看守下，坐在护卫中间，讨了一条披巾披上。人们注意到她更瘦小了，在一群强壮的士兵中间，已步入中年的她，苍白的脸上显露出的是急切和自制。

当然最后救她的是兰斯洛特。鲍斯消失了两天，在一座修道院找到了兰斯洛特，现在他及时赶回来为了王后与马多尔爵士决战。不管是被羞辱后赶走还是其他原因，人们认为他不会采取行动——因为他们认为他已经离开了这个国家。所以他的回归的确很戏剧化。

当号角吹响，马多尔爵士从南边的休息帐篷里站出来宣布对王后的指控。鲍斯爵士从北边帐篷里出来与国王和侍卫长谈判——那是一次长时间的、模糊的争论，人们根本无法理解。观众们开始变得不安，急切地想知道发生了什么，为何决斗不能像往常一样顺利进行。鲍斯爵士在国王和侍卫长的帐篷间来回斡旋了几圈，最后回到自己的帐篷。之后又是一阵令人不安的安静。期间一只黑色的哈巴狗在帐篷间蹦来蹦去，一个纹章官抓住了它，将它绑起来，人们讽刺地大笑起来。然后又是一阵沉默，只有小贩叫卖坚果和姜饼的声音响彻整个赛场。

兰斯洛特骑着马从北边的出口进入场内，佩戴着鲍斯的盾牌。虽然做了伪装，在场的所有人却立刻认出他来，人们屏住呼吸，赛场上又是一片寂静。

他回来可不是为了向王后屈膝。不论之前他是否"放弃了她"来拯救自己的灵魂，或是现在的回归表现出了一种戏剧性的宽宏大量并非出自真心——这些解释都不是真相。真相要复

The Ill-made Knight

杂得多。

兰斯洛特的烦恼始于少年时代——虽然他的童年根本就不完整——对于他而言，上帝是个真实的存在，他不是抽象的，不是在惩罚邪恶的你，褒奖善良的你的时候才会出现。他就像是桂妮薇、亚瑟或其他任何人。当然在他看来，上帝比桂妮薇和亚瑟都要好——不过这只是他个人的观点。兰斯洛特能肯定上帝的容貌以及给人的感觉——在一定程度上，他爱上了上帝。

残缺骑士没有卷入"永恒的三角谜题"中，确切地说，应该是"永恒的四角谜题"——既是"永恒"的，也是"四角"的。因为害怕受到某种神灵的惩罚，他并没有放弃自己的情人，但是他却要面对两个自己深爱的人，其中一个是亚瑟的王后，另一个是卡博涅克城堡里举行弥撒的沉默的存在。然而，正如爱情故事中常常出现的桥段，他爱的两个人彼此对立。就好像他得在简和珍妮特之间作出选择——他选择了珍妮特，这并不是因为他害怕自己如果选择了简，珍妮特会处罚他，而是因为他知道自己最爱的是她。他甚至还觉得上帝比桂妮薇更需要他。这是一个情感问题，不是道德问题。这个问题让他躲进修道院里，希望在那儿能顿悟一些道理。如果说他回来和他的宽宏大量无关，这也不是真的。在度量上，他是大师。即使上帝对他的需要比以往更迫切，现在他的初恋更加需要他的帮助。或许当简绝望的时候，那个为了珍妮特离开简的男人的内心有足够热情回到简的身边，这种热情可以被看作怜悯或是慷慨——虽然在现在看来这些情感让人觉得有些恶心。不管怎样，兰斯洛特一直在对桂妮薇和上帝的爱恋之间挣扎，听到她身处困境才回到她身边；但当他看见她容光焕发的脸，心中又不禁泛起动人的情绪——你可以称之为爱情，也可以是怜悯。

马多尔爵士的心同时也为之一震——不过这时喊停已经太迟了。没人看见他藏在头盔里的脸已经变得通红，他感觉一股暖流从头顶自上而下。然后他回到自己的位子，策马前去。破损的长矛在空中飞舞的时候有种特殊的美感，场地上喧闹异常，与长矛缓慢而无声的旋转形成鲜明的对比。此时，马多尔爵士被上下颠倒击落下马。长矛的整个分离过程很优雅，展现了一种独立旋转的姿态。就在所有人都忘了它的时候，它插向地面，落在纹章官身后。纹章官转过身，发现战矛就在自己身后时吓了一跳。

兰斯洛特爵士跳下马来，放弃居高临下的优势。马多尔爵士站起身来，手持宝剑向对手发起猛攻。他太激动了，兰斯洛特两次将他击倒后他才认输。第一次，他坐在地上，当兰斯洛特走向他接受投降时，他不经意间拔剑猛地刺向兰斯洛特。这是一次犯规的举动，宝剑从身下刺向兰斯洛特的腹股沟，那里的盔甲是最薄弱的。兰斯洛特只能往后退，让他站起身来继续战斗，人们发现鲜血正顺着腿甲流淌下来。虽然大腿受了严重的伤，但他后退的动作却很镇定——这让人们很吃惊。如果他因此生气，感觉还要好些。

王后的战士第二次狠狠地将马多尔击倒。

马多尔爵士取下头盔："好吧，"他说，"我认输，是我的错，饶我一命吧！"

兰斯洛特干得漂亮。大多数骑士都会满足于在为王后而战中获得胜利，仅此而已。可兰斯洛特会为他人考虑——他对人们的感觉，或者说可能的感觉非常敏感。

"我会放过你，"他说，"只要你保证不在帕特里克爵士的墓碑上写任何东西，任何关于王后的东西。"

"我保证。"马多尔回答道。

之后，被击败的马多尔被医生抬下场，兰斯洛特走向亚瑟王的帐篷。王后当即便被释放，正坐在亚瑟王身边。

亚瑟王命令他："摘下你的头盔，陌生人。"

陌生人站在他们面前，血流不止。他摘下头盔，国王和王后再次看到这张熟悉而可怕的脸，发自内心的爱和怜悯油然而生。

亚瑟站起身来，牵着桂妮薇的手，一起走到竞技场上，在大庭广众面前，庄重地向兰斯洛特鞠躬示意，也命令桂妮薇向他行屈膝礼。他用正式的语气大声说道："爵士，今日你为我和王后辛苦了，上帝保佑你！"桂妮薇虽然面带笑容，内心却在恸哭。

第三十八章

第二天，在帕特里克对王后的控诉消失得无影无踪时，尼缪的到来带来了一则有预见性的消息。梅林在被关进洞穴之前，将英格兰的事情全部托付给了尼缪。他兑现了自己的承诺——他做了自己能做的一切——换她一直照管亚瑟，现在她终于明白梅林的魔力。后来，他顺从地接受了禁锢并一直爱着尼缪。虽然尼缪有些丢三落四、不遵守时间，却是个好女孩。她晚了一天到达，说出苹果是怎样被下毒的，然后就离开了。比奈尔的逃亡和亲笔书写的悔过书证实了尼缪的说法。人们无不承认兰斯洛特的出现是整个王宫的大幸。

可对王后来说，却不那么幸运。她获救了，这是事实——不过令人意想不到的事情还是发生了。眼泪以及两人之间再次迸发出的情感都无法阻止兰斯洛特继续忠心于圣杯。

"这对他来说很好。"桂妮薇大喊道——这样知道他活在快乐中，当然很好。但每一天她的疯狂就加剧一点，这让旁人寒心。毫无疑问，他自我的感觉很好，既有活力和回报，也有发自内心的高兴和振奋。或许上帝赐予他的东西是桂妮薇所无法给予的，或许跟上帝在一起让他感觉更快乐，或许很快就能重新创造奇迹。可她呢？他没有考虑到桂妮薇从上帝那儿获得了什么。桂妮薇责骂他，这和他为了另一个女人离去没什么两样。在她如花的年纪，他拥有了她；现在的她风烛残年，他就离开另结新欢。他的行为暴露了男人最自私的一面：喜新厌旧、见异思迁。他就是个卑鄙的小偷，居然还认为她会相信他！现在她也不再爱他，就算跪下来祈求，她也不会让他靠近自己。事实上，在寻找圣杯的征途开始之前，她就已经看不起他了——是的，看不起他，而且下定决心抛弃他。他以为是自己抛弃了她，恰恰相反，她就像扔掉一块肮脏的破布一样，抛弃了他，蔑视他的姿势、他的骄傲自大、自私自利、幼稚和自负，蔑视他那没有出息的小小上帝和伪善的谎言。所以，她要说实话了，宫廷里的一名年轻骑士已经成为了她的新欢，在寻找圣杯之前他们就已经在一起了！那是个比兰斯洛特要漂亮很多的年轻人，懂得膜拜她走过的土地。当一个漂亮的男孩拜倒在她的石榴裙下时，她还能要求什么呢？对于兰斯洛特，最好还是回到依莲身边，回到养育他那声名鹊起的儿子的母亲身边。或许他们能够整夜一起向上帝祈祷，谈论他们的孩子——找到圣杯的加拉哈特；如果愿意，他们还能尽情嘲笑桂妮薇，嘲笑她无法生育。

桂妮薇开始大笑起来——身体里的另一个自己通过灵魂之窗望着外面，厌恶自己发出的噪声——大笑过后是眼泪，痛心地哭泣。

亚瑟王想要举办一场锦标赛，庆祝王后被判无罪，比赛场地定在靠近科尔宾的一处地方。可能是温彻斯特，或者布莱克利——在那儿现在还能找到幸存下来的英格兰冲刺场地。具体位置并不重要——重要的是科尔宾城堡里住着依莲，孤独地过着中年生活。

"我猜，你会去参加这场比赛吧？"王后的语气有些生硬，"我猜，你会回去陪你的情人吧？"

兰斯洛特回答道："珍妮，为何你不能原谅她？现在的她可能又丑陋又可怜，她根本没什么依靠。"

"多么善良的兰斯洛特啊！"

"如果你不希望我去，"他说，"我就不去。你是知道的，除了你，我从未爱上任何人。"

"对，只爱亚瑟，"王后反驳道，"只爱依莲，只爱上帝，除非还有其他我没听过的名字。"

兰斯洛特耸了耸肩膀——如果对方想吵架，这是一种非常愚蠢的回应方式。

"你去吗？"他问道。

"我去？我去看你跟那个女人调情？不，我绝不会去，我也不准你去。"

"很好，"他说，"我会告诉亚瑟我生病了，我的伤口还没有痊愈。"

他这就去面见国王了。

人们都出发了，宫廷里空空如也，桂妮薇改变了想法。也许她之前留下兰斯洛特是想跟他单独相处，可现在觉得不是个好主意，便改变了决定——没人知道个中缘由。

"你最好离开，"她说，"如果我让你留下来，你会说我嫉妒。另外，如果你留下来，又会有丑闻传出去。我不需要你了，我不想再见到你。离开这儿！"

"珍妮，"兰斯洛特理智地回答，"我现在还不能走。如果我走了，会有更严重的丑闻，因为我说过伤口还没痊愈，他们一定会认为我们有过争吵。"

"他们爱想就想呗！我唯一能对你说的就是你走吧，否则我会疯掉。"

"珍妮。"他说。

他能感到自己的心碎成了两半,桂妮薇以前将他逼疯过一次,这次好像又要将自己逼疯了。或许她意识到了这点,态度突然好转了一些,在他额头上轻轻一吻,目送他向科尔宾行进。

"我向你保证,我一定会回来。"他曾经这样说过,现在的确兑现了承诺。他去参加比赛一定会去见依莲。他曾经承诺过会回到她身边,也知道他们唯一儿子的遗言。就算再残忍的人也会去见见依莲,告诉她孩子的消息。

他会住在科尔宾,向依莲讲述加拉哈特的故事,伪装过后再参加决斗比赛。他会向亚瑟王解释为什么会带伤来到此地,说这是一种新时尚。他得住在科尔宾城堡里,而不是锦标赛场。这样一来,就不会有流言传出。

终于到达护城河边,他惊讶地发现依莲正在城垛上方等候自己,那神情跟二十年前他离开时一模一样。两人在城门见面了。

"我在等你。"

现在的依莲身形圆润,像极了维多利亚女王,她诚心诚意地接待了兰斯洛特。他曾说过他会回来,而现在他就站在面前,她再无其他期望。

可接下来她的话深深刺痛了兰斯洛特的心:

"从现在起,你永远留下来吧!"几乎没有疑问的语气。就这样一句话,是他们多年前分别的时候她对他的话的解读。

第三十九章

如果人们想要阅读科尔宾比赛的故事,可以去读马洛里的书。他热衷于各种比赛——就像那些现在经常出现在板球赛场的老年人之一——他可能有什么门路,可以看见某种古老的威斯顿板球圣经之类的东西,甚至还有记分册。他详细地记录了这场比赛,包括每名骑士的分数、对手的姓名和落马的过程。不过那些关于过去板球比赛的描述对于没有经历过的人们来说显得特别枯燥,因此在这里不再一一赘述。而马洛里的记载里可能让人感觉单调的内容就是繁杂的记分册——可是对于那些知道各种小骑士过往战绩的人来说,它们并不单调。在这儿,我们想说的是兰斯洛特横扫全场——在找回圣杯后,他的战斗技能恢复了——如果马多尔对他造成的伤口没有再次裂开,他还能再次举起宝剑参加后面的活动。奇怪的是,你不能说他本就应该在这个场合好好表现一下,因为他还纠结在自己与桂妮薇、上帝和依莲之间的痛苦关系中——但是就是有人在这种痛苦下还能表现出色。最后,兰斯洛特强忍着旧伤口的疼痛,战胜了三十或四十名骑士(包括莫桀和阿格莱瓦),可三名骑士抓住机会袭击了他,其中一人用战矛击穿了他的盔甲,矛头留在兰斯洛特的身体里。

兰斯洛特趁自己还能骑马的时候,靠着马鞍,飞奔着退出了场地，迫切想找一个地方独自待着。每次受重伤，他都会本能地躲藏起来。对于他来说，死亡是私人的事情——如果即将死去，他希望能独自面对。只有一名骑士尾随他而来——因为虚弱的兰斯洛特无法摆脱他的跟踪——这名骑士帮助他将刺进肋骨的矛头拔出来，并在他觉得自己快要"变成风"的时候安慰他；也正是这名骑士在服侍他上床休息后，将发狂的依莲带到他的床边。

温切斯特锦标赛的重要之处既不在精湛的武器，也不在兰斯洛特受到的伤害——因为他最后还是康复了；而在于它和我们四个朋友的生活联系，这是我们后来才会提起的。对于兰斯洛特来说，突然面对依莲对他的宣判，他显得有些支支吾吾，不敢对她说出真相。或许他在很多方面都是个软弱的人——无法将桂妮薇从他最好的朋友身边抢过来，无法用情人来交换上帝，他最软弱的地方就是帮了依莲一个忙——告诉她自己会回来陪她。现在，面对这个可怜女子最简单的愿望，他无法提起勇气让它破灭。

依莲是个简单、无知的女子，她的困扰在于敏感的性格——比桂妮薇还要敏感得多，事实上，她也没有勇敢、外向的王后那样充满力量。她竟然没有热情欢迎许久未归的兰斯洛特，也没有责备他——她从未觉得自己有足够的理由来责备他，尤其是，也没有要求他的怜悯。在科尔宾等待比赛的时候，她只是坚定地用手捧着自己的心，小心地隐藏了自己等待多年的希望和因为自己的孩子已经离去的孤独。可兰斯洛特却清楚地知道她隐藏的秘密。他已经忘记了他们之间的特殊关系是如何开始的，开始责怪自己给依莲带来了伤痛。

那么，在给了他那么多泪水和欢迎之后，在她提出的小小要求时，兰斯洛特除了尽力让她快乐，又能怎么做呢？虽然他终究会告诉她，她那坚定不屈的希望是毫无根据的。不过他迟迟没有这样做，他觉得自己好像明天就要行刑的侩子手，努力给对方一些今天的快乐。

"兰斯，"比赛开始前，她说过，"现在我们在一起，你会带着我的信物参加战斗吗？"

现在我们在一起！通过她说话的语气，他仿佛再次看到了二十年前自己抛弃依莲的画面，第一次意识到，过去的她就像喜爱板球打击手霍布斯的小学生一样，一直都追随着自己的骑士事业。这可怜的女子用画笔记录下所有的战斗——不过都不太准确，因为是通过秘密手段获得的二手描述——但这些消息滋润了她干涩的心灵——很想知道如今谁的信物会象征着荣誉。或许，在过去的二十年里，她一直在对自己说，总有一天，伟大的冠军会带着自己的信物上场战斗——这想法听起来有些荒谬。

"我从未佩戴过信物。"他一本正经地说道。

她既没有请求，也没有抱怨，隐藏了自己的失望。

"我会佩戴你的信物，"他立即说道，"我会因此而骄傲。另外，它也能为我很好地伪装。人们都知道我不会佩戴信物，戴上它将会是极好的伪装。你能想到这个办法真是太聪明了！它会让我更好地投入战斗。是什么样的信物呢？"

那是一只缀着大珍珠的红色衣袖。二十年的时间足以练成绝佳的绣工。

温彻斯特锦标赛结束的第十四天，在依莲精心照料她的英雄时，桂妮薇在大殿和鲍斯爵士大吵了一架。由于不喜欢女人，鲍斯总是感觉不自在，和她们在一起时，总是给她们说些有教育意义的话语。他们各说各的，相互无法理解彼此的意思。

"鲍斯爵士，"王后说道，她一听到红色衣袖的事情就派人立即请来鲍斯——因为鲍斯是兰斯洛特的近亲,"鲍斯,你听说兰斯洛特爵士背叛我的事情了吗?"

鲍斯注意到王后的情绪有些奇怪,红着脸,非常镇静地回答道:"如果有人遭到了背叛,一定是兰斯洛特自己。他被三名骑士同时袭击,受了重伤。"

"我很高兴,"王后大声叫道,"如果他死了,真是件大好事。他就是一个虚伪的背叛者!"

鲍斯耸了耸肩,转过身去,不愿意听到这样的对话。他朝着门口走去,背影展示着对女人的想法。王后追着他,阻止他离开,她可不愿意就这样轻易被欺骗。

"为什么我不能称他为叛徒?"她尖叫道,"他在温切斯特这样大型的锦标赛上竟然将红色衣袖绑在头上?"

鲍斯担心王后会攻击自己,说道:"关于衣袖的事情,我很抱歉。要不是戴上它作伪装,或许会有更多的人同时攻击他。"

"诅咒他,"王后很生气,"他的骄傲和自我吹嘘被狠狠地摧残了。他在公平决斗中败下阵来。"

"不,他没有。是三对一的比赛,而且他的旧伤口又复发了。"

"诅咒他,"王后重复道,"我听到高文爵士在国王面前说,他有多么地爱依莲。"

"我无法阻止高文。"鲍斯爵士激动地说道。绝望、悲哀、愤怒、恐惧各种情绪夹杂在一起。然后他走出房间,砰的一声砸门而去。

科尔宾城堡里,依莲和兰斯洛特手牵着手。他满脸微笑,温柔地对她说:"可怜的依莲,你总是在我出事的时候照顾我,似乎只有在我半死不活的时候,你才可以拥有我。"

"现在,你永远都是我的了。"她很高兴地说道。

"依莲,"他说,"我想跟你聊聊。"

第四十章

　　残缺骑士从科尔宾归来之时,桂妮薇仍然怒气冲冲。出于某些原因,她坚信依莲再次成为了兰斯洛特的情人,可能是因为这似乎是伤害自己爱人最好的方式。她声称兰斯洛特的宗教信仰也是假装出来的——因为一旦有机会,他立即就去找依莲。她说,这个念头一直在他的脑子里萦绕。他就是个骗子,一个粗俗卑鄙的骗子。他们在一起的时光全部变成了因为他的软弱和欺骗的歇斯底里,浓情蜜意被取代了。当她想起自己一生都爱着一个骗子的时候,用这样的方式来平衡情绪是有必要的。经历了各种争吵,她看起来更加健康甚至更美丽,可皱纹还是爬上了她的眉间,有时候她的眼神像钻石光芒一样锋利,让人感觉到恐怖。而兰斯洛特却变得更加顽固。他们渐行渐远了。

　　而依莲,听了兰斯特洛的解释之后,打出了生命中最重的一击——她自杀了,不过她不是故意的。

　　由于那个年代河流是重要的交通要道,盛放着依莲尸体的船顺流而下到达首都,停靠在宫殿围墙的外面。她就躺在船里,永远都是那样的无助。或许人们都是因为懦弱而自杀。她靠一些温柔的努力想要改变命运的安排,小小的伎俩引诱了兰斯洛特,然后是沉默的体恤——而这些手段都算不上什么。儿子离开了，爱人也离开了，那句要回到她身边的承诺也没有了。曾经她的生活就只有依靠那一根手杖——不华丽，却足够支撑起她的身体。原本她能坚持下去，她从来就不是一个目空一切和苛求挑剔的女子，哪怕拥有的很少，她也能坚持很久。可现在一切都消失了。

人们涌到船边，看见的不是来自阿斯托拉脱的纯真少女[①]，而是一名中年妇人，戴着手套的双手握着一串珠子。死亡让她看起来比实际年龄要老一些，模样也有了变化。船上那张表情僵硬的苍老面颊根本不像依莲——她一定是去了别的地方，或者消失了。

虽然兰斯洛特是个懦弱、狂热爱好比赛、经常发怒、又总是想要更加体面的男人，但他也无法安然地面对此事。他本来就容易发狂，又天生一副古怪的面容，又总是将忠诚和道德标准混为一谈，这些对于他来说要保持生命的平衡真是难上加难。如果他的心已经变得麻木，就能经受住更多的打击。不过他的心已经跟依莲联系在了一起，现在她的心死了，兰斯洛特也无法承受悲痛。他原本可以为可怜的依莲做所有的事情，现在，一切都太迟了，他的脑子里全是自责，痛恨自己没有履行义务。

"为什么你不对她好点？"王后大声喊道，"为什么你不能给她活下去的希望？你应该对她慷慨些、温柔些，这样她就不会放弃生命。"

桂妮薇并没有意识到依莲比过去更加深刻地进入了她和兰斯洛特的二人世界，她不经意间说了这番话，而且是认真的。她被自己对对手的悲哀深深地淹没了。

[①] 阿斯托拉脱的纯洁少女：在马洛里的《亚瑟之死》中，加拉哈特的母亲是科尔宾的依莲，还有一位来自阿斯托拉脱的依莲，爱慕兰斯洛特，希望他在比赛的时候佩戴自己的信物，在兰斯洛特受伤后照顾他，兰斯洛特离开之后，她心碎而死。这本书中的依莲是两位依莲的结合。

第四十一章

即使发生了自杀事件,在卡米洛特,人们的新生活还在继续。人们并不认为这是一种特别幸福的生活——可都在为了生活而努力。生活并不都是充满了情节,绝大多数都只是小故事而已——一个接一个的故事——由一系列无关紧要的意外事故串联起来。此时此刻发生的一件荒谬事情非常值得一提,并不是因为它产生了一些后果,只是因为它莫名其妙地发生在兰斯洛特身上。他对此事的应对也颇具个人风格。

一天,他躺在树林中,心里的悲哀无人知晓。突然一名正在狩猎的女弓箭手从他身边经过,她不是那种长着胡须、戴着男士领饰的阳刚女子;也不是电影里那种因为觉得箭术很可爱而学习的糊涂蛋。总之,她把兰斯洛特当成了一只野兔。从大体上讲,她应该是那种假小子,因为虽然她将人误认为野兔而射击,可电影明星却不会命中目标。长约六英尺的箭插在兰斯特洛的臀部,他就像柏忌上校[①]一样,得在高尔夫球赛中弯腰才能完成下一杆。他愤怒地说道:"女士?

[①] 柏忌上校(Colonel Bogey):在高尔夫中,某一球洞或球场预先估计的完成杆数称为标准杆(Par),高于一杆称为柏忌,高于两杆称为双柏忌(Double Bogey),以此类推。该词源于十九世纪末的歌词:"我是柏忌,能抓住我就来吧(I am Bogey, Catch me if you can)。"此后高尔夫球界将柏忌作为假想敌,"都追在柏忌的后面",并授予其上校头衔。

小姑娘？你在这不幸的时候带上了弓箭，恶魔让你成了一名弓箭手！"

虽然臀部受了箭伤，他还是参加了下一场战斗——这场战斗很重要，因为期间发生了很多事情。宫廷里真正的紧张气氛——除了单纯的兰斯洛特，所有人都感受到了——开始在温彻斯特的决斗后清晰地显现出来。首先，亚瑟开始在他们的三角关系中维护自己的地位。在混乱中，他突然站在了兰斯洛特的敌方，袭击自己最好的朋友并试图伤害他，还大发雷霆地想伤害他。不过，他做的一切事情都没有违背骑士规范，最后也没有伤害到兰斯洛特，但他对兰斯洛特的情感还是发生了奇怪的改变。他们一直都是好朋友，不论事前还是事后，不过就在那一瞬间，气急败坏的亚瑟是被戴绿帽子的丈夫，兰斯洛特是背叛者。这是表面上的解释——他们在潜意识中承认了这种关系——不过还有深层次的解释。亚瑟已经不是那个无忧无虑的小瓦，他的家族和王国早登上了顶峰。或许他厌倦了战斗，厌倦了奥克尼家族的结党营私，厌倦了新流行的奇怪时尚，以及维护爱情和现代公正所面临的困难。他想跟兰斯洛特战斗，可能是希望被他杀死。这个正直、大度、好心的男人可能在不经意间想过，死亡对于自己和自己所爱的人来说，或许是唯一的解脱——他死了之后，兰斯洛特可以迎娶桂妮薇，与上帝和睦相处——他可以在公平战斗中为兰斯洛特制造杀死自己的机会。他早已精疲力竭，真相肯定就是这样的。不过，后来什么事情都没有发生。他的怒气发泄完毕之后，他们之间的爱再次被唤醒。

比赛的另一个重点就是纯真而愚昧的兰斯洛特与奥克尼家族永远决裂了。除了加雷恩，他把奥克尼的所有人一个接一个地都打下马来，特别是莫桀和阿格莱瓦，他两次将二人打下马来。只有圣人才会愚蠢地在多罗洛斯塔①等地方多次拯救他们的生命，但此时将他们击倒却是本能的反应。事实上，高贵的高文拒绝帮助其家族夺得兰斯洛特的生命，而加荷里斯又是个笨蛋。但是，在莫桀和阿格莱瓦的时髦策划之下，这个小队做出危害总指挥的事情，不过是时间早晚的问题。

第三个重点就是在温彻斯特之战，加雷恩加入了兰斯洛特的队伍。每个人都察觉到了情感的特殊较量——亚瑟王仇恨自己的心腹，加雷恩仇恨自己的兄长。此番情感较量中，一定会有暴风雨来临。它来得非常戏剧化，从没有人起疑的地方开始。

有一名来自伦敦东区②的骑士，莫利亚格雷斯爵士，在宫廷里一直闷闷不乐。如果他早出生几年，那时人人平等，他也许会过得很好。不幸的是，他属于莫桀一代的人，人们用新的标准来衡量他们。大家都知道莫利亚格雷斯爵士并不是出自最上层——最上层这个词语是莫桀发明的——的家族。他也知道自己的身世，一点儿也不开心。除此之外，他还有一种特别的苦恼，这个苦恼妨碍了他和其他人的关系——从他记得的时候开始，他就绝望地爱着桂妮薇。

消息传来的时候，亚瑟和兰斯洛特正在九瓶球③的球道边。他们已经养成了习惯，每天来到这个已经"过时"的地点和对方聊聊天。

亚瑟说："不，不，兰斯。你根本无法理解可怜的崔斯特瑞姆。"

"他是个无赖。"兰斯洛特还是很顽固。

---

① 多罗洛斯塔（Dolorous Tower）：兰斯洛特杀死卡拉多斯爵士的地方。
② 伦敦东区（Cockney）：指伦敦东区的工人阶级，带有贬义。
③ 九瓶球（nine-pin）：十六世纪的一种类似保龄球的运动。

他们的对话用的是过去时态，那是因为崔斯特瑞姆在为比尔的伊索尔德演奏竖琴的时候，被恼怒的马克国王杀了。

"即使他死了也一样。"兰斯洛特继续说道。

可是国王摇了摇头。

"不是无赖，"他说，"他是个小丑，一个伟大的喜剧演员。他总是把自己陷入极端的情况。"

"小丑？"

"心不在焉的小丑，"国王继续说，"那是种滑稽的痛苦。看看他的爱情史吧！"

"你是说纯洁的伊索尔德？"

"我确信崔斯特瑞姆把那个女孩搞混了。他疯狂地爱上比尔的伊索尔德，可后来完全忘记了她。一天，他和另一个伊索尔德上了床，这一举动让他想起了一些事情。他渐渐明白事实上有两个伊索尔德——因此感到恐慌和不安。现在我跟纯洁的伊索尔德①上了床，他说，可我一直深爱的是比尔的伊索尔德啊！之后，他差点被爱尔兰王后谋杀在沐浴室内。这就是关于这个男人的高雅喜剧，你应该原谅他的无赖举止。"

"我——"兰斯洛特正要开口，信使来了。

这个个子矮小的男孩不停地喘着粗气，右边腋窝下的铠甲内衣里分明能看到弓箭留下的伤口，他用手指捏着那道裂缝，语速很快。

消息是关于王后的。五月的第一天，她去参加五朔节的庆祝活动。依据惯例她很早就出发了，原本打算在十点前把带着露珠的报春花、紫罗兰和山楂树枝带回来——五月的早晨很适合收集这些东西。她没带护卫——她的骑士们都带着素面盾以作识别——只有十名骑士作平民打扮，他们都穿着绿色的衣

---

① 纯洁的伊索尔德（Isoud White-Hands）：来自布列塔尼，是崔斯特瑞姆的妻子。

The Ill-made Knight

服，意在庆祝这个春天的节日。阿格莱瓦也在其中——他最近一直黏着桂妮薇，暗中监视她——兰斯洛特被故意支开了。

他们兴高采烈地带着花朵和树枝骑着马走在回家的路上，埋伏在路边的莫利亚格雷斯爵士突然跳出来。他觉得既然自己的出生不是最上层，他觉得自己就不必做一名绅士。他知道王后的骑士在庆祝活动上不会带武装，而兰斯洛特也没有与他们同行，于是带了一队精干的弓箭手和士兵，志在俘虏王后。这是一场恶战。骑士们尽全力保卫王后，全都受伤了，其中六名伤得很重。为了拯救他们，桂妮薇投降了。她跟莫利亚格雷斯达成协议——他的本性还是好的——如果让自己的护卫停止抵抗，他必须答应自己带着所有受伤的骑士一道去他的城堡，并安排他们住在卧室的前厅。由于深爱桂妮薇，莫利亚格雷斯知道强迫爱人改变心意是不可能的，只好答应了她的要求。他本来就是一个平凡人。

受伤的骑士们倒在马鞍上，王后仰起头。她悄悄召唤来一名小侍者，把自己的戒指递给他，并让他送信给兰斯洛特。他看到了眼前的机会，便不顾一切向前——他也的确是这样的，弓箭手一直都跟在他后面。现在，他拿着戒指站在兰斯特洛的面前。

事情说到一半，兰斯洛特就咆哮着叫人带来了自己的盔甲。事情说完的时候，亚瑟王已跪在他的脚边，为他系上胫甲。

第四十二章

弓箭手们沮丧地回来了,他们说无法射中那个男孩,莫利亚格雷斯骑士就知道接下来会发生什么事。他沉浸在苦难之中,这不仅仅是因为他知道自己的所作所为很不明智甚至很邪恶,而且他确确实实爱上了王后。虽然他内心在挣扎,但已经走到了这个地步,再回头已经来不及了。兰斯洛特收到信息一定会来,所以有必要争取时间。城堡还没有准备好接受围攻——即使做好了准备,考虑到王后深处城堡之中,如果能够与围攻者谈判达成协议也不错。所以不管付出什么代价,在城堡做好防御准备前,一定要阻止住兰斯洛特的到来。他猜测得不错,兰斯洛特一武装好,就匆匆前来拯救王后了。阻止他的最好办法就是在那个狭窄的林间空地——兰斯洛特的必经之地——发起一次攻击,那块空地如此狭窄,就算刺不穿他的盔甲,弓箭手也一定能射死他的马。在经过动乱的年头后,考虑到箭程距离问题,所有道路两边的植物都被清除出一箭的距离——可是由于其地势上的特殊性,这块空地被忽略了。莫利亚格雷斯爵士知道,在那儿只要劲头好,即使最好的盔甲也能被射透。

攻击很快就准备好了,但是城堡里一团糟。看管牲畜的人把所有的牲畜都赶到圈里面,但所有的牲畜都离群走着,或相互混成一团，或不走进圈门；抽水的男孩们疯狂地把水抽到大桶里面——这个起源可以追溯到爱尔兰的无用城堡，城壁上无井；女佣们歇斯底里地奔跑着；莫利亚格雷斯爵士，像许多人一样，下定决心用一种不受人批评的方式招待被俘虏的王后。他们给她准备了闺房，把自己房间里面的挂毯拿到王后的房间里，擦拭银器，向最近的邻居借来金盘子。拥有皇宫级待遇的公寓已经为她准备好了，桂妮薇被领进了一个小等待室，仍坚持要绷带、热水、布条医治那些受伤的人，这让众人不解。莫利亚格雷斯爵士跑上跑下，嘴里一边说道："好，王后，马上就送来。"或者说道："玛丽安，玛丽安，你把蜡烛放哪儿了？"或者说："默多克，立即让这些羊群在我眼前消失。"然后把前额靠在炮眼孔的冰冷石头上，紧抓着他那颗困惑的心，诅咒着他做的愚蠢荒唐事，这使得他那原本杂乱无章的计划更加无序。

最先把状况理清的是王后。她只需要给骑士绑上绷带，所以她的要求最容易满足。她和侍女坐在城堡的窗户旁边，这个角落在旋风般的城堡中算是一个平静地带，其中一个女孩呼喊下面的路上有什么东西。

"那是辆车，"王后说道，"应该是补给城堡的。"

"车上有个骑士，"女孩说道，"一个全副武装的骑士。我觉得是有人把他带走，要吊死他。"

当时乘坐载货马车是可耻的行为。

之后，她们看到一匹马跟在车后面——马飞奔着——缰绳悬在灰尘中。之后她们又发现马的内脏也飞悬在灰尘中，这让她们感到害怕。它满身是箭，就像一只箭猪。它一路跑着，脸上现出无动于衷的奇怪表情。也许它已经麻木了。那是兰斯洛特的马，车上的人是兰斯洛特，他用剑鞘鞭打着拉车的马。正如预料的那样，兰斯洛特中了伏击，他花了一些时间才逃过这些伏击者——他越过篱笆和沟，轻易地逃过了这些落马的、残忍的伏击者——虽然他穿着盔甲，剩下的路他还是坚持步行。莫利亚格雷斯爵士认为一个人穿着盔甲，而这盔甲的重量几乎相当于他本人的体重，所以他觉得步行是不可能的，可是他忘了兰斯洛特强取了一辆车。对于被俘虏的桂妮薇，兰斯洛特内心有多焦急呢？据说开始的时候他骑着马游过了泰晤士河，从威斯敏斯特桥到伦敦朗伯斯[①]区。这种说法没有考虑到万一出现什么问题，他的盔甲会让他溺水而亡。

"你怎么能说要吊死一名骑士？"王后说道，"你真无礼，怎么能把兰斯洛特比作重犯呢？"

可怜的女孩脸红了，不再说话，她们可以看到兰斯洛特把缰绳扔向马夫，狂风般飞过吊桥，扯着嗓门喊着。

兰斯洛特闯过大门的时候，莫利亚格雷斯爵士就听到了他到来的声音。慌乱的守门人大吃一惊，想把门关上，可是一个铁一样的拳头打在了他的耳朵上，守门人倒下了，大门毫无防备就打开了。当时兰斯洛特罕见地大发雷霆——可能是因为他的马受了重伤。

莫利亚格雷斯爵士正在检查士兵。当他们躲进木制小屋——用来对抗希腊之火[②]的措施——时，他吓破了胆。他冲向后面的楼梯。当兰斯洛特愤怒地在小屋里转来转去时，他已经跪在王后的脚下大声求救了。

"发生什么事了？"桂妮薇问道，她看着眼前这个不同寻常的庸俗之人跪在她面前——奇怪的是，她的脸上竟没有厌恶之情。毕竟为了爱被绑架是值得恭维的事情，特别是在结局皆大欢喜的情况下。

[①] 朗伯斯（Lambath）：伦敦市内的自治区，位于泰晤士河的南岸。
[②] 希腊之火（Greek Fire）：叙利亚人卡里尼科斯（Callinicus）在公元668年发明的易燃武器。

"我投降，我投降！"莫利亚格雷斯爵士哭道，"啊，亲爱的王后，我向你投降，求求你让兰斯洛特放过我吧！"

桂妮薇看起来非常漂亮，艳光四射。也许是因为庆祝活动，或许是因为这个伦敦骑士对她的恭维，或者是女人们对快乐的预感。不管怎样，她非常开心，现在一点也不恨俘虏她的这个人。

"没问题，"她说道，满面春风，充满睿智，"这件事越早解决，对我的名声就越好。那些噪音没关系，我会尽力让兰斯洛特爵士平静下来。"

莫利亚格雷斯爵士松了一大口气，他长长地叹了一口气。

"那我就放心了，"他说道，"那只年老的老麻雀——哈！哈！请您原谅，真的。仁慈的王后，您让兰斯洛特爵士平静下来后，能不能看在您受伤的骑士的分上，今晚就待在城堡过夜？"

"不知道。"王后说道。

"明天一早你们就可以离开，"莫利亚格雷斯爵士劝说道，"我们不再讨论这个事情。这么做看起来更像那么一回事。你可以说你是来这儿旅游的。"

"很好。"王后说道。莫利亚格雷斯爵士则揉搓着他的眉毛，而王后则下楼去找兰斯洛特。

兰斯洛特站在城堡里，咆哮着呼喊他的敌人。当桂妮薇看到他的时候，他也看到了桂妮薇，却都没开口说话，但古老的讯息在彼此的眼睛里闪烁。仿佛依莲和整个追求圣杯的事都不存在似的。据我们观察所知，她已经接受了她的失败；他从她的眼睛里看出，她已经向他屈服了，她已经做好准备让他——去信仰上帝，去做任何喜欢做的事情，只要他还是那个唯一的兰斯洛特。她又一次平静下来，恢复了理智。她已经放弃了自己的疯狂，不管他做过什么，看到他活着就很高兴。他们仿佛又变成了年轻人——两个很久以前在浓烟四起的卡米洛特大厅中，眼神如磁石般吸引在一起的年轻人——那曾经让他们眼神吸引在一起的磁石般的咔嚓声快被他们遗忘了。她真心的投降却错误地赢得了这场战斗。

"你在大声呼喊什么？"王后问道。

他们的语调轻松而戏谑，他们再次陷入了爱河。

"问得好。"他脸涨得通红，生气地说道，"他射伤了我的马。"

"非常感谢你的到来，"王后说道。她的声音听起来很温顺。这是他记住的第一个声音："谢谢你的到来，这么迅速，这么勇敢。他已经投降了，我们原谅他吧！"

"他杀死我可怜的马，真无耻。"

"我们已经讲和了。"

"如果我早知道你会讲和，"兰斯洛特嫉妒地说道，"我就不会冒着生命危险跑来了。"

王后抓住他的手，他没有戴铁手套。

"你觉得很遗憾，"她问道，"因为你表现得太优秀了？"

他一言不发。

"我不关心他，"王后说，脸涨得通红，"我只是想最好别弄出什么丑闻。"

"我也不希望丑闻四处流传。"

"你怎么高兴怎么做，"王后说道，"如果你喜欢，就揍他一顿吧！决定权在你手里。"

兰斯洛特看着她。

"夫人，"他说道，"只要你高兴，我无所谓。对我来说，你高兴就好。"

他感动时，就会用这种华丽的骑士语气说话。

第四十三章

受伤的骑士们躺在外面房间的担架上。桂妮薇睡在里面的房间，房间里唯一的窗户装着铁条，没有玻璃。

兰斯洛特注意到花园里有个梯子，这个梯子足够长，可以实现他的目的——虽然他们没有约定好，可是王后一直在等待着。当她在窗前看到他那皱在一起的脸庞，鼻子还好奇地朝向天空时，她觉得那既不是滴水嘴也不是魔鬼。她站在那儿，心扑扑地跳着，觉得血液一下都涌向了脖子，然后走在窗前，静默无语——那是一种共犯的沉默。

没有人知道他们之间说了什么。马洛里说："他们只是向对方倾述了一些平常事情。"也许他们都觉得既不可能在爱着亚瑟的同时去欺骗他，也许最终兰斯洛特让她明白了他信仰的上帝，而她让他明白她没有孩子的痛苦，也许最终他们接受了这场有罪的爱恋。

后来，兰斯洛特爵士悄悄地说："我希望我能进来。"
"我很乐意。"
"女士，你会吗？你会衷心地希望和我在一起吗？"
"当然了。"
他在打破最后一个铁条的时候，铁条割破了他的肌肉，伤到了骨头。

不一会儿，两人的低语越来越小，黑暗的房间陷入了寂静之中。

次日早晨桂妮薇王后迟迟没有起床，莫利亚格雷斯骑士迫切地想安全结束整个事情，接待室乱成一团，都希望她已经走了。从一方面来说，他不想把王后囚禁在自己的屋檐下，因为他深爱着王后却不能拥有她，他不想再让自己痛苦。

一方面想催促她快些离开，另一方面是出于爱人那不可控制的好奇心，他走进房间去叫她起床——这在君主或显贵早晨接见的时候是可能会发生的事情。

"请求您的宽恕，"莫利亚格雷斯骑士说道，"夫人，您怎么了？怎么会睡这么久？"

他看着自己已经失去的美人躺在床上，又假装不去看她。兰斯洛特伤口流出的血浸染了整个被褥。

"叛徒！"莫利亚格雷斯爵士呼喊道，"叛徒！你背叛了亚瑟王！"

他内心既满腹愤怒，又无比嫉妒，他觉得自己被骗了。他一直以为，是他的冒险心让他走错了一步，王后就是个纯洁的女人，想要染指她的人都是不对的。可是现在他觉得她一直在欺骗他，她只是假装清高不爱他，可是现在却在他眼皮底下和她那些受伤的骑士们混在一起。他直接得出结论：那些血是某个受伤的骑士流的，否则她为什么坚持让他们待在接待室呢？他内心无比愤怒，发疯一样地嫉妒。他一直都没注意过窗户上的铁条，因为那铁条已经被仔细修复过了。

"叛徒！叛徒！我要控告你们通奸！"

听到莫利亚格雷斯爵士的大喊声，受伤的骑士们都蹒跚着走到门前——到处都是骚动：疲倦的女人、正在侍奉的侍女、侍从、跑马场上的小男童们，还有几个男仆，大家都兴奋地跑过来看。

"他们都是骗子!"莫利亚格雷斯爵士吼道,"都是或者至少一些是,有个受伤的骑士在这儿。"

桂妮薇说道:"不是这样的,他们可以作证。"

"谎言!"骑士们吼道,"你想挑战谁,我们决斗!"

"不,我不会和你们决斗,"莫利亚格雷斯爵士吼道,"带着你们骄傲的语言滚吧,一个受伤的骑士竟然和王后上床!"

他一直指着那些血,这确实是个很好的证据,当睡眼惺忪的护卫们都快被他催眠时,兰斯洛特到来了。没人注意到他手上戴了手套。

"发生了什么事?"兰斯洛特问道。

莫利亚格雷斯爵士马上告诉他事情的经过,此时的他狂躁鲁莽,手脚并用,好像好不容易抓住了一个不知情的人兴奋地告诉他。他就像一个疯子,内心却充满忧伤。

兰斯洛特冷冷地说道:"你不要忘记了你对王后的所作所为。"

"我不明白你在说什么,我不管。我只知道昨天晚上有个骑士待在这个房间里。"

"小心你说的话。"

兰斯洛特狠狠地看着他,试图对他发出警告,让他恢复理智。他们都知道如果发起指控,最终会用武力解决,兰斯洛特想让他作出选择,问他想和谁决斗。莫利亚格雷斯爵士最终明白了这点。他看着兰斯洛特,脸上现出尊严之气,这倒让人始料不及。

"兰斯洛特,你也要小心,"他轻轻地说道,"我知道你是世界上最优秀的骑士,可是小心你会在一场错误的争斗中输掉。毕竟上帝会眷顾正义。"

王后的真正恋人咬紧了牙关。

"那就让上帝去解决吧！"他说道。然后他卑鄙地说，"据我所知，我可以明确无误地告诉你没有哪个受伤的骑士睡在王后的房间里。如果你想为这件事情决斗的话，我奉陪到底。"

算下来，兰斯洛特已经为王后拼命三次了：第一次是与马多尔骑士的马上对决；第二次就是与眼前这个发布让人怀疑的谬论的莫利亚格雷斯爵士；但第三次他从头到尾都是错误的——他的每一次拼命都让他们离毁灭更近了一步。

莫利亚格雷斯爵士扔出了手套。他对自己的控诉深信不疑，他就像很多处于激烈争论中的人们一样，变得顽固不化、难以控制，他宁可死亡也不愿撤退。兰斯洛特接下了手套——他还能做什么呢？每个人都开始忙于准备这场决斗的东西，用印章在挑战信物上盖章，定下日期之类。莫利亚格雷斯爵士平静了一些，现在他陷入了这种机制的正义之中，他有时间去思考。可是，正如往常一样，他朝着相反的方向在思考。他本来就是个前后矛盾的人。

"兰斯洛特爵士，"他说道，"现在我们已经定下了要决斗，你不会这时再对我做些背信弃义的事情吧？"

"当然不会。"

兰斯洛特惊讶地看着他。他的心像亚瑟的心一样，总是低估世界的邪恶，让自己卷入一些麻烦之中——比如，他在威斯敏斯特把奥克尼家族打落下马。

"开战前我们还一直是朋友吧？"

这个年老的战士又一次有了那种熟悉的羞愧感觉。这个人说的几乎都是实话，他却因为这个和此人决斗。

"是的，"他激动地说道，"我们当然是朋友！"

他内心升起一股懊悔之情，走向莫利亚格雷斯爵士。

"现在我们和平共处,"莫利亚格雷斯爵士高兴地说道,"所有事情都说明白了。你想参观下我的城堡吗?"

"当然。"

莫利亚格雷斯爵士带领着他一个房间一个房间地参观,后面他们到了一个装着活板门的房间。板子一转,门就开了。于是兰斯洛特掉进了一个大概有六十英尺深的地窖,落在一堆干草上。莫利亚格雷斯爵士让人把马藏起来,然后回去告诉王后说她的勇敢骑士骑着马走了。兰斯洛特有个众人皆知的习惯,就是喜欢不辞而别,这给故事增添了一丝真实的色彩。看起来对莫利亚格雷斯爵士来说,这是保证上帝在这场决斗中不会选错的最好方式——莫利亚格雷斯爵士自己的是非标准也是混乱的。

第四十四章

第二场决斗像马多尔那次一样耸人听闻。一方面，兰斯洛特在最后一刻到了战场，这次比上次更晚了一点。他们之前认为他不会来了，而且已经说服拉维尼爵士代替他战斗。实际上拉维尼骑士已经就位，此时这位伟大的骑士骑着马奔驰而来，那匹白色的马其实是莫利亚格雷斯爵士的。他一直被囚禁在地牢中，直到那天早上——给他送饭的女孩，为了得到他的一个吻，趁着主人不在把他放了。为了这个吻，他内心也承受了复杂情感的煎熬，不过最终他决定这样做也是情有可原的。

莫利亚格雷斯爵士在第一个回合中倒了下去，无法站起身来。

"我投降，"他说道，"我失败了。"

"起来，起来，你根本打都没打。"

"我不会打的。"莫利亚格雷斯爵士说道。

兰斯洛特站在旁边，困惑地看着他。为了他的马和地牢的事，他都应该抽他一顿。可是他自己也知道这个人的指责基本上是正确的，他不想杀他。

"饶命啊！"莫利亚格雷斯爵士说道。

兰斯洛特侧眼去看王后的帐篷，王室侍卫监护着她。他头上戴着大大的头盔，所以没人看到他的眼光。

可是桂妮薇看到了，或者是心里感受到了。她把手伸出包厢，大拇指朝下比了几下。她觉得让莫利亚格雷斯爵士活着太危险。

角斗场上一片沉寂，大家都屏住呼吸等待着，前倾着身体看着决斗的双方，就好像是一圈秃鹰围着观看还没有死去的猎物，就像在罗马圆形剧场或西班牙斗牛场一样。大家都在等待着那最后一击，每个人都相信兰斯洛特会胜出。他们觉得莫利亚格雷斯爵士的指控比马多尔的指控严重得多——像桂妮薇一样，他们觉得他应该去死。因为在当时，爱情的规则和我们今天的不一样。当时的爱情崇尚骑士精神、成熟、长久、充满宗教精神，甚至是柏拉图式的。你是不能随便指控爱情的，而且也不像我们今天这样，它不会很快结束。

观众都看出兰斯洛特在犹豫，然后听到他模模糊糊的声音从头盔里传出来。他在提建议。

"我给你机会，"他说道，"只要你站起来，好好打，直到我们一方倒下。我会让你几步。我可以摘下头盔，脱下身体左边的盔甲，不用盾，左手被绑在身后。这样就公平了，是不是？你能站起来，像我说的那样跟我战斗吗？"

莫利亚格雷斯爵士歇斯底里地大声尖叫着，人们可以看到他缓慢爬向了国王的帐篷旁边，做了一些非常疯狂激烈的手势。

"你别忘了你说的话，"他大声吼道，"所有人都听着呢，我接受你说的。不要反悔，左侧身体不穿任何盔甲，不用盾，不戴头盔，左手绑在背后，人人都听到了，人人都听到了！"

国王吼道："停下来，停！"传礼官和纹章官走到竞技场，莫利亚格雷斯爵士安静了下来。所有人都为他感到羞愧。他站在那儿，令人讨厌，口中还嘟囔着要坚持遵守定下的条件,要人去查看兰斯洛特是否卸下了盔甲,把左手绑在身后。几个人勉为其难地为兰斯洛特卸下盔甲,他们感觉自己就在绞死一个他们深爱的人——这些条件太苛刻了。他们把他绑好后,把他的剑给了他,然后拍拍他的肩膀——把他推向全副武装的莫利亚格雷斯爵士面前,然后把脸转了过来。

沙尘飞舞的竞技场中闪过了一道光,犹如鲤鱼跃龙门。那是兰斯洛特裸露的左侧身体在等待着莫利亚格雷斯爵士的进攻。当他进攻时,却出现了一个变化的声音——正如万花筒的画面转变时发出的声音一样。原本进攻的是莫利亚格雷斯爵士,现在却变成是兰斯洛特。

莫利亚格雷斯爵士被马拉出竞技场时,他的头盔和脑袋都被打成了两半。

第四十五章

好了，这个冗长的故事告诉我们，来自本威克的外来人偷走了桂妮薇王后的爱，后来他为了信仰的上帝离开了她，最后又无视禁忌回到她的身边。这是一个发生在古代的爱情故事，那时的人们对爱情非常忠贞，没有现代青年追逐的电影里的堕落激情。这些人奋斗了四分之一个世纪去追寻，现在正是他们安享晚年的时候。兰斯洛特将自己的上帝交给了桂妮薇，作为交换，桂妮薇以自己的自由为交换。微不足道的依莲也获得了身心的平静。在我看来，最不幸的亚瑟也没有完全受到伤害。梅林并不希望他追求个人的幸福，他要追求的是整个王室的快乐，为国家谋取幸福。在他们人生的迟暮时期，兰斯洛特那两次轰动性战役的胜利又让国家繁盛起来。时尚、摩登和圆桌骑士心中的腐败都被隐藏了起来，他伟大的想法再一次实施起来。他发明了法律，将法律作为一种力量。亚瑟没有公报私仇，他远离了桂妮薇和兰斯洛特的悲痛，相信他们不会让自己感觉到两人间的私情。他这样做并不是因为害怕和纵容，他的动机是很高尚的。过去，他拥有强权，作为丈夫，本来能够用砍头和火刑来解决自己陷入的"永恒的三角谜题"。可是他继续保持无知无觉的原因无关怯懦，而是因为他拥有一颗宽恕的心，宁愿自欺欺人。

快乐的日子已经到来，谣言平息了，粗鲁的言行也消失了踪影。奥克尼家族也只能在私底下抱怨。在修道院的书房里，在伟大贵族的城堡里，没有恶意的抄写员们潦草地书写着弥撒书和骑士条约，画师们则描绘着字首字母，画出纹章盾徽。金匠和银器匠用小锤子敲打出金箔，用金线在主教的拐杖上镶嵌出精美的图案。漂亮的女士们饲养知更鸟和文雀当宠物，努力教喜鹊说话。节俭的主妇们在碗橱里装满了可以治疗空气污染引发的疾病的糖浆，还有一些自制的治疗风湿病的药膏和麝香球。他们为四旬斋购买了椰枣、绿色的杏仁姜和四先令六便士的鲱鱼。驯鹰人谩骂彼此的猎鹰寻求快乐。强权的年代已经过去，律师们在新的法庭异常忙碌，为各种人提供诉状和文书，有剥夺公权、大法官法庭、合同协议、侵占、扣押、查封、收买陪审团、紧急事故、财产扣押、赡养义务、产权归还、优先权、听讼法庭、债款偿还、遗产占有、是非之辩、赞成反对、初夜权，并找出适用的法条。小偷们会因为偷盗价值一先令的东西而被处以绞刑——因为当时的法律还不完善——不过也没有听起来那样糟糕，因为一先令能买两只鹅、四加仑红酒，或四十八片面包——其实对于小偷来说是笔巨款。日落时分，那些出身并不高贵的情侣会手挽手、肩并肩地走在乡村小道上，留下温馨浪漫的身影，好像大写的X。

亚瑟的格美利也恢复了平静，兰斯洛特和桂妮薇也享受着平静的日子。可是日子还是有不如意的地方。

兰斯洛特崇拜上帝。在他们的战争中，上帝是另外一个人，现在他终于选择越过这条线。那个看着水壶状帽子的小男孩，那个老是梦见井水从他唇边溜走的小男孩，雄心勃勃，想去实现一些奇迹。他曾经实现了一个奇迹，把依莲从魔法大桶里救出来，成为世界上最优秀的骑士——之后虽然依莲在那个可怕的晚上对他设下了陷阱，从此打破了自己的禁忌。二十五年来，他一直忘不了那个可怕的晚上，心中充满悲伤，即使是在他找寻圣杯的过程中，悲伤也一直跟随着他。在那之前，他认为自己是上帝的臣民；在那之后，他觉得自己是个骗子。现在，时间到了，是他不得不面对厄运的时候了。

有个来自匈牙利的、名叫乌尔的骑士，七年前曾经在比赛中受了伤。当时他和一个名叫安德烈亚斯的骑士决斗，虽然他杀死了安德烈亚斯骑士，但对方却在他身上留下了很多伤口：三处在头部，四处在身体和左手。已故安德烈亚斯的母亲是一个西班牙女巫，她给匈牙利的乌尔爵士下了魔咒，让他的伤口无法愈合。这些伤口就一直流血，除非最后世界上最优秀的骑士用他的双手来让伤口愈合。

很长时间以来，匈牙利的乌尔爵士从一个国家被带到另外一个国家——也许他是得了某种血友病——找寻世界上最优秀的骑士，能够拯救他。最后他勇敢地穿过海峡，终于来到了这个异域的北方之地。所有地方的所有人都告诉他，他唯一的救命草是兰斯洛特，所以他找到了他。

亚瑟总是想到人最好的一面，他确信兰斯会帮忙——可是他觉得让圆桌的每一个骑士都尝试一下也很公平。就如之前也发生的情况一样，说不定就能找到一个隐藏的高手。

为了庆祝圣灵降临节，当时宫廷设在卡莱尔，每个人都应该在城里的草地上集合。乌尔爵士坐着轿子而来，躺在一块金色的布上，做好诊治的准备。一百一十名骑士——有四十名骑士在外探险——按照等级顺序围着他站着，都身着自己最好的服装。地上都铺了地毯，设置了楼台亭阁供女士们欣赏。亚瑟深爱着他的兰斯洛特，所以他想为他设置一个完美的仪式，在这儿可以完成他至高无上的成就。

这是兰斯洛特爵士这本书的终章，我们是在这本书里最后一次见到他。他正躲藏在城堡的马具室里,从这儿他可以暗中监视田野上的动静。房间里很多皮革缰绳,有序地挂在马鞍和明亮的马嚼子中间。他发现这些缰绳竟然能够承受他的重量。他躲藏在那儿等待,为某个能实行这个奇迹的人祈祷——也许是加雷恩?或者,如果不行的话,他们也忘了他吧,他祈求没有人注意到他的不在场。

你觉得成为世界上最优秀的骑士很好吗?同时也要思考一下你是否能维护这个称号。想想那些考验,那些重复不断的、冷酷无情的、让你喘不过气来的考验,日复一日地缠绕着你,直到你的失败之日,即你死亡之日。思考一下,假设你知道自己失败的原因,而你一直试图去掩盖,不让人知道,心情悲伤地隐藏了那个秘密二十五年。想象一下如果你现在出现了,出现在一个史上最盛大的集会上——最多的、最尊贵的观众聚集在一起,公开展示你的罪恶。他们期盼你能成功,可是你却失败了,你将要公布自己已经隐藏了二十五年的谎言,他们马上就会知道你失败的原因,你自己都想把它从心里抹去,可是当你空空的身体平静下来之后,自己却想起了它,这使得你不断地摇着你的头,想把这个想法丢开。很久以前你就想创造一些奇迹,可是奇迹只有通过纯洁的心灵才能实现。外面的人都等着你能实现奇迹,因为他们相信你的心是纯洁无瑕的——可是你的心现在被背信弃义、通奸、谋杀搅在一起,现在你就要走到阳光下去测试你的荣誉。

兰斯洛特站在马具室里,面如白纸。他知道桂妮薇也在外面,同样也是面色苍白。他握紧拳头,看着这些强壮的缰绳,用最虔诚的心祈祷。

"萨奥斯·勒·布鲁斯骑士!"传令官叫喊着,萨奥斯骑士站了出来——他的水平远在竞技场比赛者之下。他很害羞,只对自然历史感兴趣,一生从没和人打过架。他走向乌尔爵士,乌尔爵士痛苦地呻吟着,他跪了下去,已经尽了全力。

"奥赞纳·勒·克尤哈迪骑士!"好像要叫完竞技场上所有的人,他们这些好听的名字是马洛里按照合适的顺序给他们记下来,你几乎可以看到他们锁子甲上的精致的刀工、纹章的色调,以及他们羽饰上的艳丽颜色。他们那羽毛般的脑袋使得他们看起来就像印第安勇士。腿甲上的挂饰走起路来叮叮当当,展示出一种坚定、让人兴奋的气场。他们跪了下来,乌尔爵士缩了一下,还是没有成功。

兰斯洛特没有用缰绳把自己吊死。他打破了自己的禁忌,欺骗了自己的朋友,又回到桂妮薇的身边,在一场错误的决斗中杀死了莫利亚格雷斯爵士。现在他准备好了接受惩罚。他走到那队长长的骑士中,他们早已在太阳下等着他。他每走一步,都想逃避别人的注意,却让自己成为最为醒目的最后一人。他从这个奇怪的等级上走下来,一如既往地丑陋、自觉、羞愧,这个经验丰富的老兵就要崩溃了。莫桀和阿格莱瓦也在向前移动。

兰斯洛特跪在乌尔面前,对亚瑟王说:"我有必要在所有人失败之后还这么做吗?"

"当然,你必须要这么做,我命令你。"

"如果你命令我,我就必须做。可是,我这么做可能显得很傲慢——在这么多人面前。我能不能不做?"

"你想错了,"国王说道。"你这样做当然不是傲慢。如果连你都做不到,那么没人能做得到。"

乌尔爵士现在还很虚弱,他用一只胳膊肘撑起了自己。

"拜托了,"他说道,"我来就是找你的。"

兰斯洛特眼里噙着泪。

"乌尔爵士,"他说,"只要我能帮你,我非常愿意。可是你不明白的,你不明白的。"

"看在上帝的分上。"乌尔爵士说道。

兰斯洛特望着东方,他认为那是上帝所在的地方,心里默默自语,大概是这样:"我不要荣誉,可是能不能请您挽救我们的诚实?如果您真想挽救这位骑士,就请动手吧!"然后他开始抚摸乌尔爵士头上的伤。

桂妮薇在她的帐篷里看着,就像一只老鹰一样看着那两个人在摸索着。然后她看到前面的人在动,接着有人喃喃自语,再后面就有人大叫起来了。那些绅士们开始扔自己的帽子,大声呼喊着,相互握手。亚瑟一遍遍地重复着同样的话,用胳膊抓住粗鲁的高文,对他说:"伤口愈合了!伤口愈合了!"几个年老的骑士在旁边跳起舞来,一起敲着盾,就像在做"豌豆布丁烫"①的游戏,相互咯吱对方。侍卫们像疯子一样地笑着,拍打着彼此的后背,鲍斯爵士亲吻着爱尔兰的安贵斯国王,国王也回吻了他。骄傲的加拉哈特王子滚到了他落在地上的剑鞘边。慷慨的巴雷尤斯,在那个久远的晚上,在红色森德尔帐篷里被兰斯洛特割开肝脏,可他却没有心存怨恨,他用拇指夹着叶片,放在下颚上,发出可怕的噪音。自从拜访了罗马教皇,贝迪威尔爵士一直都在悔过,他喋喋不休地说着圣骨的事,那些圣骨是他朝拜的时候带回来的纪念品,上面用弯弯曲曲的字体写着:"来自罗马的礼物。"布莱恩特爵士仍记得他那位性格温和的野人,他拥抱着凯斯特爵士,凯斯特从来都没有忘记过对骑士的责难。友好而敏感的阿格洛瓦尔宽恕了皮林诺家族宿怨的人,真心地和帅气的加荷里斯击掌。莫桀和阿格莱瓦面露不悦之色。马多尔爵士的面色像一个烤红的火鸡那样通红,正在与匿名归

---

① 豌豆布丁烫(Pease Pudding Hot):英国著名童谣。

来的布内尔,就是那个因犯重修于好。佩莱斯国王到处说他要给兰斯洛特做一件新斗篷。头发苍苍的戴普大叔年迈得让人难以置信,正试图跳过他的拐杖。帐篷的布门放下来,旗帜在风中飘舞着。一波波的呼喊声此起彼伏,如鼓如雷,飘荡在卡莱尔的角楼上。整个田地,田地上的所有人们,城堡上的所有塔楼好像都在上下跳动着,就像雨中的湖面。

在人群中,没有人注意到,她的情人跪在地上。这个孤独而无情的人知道一个秘密,一个他人不知的秘密。真正的奇迹是上帝允许他再次创造奇迹。"之后,"马洛里记载道,"兰斯洛特爵士哭了,仿佛是个被惩罚的孩子。"